-星云奖名家科幻系列-

# The Past Of The Stars

# 星尘往事

阿缺 著

航空工业出版社

北京

## 内 容 提 要

《星尘往事》是知名科幻作家阿缺创作的长篇小说。故事发生在初寒星——一个地球人建立的殖民星球。超光速的发明解开了时间和空间对人类的束缚，从此，人类的脚步可以真正踏足太阳系以外的土地。当技术成熟以后，整个地球都集中发展宇航业，文明的种子像蒲公英一样在各个行星间发芽生长，促成了联盟的成立。在这个充满传奇热血、浪漫爱情和诡诈阴谋的时代，生化人、坎塔兽化人、机械人、宇宙杀手组织、神秘的星球统治者一个个粉墨登场……懵懂少年李川孤身移民到初寒星，无意间招致各方势力狙杀。在一轮又一轮惊心动魄的逃杀中，李川从一个备受排挤的地球孤儿成为出色的电子竞技玩家，并在血与火的考验中一步步成为帝国名将……

**图书在版编目（CIP）数据**

星尘往事 / 阿缺著. -- 北京 ：航空工业出版社，2021.8

ISBN 978-7-5165-2580-7

Ⅰ. ①星… Ⅱ. ①阿… Ⅲ. ①幻想小说—小说集—中国—当代 Ⅳ. ① I247.7

中国版本图书馆CIP数据核字（2021）第095470号

星尘往事

Xingchen Wangshi

---

航空工业出版社出版发行

（北京市朝阳区京顺路5号曙光大厦C座四层　100028）

发行部电话：010-85672688　010-85672689

三河市双升印务有限公司印刷　　全国各地新华书店经售

2021年8月第1版　　2021年8月第1次印刷

开本：880×1230　1/32　　字数：214千字

印张：10　　定价：45.00元

# 目　录

Contents

*我即远行*

*不知前路*

*不知路的尽头是山或树*

*路太长*

*陷住每一个脚步*

*这是一段坎坷的少年游途*

*每一步都是告别*

*告别昨日的影子*

*每一步都是思念*

*思念你*

我不得不离开

但我在走过的每一条艰难的路

都会捡起所有的石子

在石子上刻下你的名字

你的名字

我即远行，但将归来

我顺着地上的石头

不会迷路

我会找到你的影子

呼唤你的名字

你的名字

# 楔　子

“你害怕吗？”他问。

黑暗中，瘦弱的女孩儿浑身颤抖，牙齿打颤，额上的发丝凌乱地贴着，但是她努力地摇头。

外面的战斗声慢慢减弱，很快，惨叫和枪火声都听不到了，只是偶尔有爆炸的光亮从舱门底缝中传来。她的脸便在这微弱的光亮中一隐一没，像暴雨黑夜中的百合，飘零而脆弱。再过一会儿，连爆炸声都消失了，凝若实质的黑暗中，只有两个人尽量压抑的呼吸声。

女孩儿向前爬了几步，靠近舱门，想听听外面的声音。门缝下流过来一些液体，浸没了她的手，温热黏稠，她站起来，把手凑近鼻子，浓烈的腥味迎面扑来。她轻呼一声，脸色发白，后退了好几步，险些仰倒。

幸好他在后面扶住了她。

他抱紧她颤抖的身子，一遍一遍地说：“不要怕不要怕，不要去想……”但这些话没有用，她仍是止不住地颤动，他听得到她牙齿的轻微碰撞声。他挠挠头，右手无奈地抓着后脑勺，指尖忽然碰到了一根细细的线——那是他脖子上戴着的吊坠。

他犹豫了一下，还是将那个古朴的七星吊坠取下来，递到她手里，柔声说：“来，我送你一个吊坠，是我奶奶去世前给我的。我奶奶说，它来自古地球时期的敦煌城，是受过圣光洗礼的，能安抚灵魂。”

于是，她慢慢安静下来，握着吊坠，清凉的触感沁进皮肤，如同晨露滑过。

突然，一阵迟滞的脚步声传来，像是恶魔在叹息，又像是幽灵在呻吟，一下一下，回荡在旁。

他的心一紧，浑身都缩紧了，右手向后摸索，他记得那里有一柄枪。果然，他碰到了冰凉的金属枪管，枪上有血，血黏上了他的手，手在颤抖。他深吸口气，一把抓住枪柄，掌心握紧又松开。

脚步声在靠近，慢慢清晰，极有规律，如同黑夜墓地中的鼓点一般——人类走不出这种步伐。他放开了女孩儿，在她耳边轻声道：“不要怕，你不要怕，有我在你身边，所以你不会有危险的。现在，你要闭上眼睛，相信我，等你再睁开时，一切都会好起来……”

女孩儿依言闭上眼，同时缩到角落里。而他，拉开了镭射枪的枪栓，冷静地举枪指向舱门。

下一刻，舱门被轰然拉开，巨大而狰狞的黑影出现在门口！

# 上　篇

## 1

午后的阳光铺在廊道上，被落叶切割成一片片，李川便是踩着细碎的光斑赶到排练室的。舞台剧的成员已经来齐了，盼兮穿着一身黛蓝色的女式高领军装，衣料紧贴身体，衬出她腰肢盈盈，腿部匀称而纤长。凯文·泽尔站在她身边，身量颀长，仿佛是细柳边挺立的白杨。

这个联想让李川心中莫名低落。他关上门，冲他们小声说："对不起。"

导演阴沉着脸。他是学校专门请来的，满脸胡子，头发邋遢地披在脑后，据说在城市大剧院导过几场大型剧目，以严厉和执拗著称。李川知道导演最不能容忍的就是迟到，因此低下头，不敢再说话。排练室静悄悄的，好半天，导演哼了一声，说："既然人来齐了，就开始彩排吧。还有一个月就开演了，这是你们离开初寒星前的最后一场演出，认真一点。"

所有人都松了口气。

排练很快开始了。前三幕都没有李川的戏份，所以他换好衣服后站在角落里。斜阳从窗子外透进来，落在李川手背上，如一片刚刚飘落的鸟羽，带着温热。

"嘿，出了什么事情吗？"刘凯走过来，撞了撞他的肩，"今天是周末，还迟到？"

"你知道的，我周末要到车行帮老汤姆，今天有个氢离子轨道车的引擎坏了，花了很长时间才修好。"

刘凯笑笑，"能耐呀，那种玩意儿都能修，难怪你能捣鼓出你那辆自行车——我说，什么时候，你也教我两手？"

"你用不着，你不需要像我那样去兼——"李川顿住了，目光落在排练室的中间，刘凯循着他的目光看过去，看到了刚刚出场的盼兮。她神情凄婉，走路都有些踉跄，幸亏凯文扶住了她，将她抱进怀中，心疼地说："凯瑟琳，你怎么来了？这里是战场，是硝烟和亡魂飘荡的地方！这里无人歌唱，这里死亡猖狂，这里不是你应该前往的方向。"

"可是，你在这里啊，我的将军！"

凯文爱怜地看着她，缓缓摇头："不，不要这样称呼我，我不是你的将军，我是你的情郎。"

“那我的情郎，你跟我回去吧，这里太危险，到处都是邪恶的坎塔人。”盼兮声音颤抖，眼神里充满柔情，仰头定定地与凯文对视，“我们回羽京吧，那里才是安全的地方。”

“不，我不能。”凯文闭上眼睛，“我是你一个人的情郎，却也是整个联盟的士兵，我不能离开我的兄弟们。”

李川的身子颤了一下，转回目光，微不可闻地叹了口气。

这出舞台剧讲述的是第二次星际战争时期，联盟名将威格·帕克与他的恋人凯瑟琳之间的故事。在那动荡不安的年代里，威格将军凭借着谋略与胆识，成功阻挡了坎塔人一次又一次地猛烈冲锋，捍卫了联盟星域。但他的恋人，羽京名媛凯瑟琳不愿情郎身处险境，不顾险阻，跨越百万光年，亲赴前线来劝他回去。但将军拒绝了，相处三日之后，毅然从亲卫队挑选了十个士兵护送她回去。不料坎塔人在途中拦截，十名士兵拼死抵抗，全部阵亡。最终，凯瑟琳得以安全回到羽京。见识过战争的残酷之后，凯瑟琳立志从军，选择与恋人共同走向战场，为联盟而战。

尽管第二次星战是以人类失败而告终，但这段故事流传了下来——战争与爱情，是最容易让人们津津乐道的。在这出剧目中，盼兮和凯文扮演这对情侣，而李川，则是那十个战死的亲卫队员中的一个。

很快就轮到李川上场了。按照剧本要求，经过一场大战后，十名士兵要保持战斗最后一刻的姿势，僵直不动，而盼兮满脸凄惶从他们中间走过，手无力地拂过他们的身躯，每一个被她碰到的士兵都要顺势倒下。

前面还很顺利，战斗的动作和表情早已熟稔，但当盼兮的手在李川肩上拂过时，他便真的僵直了。过了几秒，他才想起来应该倒下，于是弯起腿，倒在地板上。

“停停停！”导演气急地叫了起来，“你反应太慢了！凯瑟琳碰到你的那一瞬间，你就要倒下。这样才能突出战斗的悲凉感！”

重试了一遍后，导演仍不满意：“这次倒下的时间是跟上了，但感觉不对！”他指着盼兮，“你要知道，凯瑟琳是羽京名媛，是联盟首相的女儿，而她为了爱人亲自来到战场。这种行为早就感动了威格将军的士兵们，所以，那十名亲卫队员，其实是喜欢凯瑟琳的。你要抓住这种感觉，不要别扭。再来！”

李川唯唯诺诺地点头，深吸口气，但轮到他倒下时，他又不知所措了。

“见鬼！就算你们是高中生，也要拿出一点表演素质来！真不知道当初你们老师是怎么选的！”导演提高了声音，“剧本你们读过，这个事迹你们也听说过，怎么就是抓不到感觉呢？你是威格将军的士兵，而凯瑟琳是他的情人，所以你仰慕她而又知道自己不能接近她。这种感觉叫什么来着——对，暗恋！”他把盼兮拉过来，使她与李川面对面，“看到没有，这么漂亮的女生站在你面前，你要暗恋她！”

排练室的气氛顿时变得很怪。盼兮有些不安地挪了一下步子。

李川感到脸上很热，一些红晕正涌上脸颊，他不知道这是因为导演的话还是因为站在面前的盼兮。他无措地低下头。

“听着，你要表现出这种情感。你不配和她在一起，但是，你能暗恋她，所以你唯一能为她做的事情就是战斗。当你为她献出生命，你才能感到解脱，因为你为她做的事情成功了。你倒下的时候，要有释然和欣慰的感觉，如释重负……来，再试一次。”

但李川还是不能在躺倒的那一刻表达导演所要求的情愫。他要么僵硬缓慢地倒下，要么直挺挺地摔倒，地板被他的身体摔出“啪”的一声响。

好不容易挨过两个小时，导演冷着脸宣布今天排演结束，下个周末再继续。李川长舒口气，心想总算结束了，排两个小时的话剧比他在车行忙一整天还要累。他赶紧换下戏服，走出排练室，此时夕阳西斜，光线穿过 800 光秒的距离扑到他脸上，热量透进皮肤。

其他学生也换好了衣服，鱼贯而出，走向停车场。那儿早有不少轿车候着，凯文钻进一辆浅蓝色的豪车里，随后发动引擎，这辆低底盘流线型轿车无声滑动，飞快地驶出了学校。

“看到没，那是汉宇科技最新开发的，底盘里面混入了飞石，必要的时候能在空中行驶。”李川听到身后有人走近，停在他旁边，“都没有上市，凯文家居然就有了。”

刘凯眯起眼睛，看着那辆车消失在街角，耸耸肩说：“他爸爸就是汉宇科技的董事长，自家的东西，当然可以先拿来用。怎么，你的语气有点儿不对劲……”

李川摇摇头。刘凯正想说什么，却见远远驶来一辆车，说：“我爸爸来接我了。嘿，一起上车吧，反正你一个人，我爸爸顺道送你回家。”

“不用了，我有自己的车。”李川笑笑，拍着刘凯的肩道别。他来到停车场，穿过一辆辆名贵豪车，在角落里找到了自己的自行车。车已半旧，孤零零地靠在墙角，没有上锁——这个年代，恐怕已经没有多少人还会骑自行车了，更别说偷。

他利落地蹬开脚架，翻身上车。出了学校，一股暖风吹来，混在慵懒的斜阳里，让李川的视野有些迷离。他抹了抹眼，朝北边的街道驶去，这条街人少，不会有太多人注意到他这辆复古坐骑。

但即使这样，还是有一个人的目光紧紧跟在他身后。这是一个戴眼睛的男人，瘦削而笔挺，站在街角一棵树下，树影使他的身体隐在阴暗中。唯一的光亮来自他的指尖，不时闪烁，微弱而持续。所有的光线都会被这点亮光刻录，而它正对着的，是李川逐渐远去的背影。

这是一个微型摄像头。

## 2

这是初寒星的春天。

人类是奇怪的物种，身体里有一种名叫习惯的基因，无论走到哪里都摆脱不了。因此即使这颗星球离地球有数百万光年之遥，且体积远大于地球，但人们还是将它的公转周期分为了四季十二月。比如现在，整个城市繁花似锦，幽香浮动，融融春意弥漫在每一个角落。

而李川要去的地方，却是城外。他骑行在渐渐降临的暮色中，穿过越来越荒败的街巷，来到了城市边缘。

因为整个城都建在一块直径数百里的大基石上，比地面高出十几米，要沿着台阶往下走才能踏上郊外的土地。但李川没有下车推行，而是直接冲到台阶上，车轮震颤，车身发出叮铃哐啷的响声。

李川小心掌握平衡，一路冲下，快到底时猛提车头，前轮扬起，稳当地落到地面上。甫一出城，视野就变得暗淡了许多，冰蓝色的大鸟在他头顶上方飞过，成群结队，仿若拂过的云。而更远处，天空澄澈，苍穹辽远。他很喜欢城外的天空，听人说，当初改造星球大气的时候，设计师们有意无意地参照了地球的样子。

想到地球，李川深深地吸了口气。

他的住处本来在城西，一栋陈旧大楼的顶端。但他每周末回家之前，都会绕远去一趟郊区的灯塔。灯塔边有个小湖，暮色降临时湖光会因若辉的下沉而变化聚合，十分漂亮。李川十岁的时候路过，发现了它，以后便每周都会来一趟。

他慢慢骑着，城外的风很是寒凉，迎面扑来，像一柄柄小刀刮过。这是因为春风吹拂，初寒星两极的冰川开始融化，城外气候急剧下降，它也预示着，每年一次的大洪暴要来了。李川在路上看到很多动物都开始搬迁，鸟类大举迁移，走兽的叫声也在城外森林里平息下来。春天本该是草木繁盛鸟兽欢愉的季节，但在这颗星球上，真正的危险都潜藏在这一阵阵春风中。

骑了十几分钟后，他到了灯塔下，抬头望去，塔尖高耸，几乎要刺进苍穹里去。他把车靠在灯塔边，要是往常，他会走进灯塔里，沿着盘旋的楼梯爬到塔顶，俯视整个大地。但现在有些晚了，他径直走到湖边，坐在齐腰高的草丛中。草叶覆盖了他的身体。

湖边散落着光洁的鹅卵石，李川随手摸索，摸到合适的石子就拿起来，随手甩向湖中。石子在湖面上跳跃，溅起一连串的涟漪，光波离散，仿佛谁在水面上轻盈地踮脚而行。他无意识地打着水漂，时间在石子与水的触碰中无声消逝。

只有在这个时候，他心中才不会想事情。在这个陌生的星球上，他没有亲人和朋友，没有属于自己的地方，只有这个冷清的郊外湖泊，以温柔的波光收纳他的苦恼。

半个小时后，他拍拍手上的泥土，站起来，准备回去。此时天已沉沉，初寒星轨道上的六颗大型卫星全部隐没不见，夜色发酵般四处弥漫。这样的天色让他心里有些发怵。正要转身时，他突然看到草丛中有两只漆黑的眼睛望着自己。

李川吓了一跳，凑上前去，才看清原来是一只奎狗。奎狗是初寒星上典型的原生动物，浑身茸毛，尾巴长在背上，依次排开，软绵绵地耷拉着。它趴在草丛里，警惕地看着李川，口里发出低沉的喘息。它的右前腿受了伤，渗出殷红血迹。

李川立刻明白了，大洪暴在即，许多动物已经开始了迁徙，这只幼小的奎狗显然是因为受伤，被狗群抛弃了。“很痛吗，小家伙？”李川蹲下身子，伸手去碰奎狗的额头。奎狗低呜，撑起腿想远离李川，却不小心碰到了伤口，顿时又疼得趴了下来。

“好，好。”李川像做错事了一样后退，“我不碰你，你放心。”

他抬头看了看，天空越发阴沉，狰狞着俯视一切，不由担忧地喃喃道:“可是你留在这里不安全，你的家人不会回来了……”他又轻手轻脚地靠近，趴在地上，把脸对着奎狗。四颗乌黑的眼珠对视着。奎狗初时很警惕，发出呜呜的威胁声，但几分钟过后，它的呜咽声渐渐低了下去，垂下头，吭哧吭哧地舔着腿上的伤口。当李川抱起它时，它没有挣扎。

进了城，那股荒野阴霾的气氛陡然消失，城市改造系统总是让人感到舒适。但李川没有过多地享受这种感觉，他左手抱狗右手扶车，飞快地骑过一条条街道，在灯光流影中穿梭，回到了自己的家中。

其实这并不能叫家。它只是一间租金便宜的简陋房子，里面没什么设施，也没有人。

住处寒酸，其实李川的账户里有一些钱，但都用来负担高额的学费以及买那些奇奇怪怪的机械了。他独居，父母和两个哥哥很早以前就去世了，不过现在还好，他怀里抱着一只狗。

他很快替狗清理好伤口，用绷带包扎好，再去买了些蔬菜和肉类。这是很好的待遇了，平时李川的菜桌上极少见荤腥。饭菜在李川熟稔的厨艺下迅速散发出香味，小狗精神一振，挪到桌子边上，使劲蹭着桌腿。

“好了好了，有你吃的。”李川笑笑，把菜里的肉全部挑出来，放进狗碗里。他自己则就着蔬菜，有滋有味地开始了这一天的晚餐。

吃完饭，李川不想学习，亦无心睡眠，便抱着奎狗爬上了楼顶。这栋楼当然不是全城最高的，但也足以俯视大半个城市。他坐在顶层的护栏上，两脚悬空，呼啸的夜风吹得衣衫瑟瑟作响。奎狗被吓得伏在李川怀里，不敢睁眼，李川却毫不在意地望着远处，两腿晃悠着。

城市并未在夜色中沉睡，相反，随着夜幕的到来，另一种类型的活力在这座城市的各个角落里升腾。处处是灯红酒绿，遍地是车影人声，千家万户的灯火连缀成一片海洋。李川默默地看着，渐渐觉得所有的灯火都是海面上粼粼的波光，都是浪花反射的月光，而所有人都变成了鱼——一尾尾西装革履的鱼。

这样想的时候，他觉得特别有趣，无声地笑起来。

## 3

“怎么样，是不是个有意思的孩子？”说话的人端起酒杯，轻抿一口，让红酒的醇香在唇齿间弥散开。在他面前的全息影像里，李川正晃荡着腿，坐在夜风鼓荡的高楼顶上，痴望夜景。

“只是一个人太久了，”有人在他身后开口，犹豫了一下，“无聊而已。”

“不是无聊，是孤单，他那个年纪独有的感觉。”他放下酒杯，轮椅无声地转动，“少年时期是最尴尬的，不像儿童般可以依靠父母，也不如成人那样有能力和机遇。斯科特，你的少年时代是在训练和执行任务中度过的，所以你可能不明白李川的心思。”

“就像我不明白你为什么让我观察他一样。”斯科特面无表情，看着影像中的少年，“我实在看不出他有任何特别的地方。”

“九年了，难道你没有发现他对虚拟竞技游戏和机械修理方面有惊人的天赋吗？”

“如果你把玩游戏和搞维修算作天赋的话。”

“这当然是天赋。斯科特，这九年也确实辛苦你了，但总有一天你会知道这是值得的。或许，不久以后，你会因为这项任务而把名字留在所有的史册中。”

“谢了，不过我更愿意把我的名字留在支票的收款人那一栏里。”斯科特笑笑，后退几步，在离开房间前又站住，“前几个月，你是不是突然卖掉了十几家公司？”

“嗯，我需要一些钱，就暗地里卖了它们。”轮椅上的人表情不变，目光落在斯科特脸上，“你是从哪里听来的？”

“这个你不用管。但既然我都能知道，那么肯定也瞒不过羽京的人。”斯科特背对着他，左手扶了扶眼镜架，“你的举动太反常，他们察觉后可能会采取行动，你要小心。”

“我知道这很危险，但时间不多了。我收到消息，羽京博物馆在几个月前被窃……那柄剑不见了。”

“哪柄剑？”斯科特一愣，但他随即明白过来，霍然转身，声音有些颤抖，“你是说，那柄——‘剑’？”

轮椅上的人点头，缓缓说：“尽管羽京方面压住了消息，但几乎可以肯定，是坎塔人盗走的。现在，三祭器中的‘天平’和‘剑’已经回到坎塔神殿，只剩下‘手’了。所以，我不但要应付羽京的政客们，还有留神坎塔人，不得不把计划提前。”

“嗯，我知道了。”斯科特简短地说，“李川交给我，我会继续观察他。你照顾好你这边。”

轮椅上的人微微颔首，然后阖上眼睛，不再说话。全息投影仪停了下来，李川的身影慢慢消逝，光线暗淡，书房里幽暗下来。

斯科特还想说什么，但看到轮椅上的人似乎已经睡了，便转身出了书房。

书房建在这栋别墅的二楼，斯科特关好门，沿着微旋的楼梯往下走。阶梯都铺上了灰色的毛毯，两边则是雕花栏杆，走在上面，柔软的绒毛似乎在拉扯着裤管一样。刚走几步，他便看见一个身材高大的青年快步走了上来。

“凯文少爷。”斯科特微微躬身。

凯文站住了。他很高，即使站在斯科特的下一个台阶上，也能略微俯视斯科特。但面对这个戴银边眼镜的男人时，他总是有点儿底气不足，仿佛对方的眼睛能穿过镜片和空气，直探进自己内心里。凯文其实并不清楚斯科特的身份，只知道他经常和父亲在书房里谈事情，然后匆匆离开。凯文向父亲询问过，但父亲只是微笑着，从不回答。

想了想，他说：“父亲在里面吗？”

斯科特点头，“不过他需要休息，你可以等一会儿再去找他。”

“嗯。”凯文侧过身子，把下楼的空间让给斯科特。但斯科特没有挪动脚步，抬起头，定定地看着凯文的脸，开口道：“在你们排练舞台剧的人中，是不是有个很漂亮的女孩子，叫司盼兮？”

“你怎么知道？”凯文心中徒然一惊，眯起眼睛，仔细打量斯科特。但他在斯科特脸上看不到任何表情。

斯科特扬起嘴角，却没有回答，侧身下了楼梯。凯文皱着眉，目光一直跟着他，直到他走出一楼客厅，消失在别墅外的茫茫夜色中。

凯文想起还要找父亲，便甩甩头，把古怪的斯科特从脑海里甩出去。他来到书房前，正要敲门，突然想到父亲可能需要休息，便又犹豫地将手停在门边。

“进来吧，凯文。”里面传来父亲的声音。

凯文推门而进，里面一如往常地幽暗着，这么晚了，父亲还是不习惯开灯。“抱歉，打扰您休息了。”他走到父亲身边。

“不要紧，我只是在想事情。你今天的排练怎么样？”

凯文垂下手：“除了一个同学始终找不准感觉，让导演不满意外，其他的都很顺利。”

“是吗？正式演出是在一个月后吧，到时候，我也想去看看。”

“可是您这么忙，”凯文抬起头，表情有些诧异，“而且您行动不是太方便……”

父亲温和地笑了，椅轮滚动，让他来到凯文面前。他拍了拍凯文的手臂，“推掉那些事情就行了，我儿子当主角的演出，再不方便也要去看的。对了，一周后就是你的十八岁生日，你想要什么礼物吗？”

“我就是来和您说这件事的。礼物我不太需要，不过我想在家里办一个派对，上来问一下您的意见。”

“可以，那天是你成年的日子，这个家就让你做主了。即使客厅里出现枪声我都不会过问的。”顿了顿，父亲补充说，“当然，我还是希望不要出现枪声。

## 4

上午的天气很好，李川坐在教室里，隔着墙都能听到阳光舒展的声音。他的座位在角落，离窗子很远，只能遥遥看见几柱斜斜的光束。盼兮就坐在窗边，正仰头听课，披散下来的头发上铺满了淡淡光辉。他一时看得愣神了。

“李川同学，请你回答一下，”老师突然停下来，看着李川，“超光速的伟大意义是什么？”

李川猝不及防，连忙收回目光，犹豫地说：“超光速……可以用在宇航技术上。”

“嗯，不错，你这个答案让我很自豪，尤其是当我想起我这门科目就叫宇航技术史的时候。”

教室里有人发出了低低的笑声，像蜂鸣一样，迅速扩开。李川感到了窘迫，但并未低头，好在老师及时抬手压住了笑声，说：“既然你不清楚，就好好听课。还有谁知道吗？”

几只手举了起来。老师扫视了一下，冲窗子的方向点点头：“司盼兮同学，你来说吧。”

“超光速的出现，解开了时间和空间对人类的束缚。从此，人类的脚步可以真正踏足太阳系以外的土地。当技术成熟以后，整个地球都集中发展宇航业，这也是大殖民时代开始的标志。文明的种子像蒲公英一样在各个行星间发芽生长，促成了联盟的成立。”盼兮清晰地回答，声音清脆，在每个人耳边回荡，

“很好！”老师打了个响指，“升考的时候，考官们会喜欢这样的答案的。”

很多人的目光都汇聚到盼兮身上，有仰慕也有嫉妒，但她脸上看不出什么表情来，手放在桌子下面，低头看书。这时已经没有人注意李川了，他斜靠在墙壁上，看着面前的人头和背影，突然有些失落。而这种感觉并不是第一次出现了。

这时，他的便携通信机振动了一下，按开一瞧，是“放学后你有事吗”这几个字。他纳闷地看向发件人那一栏，立刻浑身一颤，几乎从座椅上跳起。老师的目光再次射过来：“李川同学，有什么要说的吗？”

“没事没事。”李川连声说，手下意识地遮住通信机屏幕上的“司盼兮”三字。

本来放学后他想去给保罗——他的狗的名字（源于一部他钟爱的电影）——买点药和食物的，但他的手在通信机上按动，迅速回复：“没有事情。”本来他还想在后面加一句“有什么需要我帮忙吗？”，但想了想，又删掉了它。

“那你等我一下吧。”

李川的手有些颤抖。他抬头望去，盼兮的背影被笼罩在阳光里，轮廓被勾勒出淡淡的金边。她低着头，不知是在看书还是在看通信机。李川愣愣地看了很久。

“嘿，晚上跟我去酒吧。看门的我认识，可以放我们进去。”刚放学，刘凯就凑过来。

“去酒吧干嘛？”

刘凯呆了一下，这时才发现李川的表情很奇怪，似乎很高兴，但又尽力压制着不让笑容表现出来。“去酒吧干什么？难道是喝酒吗？”他露出暧昧的神色，“当然是去找姑娘们了。你不能总是独来独往，得约个姑娘出来，那时候你才知道，人生是多么的有意义。”

“今天不行，我有约会了。”

“哦，我的朋友，”刘凯鄙夷地看着李川，摇摇头，“你不能把你的右手当做约会对象的。”

李川的脸顿时憋得近乎绛紫，拿出通信机，“是盼兮，不是我的右手！”刘凯拿过来一看，顿时明白李川的表情为什么这么奇怪了，他上下打量着李川，像是第一天才认识他，好半天才说：“没有道理啊，还是她约你？”

这个问题也困扰了李川一天。盼兮性子冷，在班上除了必要的交流外，跟谁都不太亲密。尤其李川还是班上的异类——圣辉高中是贵族学校，学生个个都家境优渥，只有李川，家境贫寒，邋里邋遢，而且独自住在城西的破楼层里。除了刘凯，基本上没有人愿意跟李川有太多的接触。

“该不会是——她喜欢上你了吧？”

李川心里咯噔一下，连连摇头：“怎么可能？我想……”他抓着脑袋，却也想不出盼兮约自己的合理理由来。

“还是有可能的。你看，你虽然邋遢了些，家里也不富，而且还整天骑个奇奇怪怪的自行车，长得不好看，个子也不高——咦，这样一说，还真的没有可能了……”刘凯用力拍了一下李川的肩，“但或许盼兮就喜欢这样的呢！这么多年了，追她的人组成一个战队，随便武装一下都能打到坎塔圣殿里去。但她一个都没看上眼，没准她就喜欢你这一款的！”

李川还是摇头，但目光下意识地落在窗子边。盼兮正在收拾东西，背影秀挺，看不到她的表情。“不……说不定是，”他一拍脑袋，“说不定要跟我讨论课程，嗯，交流一下学习……”

刘凯冷哼一声，不屑道：“得了吧，就你那成绩？基本上知道你的排名也就知道班上的人数了，还交流学习……你要把握机会，盼兮可算得上是校花，不但漂亮，性格也温柔，据说她还擅长做家务，去年郊游的时候做的菜让所有人赞不绝口……”他喋喋不休地讲着盼兮的好处，最后郑重地拍着李川的肩，“总之，你要是有了她，就相当于有了一个管家，一个厨师，一个保姆……”

“去你的！”李川正要发作，抬头却看到盼兮已经收拾好，抱着书本，站在窗子边。

“好吧，既然是盼兮，我想酒吧的姑娘们你是看不上了。那我先走了，不过，明天你一定要告诉我，你们之间发生了什么。”临走前，刘凯凑近李川耳边，小声说：“嘿嘿，或者让我猜猜发生了什么，至少，你要给我六十九次机会……”

## 5

从学校出去，走过一条街后向左转，再走五条街会有一个十字路口，朝前走就是盼兮的家，往右拐是李川住处的方向。往常他骑车十分钟不到就能穿过这六条街。但现在，才过了两条，他就觉得似乎已经走了很久很久。这一方面固然是因为他在推着车走，更重要的是，盼兮一直沉默着。

从出了校门起，她就低着头，没有说话。李川也不知怎么开口，只得一边走一边左顾右盼。他们走在底层的街区上，半空中布满轻轨车道，纵横交错，上面的车辆密密麻麻。偶尔有几辆车凭空漂浮，呼啸而过，在半空中留下一道道淡淡的烟痕。高楼如钢铁巨兽般矗立着，直达渐渐暗下来的云霄。墙壁是由银幕组成的，光影闪动，各式各样的广告充斥着整个城市。

“今天，你家里怎么不来接你？”想了好久，李川才硬着头皮打破沉默。

盼兮抬起头，手拂了下耳畔发丝，说：“我家里有点事……他们就不过来了。”

于是沉默又开始了。李川心里憋得像有只老鼠在挠，实在忍不住，结结巴巴道："那……那你，你今天叫我，是有什么事情吗？"

"其实也没什么，就是觉得你在演舞台剧的时候太紧张了。"盼兮轻声说，"其实不必的，你越紧张姿势越不对。我看到你就那么直接摔下去，会很疼吧？"

李川摸摸自己的后肩，笑笑，"还好，不算疼。我没有演戏的天分。"

"多练练就好了。如果哪天合适，我们可以出来练习——只要你不怕疼。"盼兮说着，抿嘴微笑，嘴角皱起好看的弧度。

这个笑容让李川怔了几秒钟。这几秒内，他看不到拥挤的城市，听不到喧嚣的噪声，感觉不到傍晚的风拂过他的脸颊，眼睛里，只有盼兮恬淡的笑脸，无限放大又迅速缩小，刻在了脑海中某颗白色的石头上。他语无伦次地说："为……为什么——我是说，怎么会突然帮我……"

"李川同学，你是地球移民吧？"

"嗯。"李川呆呆地点头。他的父母和哥哥就是为了移民，在航行事故中去世的。联盟成立已经五百多年，星际间的迁移早就不是新鲜事，但对大部分宜居行星来说，"地球移民"仍是个贬义词。

大移民时代伊始，人们蜂拥着举家迁移，留在地球上的，要么是因为贫困而付不起航票，要么是因为不愿到未知的宇宙中冒险。留下的人继续生活在地球上，由于人口压力骤减，以及缺少有力的管制，他们肆意利用资源，无所顾忌地繁衍，社会制度也曾一度崩溃。以前有移民想回故土探望，但当他们到达外空间时，就接收到了地面上的情况信息，地球满目疮痍，居民动荡不安，吓得移民们立刻转向离开。此后，地球居民成了穷困与野蛮的代名词。

随着时间流逝，移民们在各个行星间生根发芽，渐渐遗忘了遥远的地球。很多人甚至认为自己的祖祖辈辈就是生活在这颗星球上的，“地球”这个词，除了在课本里偶尔提到过外，更多地却是出现在骂人的脏话里。十几年前，太阳出现了剧烈膨胀现象，这表明，地球将在不久后被淹没在上亿摄氏度的火焰里。在死亡面前，地球居民们终于胆怯了，向联盟的数百个宜居星球都发出了移民的请求。

毕竟同为一族，除了少数行星的政府拒绝之外，绝大多数都同意接纳。比如初寒星，就接收了近五千万的地球居民，李川便是在那个时候离开故乡成都，去往陌生的星球。

这五千万人给初寒星增加了巨大的就业和居住压力，引起不少人反感。李川在班上不合群，除了家境贫寒外，他的身份也是很重要的原因。现在盼兮提到这个，他有点儿不太自然。

盼兮咬着右侧嘴唇，犹豫了一下，说，“其实，我也是地球居民。”

“啊？”这个倒是李川没有想到的。

“刚到这里时，我家里被排挤得很厉害。有一次一群人冲进家里，砸烂了所有家具，还在墙壁上写上‘地球佬滚回去’。我吓坏了，从此爸爸让我不要跟别人说。所以，学校里没有人知道我的身份。”盼兮幽幽道，“但我记得，刚开学的时候，你当着全班的面自我介绍，第一句就是‘我来自地球’……”

“这个啊，我当时没想那么多。”李川不好意思地挠挠头。

盼兮停下来，郑重地看着李川，“所以，我们其实是同乡。同乡之间是应该互相帮助的。”

李川使劲点头。看着他小鸡啄米一样的姿势，盼兮再度微笑，继续向前走。接下来的三条街，他们没有再说话，天色变暗，地平线处升起了六颗月亮，清辉环绕着他们。

到了十字路口，盼兮挥手冲李川道别，然后走进人流里。李川驻足，看着黑压压的人群湮没了她的身影，再也寻不见，不禁怅然地叹了口气。

快骑到家门口时，通信机响了起来，是刘凯：“嘿，小子，进展怎么样了？”

刘凯那边很吵，人的喧哗声和震耳欲聋的音乐几乎完全盖住了他的话。李川反应了很久才明白过来，说：“没什么。”

“等等，我找个安静的地方——嘿，姑娘，麻烦让一让，顺便说下，你的腿真漂亮……”过了会儿，喧杂声微弱下去了，刘凯的声音清晰了许多，“把经过告诉我，我来给你分析分析。”

于是李川简短地把他和盼兮的对话说了，末了，说：“你看，就只是简单的帮助我而已，不是你说的……不是你说的那个样子。”

“傻瓜啊你！人家都已经暗示到这个地步了，你还不明白！”刘凯的声音饱含恨铁不成钢的愤慨，“她都叫你合适的时候可以跟她出来练习——这哪里是帮助，这是约会啊！”

“不会吧……盼兮应该不……”

“承认吧，她那个性子，从来冷得像冰，哪里对别人这么热情过。她能对你这样，还有什么其他的解释吗？”

“或许……真的是因为同乡……”

“去你的同乡！现在都是什么年代了，还有谁会真的在意来自同一个地方？”刘凯语气急切，“快，赶紧回头去找她，现在还来得及！”

“你怎么比我还急？”

“我当然急了！你是我朋友，我不能总看着你一个人。”

李川身子一颤，深吸口气，然后犹豫道：“可是，我不敢……”

刘凯的声音几乎要把通信机振爆：“快，别磨蹭了！我们从猴子进化成人类，可不是为了看着自己喜欢的女孩子越走越远的！”

李川浑身一激灵，一股澎湃的力量从心里涌上来，势不可挡，在全身鼓荡。这是从未有过的感觉，像是被闪电击中，身上每一个细胞都流窜噼啪作响的电火花。他挂了通信机，两手用力一提，车头猛转，前轮划出了一个危险的急转弯。

他用力蹬着，速度极快，耳边满是呼呼的风声，夜景在身侧不断掠过。一路上，很多人对这个骑着古老交通工具狂奔的少年指指点点。但李川毫不介怀，他心里只有远处那隐约窈窕的身影。他是如此之快，以至于街铺的灯火在他眼中成了一道道急速流逝的光弧，他穿过一重又一重夜的帷幕，连风和光都跟不上他。六轮月亮在他头顶升起来了。

终于，在骑过十几条街后，他看到了盼兮的背影。她仍然低头走着，走在光影交替的道路上，像精灵一样。

李川停下车，喘气如牛，好容易调匀气息，正要叫出盼兮的名字时，却发现盼兮突然抬起头快走了几步。顺着她的身影，李川的目光一路跟上，他先是看到一辆流线型低底盘的轿车，然后看到一个高大健硕的金发青年正含笑看着盼兮。而盼兮走到他面前，说了几句话后，侧身坐进车里。

轿车启动引擎，浮到空中，然后划出一道流光。周围的人都仰着头，羡慕地看着这辆不但昂贵而且稀少的轿车在夜空中远去，纷纷咋舌。没有人去留意街上那个表情凝固的少年。

不知过了多久，李川才回过神来，默默地转身往回走。他一只手插在裤袋里，一只手扶车，低下头，夜色渐沉，他的影子被路灯拉长又缩短。

“嗡嗡嗡”，通讯器又振动起来了。他慢吞吞地拿出来，是刘凯，无奈地叹口气，又把它放回口袋里。这个时候，他感觉有些冷，似乎春寒还未尽，冷意贴在皮肤上，像虫子一样钻进去，在血管里流窜。他紧了紧衣领。

通信机还在振动着，持续不绝，李川有些不耐，掏出来接通，“你烦不——”

“我有麻烦了！”刘凯显然没有听清李川的话，一接通就大声吼道，“快到酒吧来！”

## 6

“旋转星球”酒吧位于市中心，虽名为酒吧，主要顾客却是周边的学生。里面有游戏设备、娱乐装置，以及品种丰富的低度饮料，每晚都会有许多高年级的学生来这里消磨一段时间。但因为价格昂贵，李川从没来过。

所以当李川把自行车停到酒吧门口后，一时犯了难，不知是从哪个门进去。好在一个门口已经候着一个青年了，他叼着烟，正在左右顾盼。看到李川后，他走过来，鄙夷地看着那辆自行车，问道："你就是那小子叫来的帮手？"

李川知道他说的是刘凯，沉默了几秒，问："他怎么了？"

"那小子不长眼，跟我老大的妞儿搭上了。走，进去，吉姆都等得不耐烦了。"青年吐出一口烟圈，扭头往里走。李川没有再说话，跟着青年走了进去。

酒吧空间很大，中间是圆形舞池，四周错落放着典雅的桌椅沙发，在暗淡的彩光下显得暧昧迷离。再外围，摆放这一张张奇怪的床，床头放着一个金属头盔，其上线路密布，错杂的电线从头盔伸进墙壁里，然后在舞池上方的大屏幕上接合。李川知道这是可以接驳人脑的感应头盔，能在大脑中模拟程序设计的景象，并将图像在屏幕上显示出来。所有的虚拟游戏都需要配置这样的头盔。

但李川的视线没有在感应头盔上停留很久，他看向舞池，上面站满了人，却不是在跳舞，而是围成一圈。那青年带着李川挤进去，一边挤一边大声嚷："让一让，这小子的帮手来了！"人群的目光立刻又汇聚到李川身上，但他面无表情地走到中间，找到了刘凯。

刘凯正被几个高大的青年围住，看见李川来了，像见了救星般站起来："你总算来了！"

“怎么回事？”李川沉声问。

刘凯简单说了经过。他在酒吧里看见一个漂亮女生，就端着酒走过去，正聊得欢快，一个叫吉姆的高个子走过来，揪起刘凯的衣领就要动手打人。原来吉姆刚刚被这个女生拒绝，心中愤恨，看见刘凯跟她有说有笑，无名之火升腾而起，便过来找茬。眼见他们就要打起来，女生连忙制止，终究没有真的动手。但两人心里恼怒，都不肯走，这时酒吧老板过来了，略一沉吟，说：“既然不甘心，就在游戏里打吧，既可以决胜负，也不用砸了我的店。”

他们选择了《宇神御击》。这是一款竞技类虚拟游戏，刚刚在联盟各行星上市，虽然出现时间短，但因其无与伦比的真实感和丰富的细节量得以迅速流传。酒吧里的十几个感应头盔里都加载了这款游戏。除了以三次星际大战为背景的主线故事外，《宇神》还开发了众多独立场景，可供 PVP（玩家对战）之用。

刘凯和吉姆就是在根据经典名著《魔戒》改编的中土战场上进行决斗的。在开始之前，他们赌定，输的一方将喝下一杯“晕眩”——顾名思义，这种饮料不但难喝，而且会让人陷入神智不清的昏睡中，软倒数天。刘凯痴迷《魔戒》电影，也看过几遍书，对里面的场景和势力格局十分熟悉，没有多想便答应了。

刚开始时，他借着对剧情的熟稔，一面派佛罗多去将戒指丢进火山中，一面指挥人类军队分散吉姆的注意力。但他显然低估了吉姆，他手下的戒灵骑着龙兽在天空巡视，严密监视在通往末日山的每一条道路；同时，魔都的军队倾巢而出，攻克刚铎和阿诺诸国。当佛罗多还困在路上时，整个中土已在战火中沦为魔域……

刘凯三战连败，脸色发白，吉姆的小弟已经端上了一杯“晕眩”，放在他面前。“等等，”迟疑了几秒钟后，他突然想到了李川，“我有个朋友，玩竞技游戏特别厉害。你要是真有种，就等他来，保证让你输得话都不会说。”最后一句话惹怒了吉姆，他不假思索地答应了。

此时看到李川过来，吉姆狐疑地打量着，好半天才哼出两个字：“就你？”

“我们走吧。”李川仍是没有表情，走到刘凯面前。

“可是……”刘凯愣住了，“你不帮我，我的脸就丢大了。”几乎全酒吧的人都在注意这边，见李川没有应战的意思，不屑的讥笑此起彼伏。这里面，有不少圣辉高中的人，其中一个走到吉姆耳边，小声说着什么。

“原来是你。”吉姆走到李川面前，“我听说过你，你有一辆自行车，那种几百年前就淘汰了的货色，也只有你这种人才会每天骑过来骑过去。没想到那小子找来的帮手是你……想走也可以，来，把这玩意儿喝了。不过我怕你喝了之后，连你的那辆自行车都上不去了！”

周围的人有不少人认识吉姆，此时配合地发出哄笑，但他们的笑声很快就像被刀割断一样停止了——李川接过“眩晕”，眉头都不眨一下，仰头一饮而尽。

“现在呢？”李川淡淡地问。

吉姆一时愣住了，和周围的人一样发不出声音来。这是他第一次看见有人能面不改色地喝下一整杯“眩晕”——要知道，它的刺激性苦味几乎能让人在几个月内丧失味觉。

就在吉姆发愣的时候，李川拉起同样目瞪口呆的刘凯，向酒吧外走去。从头至尾，他都没有看一眼吉姆，他的眼神深邃而空洞，没有焦点。这种态度让吉姆莫名地生气，回过神来后，对着两人的背影，吉姆大声咒骂：“滚吧滚吧！有本事你就直接滚出初寒星，胆小的地球佬！”

李川的脚步突然止住，右拳慢慢捏紧，指节泛白。

烟雾在破败的废墟里弥漫，处处残砖破瓦，掠过的风中夹带着硝烟味，让鼻子很不舒服。李川顶着防弹盔，手拿一柄 AWM 狙击步枪，小心地在废墟里移动。头顶铅灰色的云层低压，空气潮湿而凝重，四周只有风声。

这是一座被战火焚烧过的城市，到处是尸体，连在一起，有些已经腐烂，蛆虫和老鼠在上面爬过。地上散落着各种枪械，从步枪到激光枪都有，但李川逐一检查，要么没有弹药，要么部件坏了，没有一个能使用的。他只得掰断步枪的上部，把刺刀取下来，插进皮带里，继续向前搜寻。

“噗”，他脚下的砖块突然迸裂，灰尘乱扬。他立刻卧倒并侧身翻滚，滚到一堵半人高的墙后，这期间，又有两颗子弹射来，其中一颗击中了他的裤管，但未伤及皮肉，只留下了两个发烫的破洞。

远处的吉姆扬起一丝冷笑，瞄准镜里的十字稳稳地对准了那堵墙的墙头，上下游移。那堵墙周围没有遮挡物，最近的掩体在几米开外，只要他一露头，吉姆的子弹就会射出去。李川旁边只有腐烂恶臭的尸体，就算他背起尸体来格挡也逃不了。吉姆的右手食指扣在扳机上，信心十足，他的兵器是M99，虽然老旧，但在一千米范围内，足以击穿五个重叠的人体。

瞄准镜里，始终没有出现李川，吉姆有耐心地趴在水泥平台上。空气越来越凝重，每次呼吸都极为费力，额头上渗出了汗水，吉姆不敢去擦，任汗水在脸上滑过，麻痒难当。

时间在汗水的滴落中流逝。半个小时后，吉姆渐渐感觉浑身僵痛，心头烦躁起来，手指猛地扣下。一颗12.7毫米子弹呼啸着射出，把那墙壁上的一块探出的砖块击得粉碎。他毫不停顿，一边扣动扳机一边换弹，动作熟稔流畅，那边的墙头像被点燃了炮竹般不停爆开，粉尘散落如雨。但李川始终没有露头。

吉姆正要细看，“砰”，他身侧的水泥平台被轰出一个凹陷。他吓了一跳，连忙翻身滚到平台下，躲到掩护槽里后，他掏出一面镜子，借着反光观察李川的情况——李川低伏在更加破损的墙壁后，只露出防弹帽和左手，架着AWM，枪管对着自己这边。

而那堵墙下，居然出现了一个小孔，恰可容枪管探出——“妈的！”吉姆暗骂一声。原来这半个小时内，李川一直没有闲着，不知用什么在墙壁上挖出一个孔，自己只顾盯着他会不会从墙头冒出来，竟然没有察觉到！以那个孔的位置，李川根本射不中自己，所以他挖好空洞后，也一直等着。直到自己失去耐心开始乱射，才发出一枪吓自己，使自己从平台下翻下来，失去了制衡点。

现在李川已经伏在墙头，占据高位，但吉姆仍不着急。他所在的位置是经过挑选的，障碍物密布，李川不可能一下子找到自己。

而只要再寻个好的狙击点，不难扳回优势。他尽量轻盈地挪动，并随时用镜子观察李川的动静。哈，那个地球佬一直趴在墙头，架着枪，对准自己之前埋伏的水泥平台。

防弹帽遮住了李川，但他露出的手臂是个好靶子。吉姆想着，挪到一块倒塌的广告牌后，卧倒，架好 M99，对准李川的手。他深吸口气，脑中迅速运算着风速、距离和风向，然后缓缓扬起笑容，食指猛扣！

子弹精准地击中了那只手臂，如穿腐木，余势不止，深深地嵌进了墙壁里。吉姆的笑意更甚，但随即他就意识到有什么不对劲了——那只被击穿的手臂似乎不知疼痛，还耷拉在墙头。他眯起眼睛，在瞄准镜片后仔细观察，发现那手臂上连血都没有出来。

不祥的预感蒙上心头。

吉姆正要爬起，一只手无声无息地从他肩后伸出，手上握刀，刀上寒锋流转。

吉姆愤愤地摘下头盔，扑到显示屏下，把李川那一方的画面调出来。

屏幕上的李川被压制在墙壁下，但表情没有一丝慌张，蹲在地上，用步枪的刺刀在墙壁上凿孔。游戏的设定里，墙壁本身经过战火侵袭，又被风吹雨打，凿起来并不是太困难。大概二十几分钟后，孔就被凿好了。但他并没有急着探出枪管，而是将身边一具尸体拖过来，使其靠在墙上，并把防弹帽扣在尸体头上。这时吉姆的子弹射过来了，李川迅速从空洞里射出一枪，然后把枪架在墙头，顶起尸体，让尸体的头和手露出来。这一连串动作只在两秒内完成。随后李川像豹子一样窜出去，离开墙下，藏到几米外的掩体下。而此时吉姆才掏出镜子，调好角度观察，他的注意力全在防弹帽和手臂上，丝毫不知道李川已经拿着刀，悄悄潜到自己身后……

吉姆越看脸色越铁青，捏紧拳头，他的小弟们脸色都很尴尬，不知说什么好。吉姆在他的圈子里是最出色的竞技玩家，很早就辍学了，这几年来一直晃在外面，结交了不少势力。以往进行 PVP，对方要么是因为实力不够而输给他，要么因为胆怯而不敢赢他——当然，前者占大多数。像这种不留余地地被打败，与吉姆来说，还是第一次。

李川的手抽搐一下，刘凯连忙上前，把他的头盔摘下来，扶起他："怎么样？"

李川扶着头，努力晃了一下脑袋，"眩晕"的效果已经发作了，他的头比同体积的铁块还重。他低声说："没事，我们走吧。"

"等等！"吉姆大步跨过来，横在他们前面，"要想走，就再来一局！"

"你怎么这么不守信用！他喝了'眩晕'，已经不——"刘凯的话还没说完，脸上已经挨了吉姆一巴掌，热烫的感觉在皮质层下蔓延。刘凯大怒，挥起拳头要还手，却被吉姆的小弟死死按住。

吉姆不管刘凯，凑近李川耳边，低声说："听着，我知道你们是圣辉高中的，我在那附近认识不少人，相信我，我会让你们每天至少挨三五顿打。升考快开始了，我保证能让你们带着满脸淤青伤痕去见面试官，那些面试官会一个劲地问你脸上的伤是哪儿来的，而不是跟你讨论为什么你要选择他们的星球……所以，你最好赶紧躺回去，戴好头盔，跟我再来一局。”

李川后退一步，站稳身子，他眼睑低垂，脸上阴沉如海，无数寒风阴云掠过。他看了一眼正在奋力挣扎的刘凯，点点头，踉跄着走向操作床。周围依然围观着不少人，但没有人再发出讥笑了。他们给李川让出路。

“等等，这次，”吉姆看着李川的背影，冷冷地开口，“为了郑重，我要开启惩罚模式。”

人群大哗，议论声此起彼伏，连吉姆的小弟们都愣住了，不解地看着吉姆。

“你记住，如果你不投降，我就在游戏里杀了你。”吉姆冷笑着。

惩罚模式是《宇神御击》单独开发出的技术，戴上头盔后，不仅会在脑中模拟游戏场景，更会通过感应线头与全身神经接驳，掌控身体的实际感觉。一旦在惩罚模式下死亡，不仅会输掉游戏，更会让游戏里的虚拟痛觉传递到身真实体里。曾有一名玩家在游戏里被击中心脏，加上本身体质不好，醒来后受不了巨大澎湃的疼痛，猝发心肌梗死而死在操作床上。所以，这种模式很少用，只有在签协议书后才准许开启。

“不要答应！他太卑鄙，你都已经不清醒了！”刘凯被按着地上，大声叫。

李川像没有听见，站在床旁，似在考虑。几秒后他点点头，依旧没有说话。

“好的！我也不欺负你，选个进展快的副本，在你昏厥之前打败你。”吉姆仰起头，屏幕上的 PVP 场景名称流水般划过，“你选吧。”

李川的视野已经有些模糊了，他抬起眼睛，颤抖着举起手，指着屏幕，“就是它，《三体》……”

《三体》是根据古地球时期一部科幻巨著改编的场景，讲述人类和外星种族三体人之间跨越百年的纷争，在宇宙尺度下，涉及了阴谋、爱情、战争和生存规则，曾一度成为科幻圣经。这个副本不比狙击战，要靠策略取胜，以李川现在的脑力，他居然选择这么有难度的游戏。

吉姆眯起眼睛，眼缝里渐渐聚起了锋利的光，寒声道：“你确定？”

李川无力地点头。

“那我选择三体一方。”想了想，吉姆说。

“你还要不要脸！他都快昏了你还占便宜！”刘凯脸都憋红了，努力抬起头，怒声骂道。吉姆挥挥手，一个小弟死死按住刘凯的头，让他的嘴贴着地板，说不出话来。

李川脸上沉郁如死，戴上头盔，平躺下来。

## 7

夜色已深，往常这个时候酒吧里的学生都会纷纷离开，毕竟第二天还要上学。但现在，舞台上站满了人，还有越来越多的学生往酒吧里挤，每个在里面的人都仰头看着头顶的屏幕，凝神屏息，似乎怕打扰了正在游戏里运筹帷幄的两人。

屏幕上，三体第一舰队已经出发，漆黑的宇宙背景下，缓缓移动的光点如同星辰闪烁。在舰队的前方，水滴探测器如夜枭般无声无息地滑行着，群星闪耀，星河在舰队的后方旋转。危机正在逼近地球。

吉姆坐在悬浮的空间站内，他面前的影像正把海量的信息呈现出来，让他判决并下达指示。这些信息是智子在地球各处收集来的，大多没有用，但他仍是小心鉴别，提防李川有什么诡计。但转念一想，连自己都觉得有点儿羞愧，居然占一个喝下了“晕眩”的人的便宜——只是，自己不能再输了。

吉姆对李川的每一个指令都斟酌，但随着李川下的命令越来越多，他便只能选择性地考虑。

李川似乎脑子已经不能转了，在地球指挥部里胡乱下命令，一会儿让舰队排成直线，一会儿围剿 ETO，又让执剑人加大威慑力度，还有许多芝麻蒜皮的小命令。

吉姆逐渐对这种毫无章法的战术失去了兴趣。他暗自计算了一下，以三体人的实力，地球再怎么挣扎也不可能取胜，便不再理会李川的命令，而是有条不紊地按照剧情走。后来李川送出了云天明的大脑，吉姆的三体舰队也阴云般地压向地球，时间线的跨度骤然加大。吉姆笑起来——场景即将变换，三体第二舰队马上就要攻占地球了。

然而，接下来出现的画面是三体第一舰队返回，与三体第二舰队对战。

这两支远超人类科技的舰队，任何一支都能令地球陷入万劫不复之地，却偏偏互相攻击起来。

李川没有再指挥，努力睁大眼睛，额头上汗水密布。人类军队跟他一样，注视着宇宙中的这一场战斗。

三体舰队兵败如山倒，飞船接二连三地破裂，没有火光也没有爆炸声，一切都在寂静中进行着，如一出残忍的哑剧。随后，人类舰队在空间中展开，虽不多，但包围失去战斗力的三体母舰已是绰绰有余。吉姆尚在惊讶的时候，李川已经带着士兵冲进指挥舱，黑洞洞的枪口正对着吉姆的脑门。这时李川的影像很模糊，趋于透明，身体像被干扰的信号般闪烁不已。这说明他已经快到达极限，马上就要因为思绪不清而强制下线，但他握抢的手很稳，一点儿不颤。

“就差这么几分钟了！”吉姆懊恼地站起来，大声说，“好吧，尽管我不知道你做了什么，但你赢了。我投降，下线吧。”

“很好。”李川点点头，手指扣动扳机，一颗子弹在狭小的空间里急速射出，钻进吉姆的额头。

血像花一样盛开又谢落。

“啊！”吉姆惨叫着，发疯般扯开感应头盔，抱着头在床上翻滚。子弹穿脑的疼痛毫无保留地刻在他的痛觉神经上，这种痛苦会持续九十秒。他的小弟们束手无策，只得转头对这李川怒目而视。

李川恍若未觉，颤抖着摘下头盔，刚要起身，头脑一阵眩晕感传来，他又直挺挺摔到地上。刘凯挣脱小弟们的压制，爬起来，扶住李川，搀着他往外走。

先前指引李川进来的青年横到他们身前，脸上肌肉抖动，怒声问:“吉姆都投降了，为什么你还要开枪！”

李川艰难地抬起头，看了他一眼，没有回答。

“他已经不行了，有什么要算账的，过几天再说。”刘凯已经冷静下来，沉声说，“我们在圣辉高中，你们什么时候都可以来找。”

青年紧盯着他们。全酒吧的目光都汇聚他身上，他扭头看了一眼还在惨叫的吉姆，良久，咬牙道:“今天算你们走运。以后，不要走人少的路，不然……”他顿住了，转身去照顾吉姆。

刘凯扶着李川出了酒吧，夜风猛地吹来，他心头清醒了不少。李川闭着眼，似乎陷入了昏厥，但他的嘴唇一直在翕动，念叨着什么。刘凯把耳朵凑近他嘴边，听了好半天才听清楚，那是一个熟悉的人名。

接下来的几天，李川陷入了漫长的梦中，他似乎能感受到外界的声音和影像，但并不清晰，唯有一幕幕的梦境在脑中交替浮现。他看到了地球，孤独地旋转在轨道上，而她的子女们已纷纷去往遥远星际；他看到了战火在飞船里蔓延，到处是惨叫和鲜血，瘦弱的小女孩缩在角落，他跑过去对她说你害怕吗；他看到长长的街对面，盼兮坐进了凯文的车，飞向远方，四周只有沉沉暮色……

当他醒来时，发现自己在病房里，四壁雪白，旁边架着输液器，营养液源源不断地涌进身体里。他拔掉针管，坐起来，刚起身就听见门开的声音，是刘凯。

“你终于醒来了！”这几天，一直是刘凯在照顾他，把自行车给推了回去，还偶尔去给保罗喂食，请假条也是他向学校撒谎弄到的。

李川似乎还没恢复过来，面上沉如死灰，定定地看着雪白墙壁。

“嘿，你别这个样子，我那天也不是特意要打扰你和盼兮的约会的，确实出了事情嘛。你在梦里一直叫她的名字，嘿，说说那天你回去追她之后，做了什么事……你不说，难道要给我六十九次机会猜？”刘凯本想活跃气氛，但不料这话一说出口，李川脸上更加灰败了。

“我没追到，”好半天，李川才呐呐地开口，“我看见她上了凯文的车。”

刘凯一愣，无言地拍拍他的肩，叹息一声。沉默了几分钟后，刘凯突然想起什么了，问道：“对了，我一直好奇，你在游戏里，是怎么打败吉姆的？按说当时他的三体舰队占尽优势，怎么可能一下子就全面崩溃了呢？”

“我并没有把握赢他，是胡乱试的。游戏里是输入了《三体》全文，系统推演剧情，所以我对我那个命令会造成什么效果毫不知情。但除此之外，我没有任何取胜的机会，就试着发出了那个命令。”

“可是你发了很多命令啊……”

“是的，但其他的命令都是用来迷惑吉姆的，唯一有用的藏在这堆指令中间，避开吉姆的注意。其实倘若在真正的故事中，这个命令可能没用，因为智子必然会分析出它的意图，从而阻止。但在游戏里，吉姆没有想那么多。”

刘凯摸着脑袋，疑惑地说：“到底是哪个指令？”

“你了解云天明这个人吗？”李川没有回答，问了另外一个问题。

“知道一点，”《三体》这本书在行星间传得很广，所以《宇神御击》才会买下版权将其做成游戏。刘凯也看过原著，对云天明记忆深刻，“他很深情，爱着程心，甚至为她买下了一颗行星；他也很聪明，在三体舰队里写了很多童话，藏着令人叫绝的信息，虽然那些信息最终没能帮助地球避开二维化的厄运……”

“他也很胆小，暗恋程心这么多年但不表白；他又懦弱，察觉到亲人希望自己安乐死后，没有反抗……那你觉得托马斯·维德是什么样的人？”

“哦，这个人给我的印象更深些。他很激进，为了自己的目标，不择手段，无视道德，野心也很——等等，你提这两个人干什么？”刘凯一拍脑袋，眼睛瞪大，“难道你——”

“对，在阶梯计划中，我留下了云天明，送的是托马斯·维德的大脑。”

“原来还可以这样。”轮椅上的人对着影像，露出略微吃惊的神情。

“难道伟大的三体舰队会败给一个人类的大脑？”斯科特有些不屑，“这未免太小儿科了！要是在《三体》刚面世那阵子，有人说出这样的话，恐怕会被三体迷唾骂致死。”

“你不要小看这条命令。人眼的像素是 5.76 亿，但依旧看不清人心，人是宇宙中最复杂的生物，做的事情完全不可预料。”轮椅在书房里转动，车轮辘辘，幽暗的光线下，斯科特看不清他的脸，只能听到他的声音在书房里旋转，“就像李川所说的，《宇神御击》只是考虑了小说的情节参数，根据玩家的命令进行推演，编织出剧情。如果送维德的大脑，以他的性格，那发生在三体第一舰队里的事情就完全不一样了。具体是什么，我们无从得知，但从最后的结果看来，系统认为维德成功操纵了三体第一舰队，反过来与第二舰队抗衡，最后导致舰队全部失去战斗力。”

“系统就这样让李川赢？他的运气也未免太好了。”

“是啊，运气……我记得，每一个在星际史上留下了名字的人，除了都具备谋略和野心，运气也是必不可少的。我们可以考虑到任何因素，但运气永远是游离在外的变数。所以，一个拥有运气的人比拥有才能的人更加珍贵。”

“我不相信他会一直那么好运。”

“我也不相信他会一直好运，但运气出现在关键的地方，就够了。其他时候，还是要靠他自己。”

斯科特点点头，又突然想到了什么，说：“对了，这次比赛，李川得罪了他惹不起的人。听说对方一直在准备报仇，要不要哪个晚上，我过去照顾一下他们？”

“不用了，如果李川连这都不能处理，我恐怕也会对他失望。”

## 8

再次进教室的时候，李川发现有些地方不一样了。他走到自己的座位，坐下，那种不对劲的感觉像阴霾一样笼罩着他。过了好一会儿，他才察觉到——是班上同学看他的眼神变了。

侧面和前面都有目光投来，但飘忽不定，李川一回望过去，那些目光便立刻游移开去。这很奇怪，在往常他毫无存在感，就像空中的灰尘，在阳光下都不会投下阴影。

他纳闷地点开课桌上的显示屏，今天的课程安排跳出来，课程很满，而且文科性质的课比重很大。他无奈地抓着头发，点开教程。那些目光又回来了，混杂着不屑、疑惑、惊讶和好奇等复杂的感情，即使隔着空气，李川都能感觉到。他再也忍不住，霍地站起来，那些目光顿时散开，假装看书、做题或思考。李川看向窗边，盼兮倒是端正地坐着，拿着一支笔，笔在指间旋转。她低着头，留给他的只是背影。

李川醒来后，看到通信机上留有几条信息，是盼兮发来的，问他怎么没去上课和什么时候有空去练习。李川在昏迷中没有收到，清醒过来了也不知如何回复。他长久地凝视着通信机，叹了口气，一条条删掉信息。或许盼兮会生气吧，他想，慢慢又坐下来。

放学后，他拉住刘凯，问:“今天怎么回事，我觉得整个班都怪怪的？”

“你不知道吗？”刘凯比他还惊奇的样子，“你怎么这么迟钝！你打败了吉姆，整个学校都传遍了，你没来的那几天，每节课都会有人到我们班上转悠，估计也是想看看你的样子。”

“不就是一场竞技比赛吗？”

“那是因为你不知道吉姆是什么人。他老早就辍学了，在这一带混得很开，除了认识不少人外，还在专业的竞技类比赛中拿过奖。

听说学校里只有一个人打赢过他，只是不知道是谁，但现在算上你，有两个了……我也是最近才了解，早知道这些，我宁愿打架都不会跟他比赛竞技。”

李川淡淡地点头。

“还有，听说他睚眦必报，你这几天放学后最好跟我一起，我爸爸送我们回去。”

“不用了，我还是骑车吧。”

尽管刘凯多次请求，李川还是拒绝了他的好意。对他来说，坐在不属于自己的车子里，即使是高档坐垫也极不舒服。这么多年来，他习惯了在街上骑车，就像在地球时一样。想到地球，他怔了一下，向天边看去。他的视线当然不能穿透数百万光年的距离而到达太阳系，但在想象里，他看了到那颗孤独旋转的蔚蓝星球。

到了周末，李川骑车来到城北，这儿集中着这个城市大部分的车械交易，人声鼎沸，车流如梭。李川熟练地穿过布满故障器械的市场，来到老汤姆的车行。他在这儿有份兼职，每周末都会过来替老汤姆焊接工具，有时候也负责修理故障的机器。

老汤姆是个身形魁梧的老人，看见李川过来，高兴地喊道：“嘿，快过来，这有个硬活儿，正愁找不到帮手。”

是一辆引擎烧坏的高档轿车，本来不难处理，只是它是靠液态量子系统发动的，线路比寻常的复杂了许多。不过这难不倒李川，他的右手天生对机械比较敏感，只要把手覆盖在机器上面，凝神感知，他就能知道里面的线路是怎样工作的，也能知道是哪儿出了问题。正是这奇怪的天赋，让他获得了现在的这份工作。修了大半个小时之后，终于听到了久违的引擎的嗡嗡声，李川抹了一把汗，对老汤姆说："好了。"

老汤姆点点头，连着咳嗽了几声，然后拍拍他的肩膀，说："真有两把刷子！"

李川看着老汤姆有些苍白的脸，问道："你怎么了，生病了吗？"

"没有没有，我身体壮着呢。"老汤姆摆摆手，顿了一下，掏出一张卡，说，"这活儿的佣金不少，是三百联盟币，全给你吧。"

李川一愣。

老汤姆把钱塞进他手里，认真地说："我知道你的情况，这钱你就不要拒绝了。你现在都快升考了，不用每晚来我这里了。放心，工资照给，当然了，要是有什么我搞不定的活儿，我还是会叫你的。"话都到这份上了，李川就没再拒绝。把钱收下，他拥抱了老汤姆一下，说："以后去到好星球了，一定请你吃饭。"

"哈哈，别像个妞儿！"老汤姆拍了拍李川的背，大笑道。

李川没有再说话。老汤姆虽然是他的老板，但待他如子，不但冒充他的监护人替他到圣辉高中办理学籍，还照顾他的生活。老汤姆几次提出，希望李川搬到他家里来住，李川虽然拒绝，但每次心中都会暖一阵子。

接下来的几个生意都很简单，李川和老汤姆很快便合力搞定，天还未黑，一轮残阳在天际沉浮。老汤姆留李川吃了顿饭，然后目送他骑着自行车消失在金黄色的夕阳里。

忽然，一个硕大的箱子突然从街边冲出来，挡在李川的正前方。他急捏刹车，前轮打横，险险地停在箱子前。几个人从角落走出来，李川转头，身后也站了数名拿着钢棍的混混，不怀好意地看着他。

领头的正是吉姆，脸上挂着冷笑，“现在，我们可以算下账了。”

李川左右四顾，没有丝毫逃走的空隙，索性把车停稳，扬起下巴，“怎么算？”

“首先，你要回答我一个问题，”吉姆的钢棍在手心跳动，“那一局游戏我为什么会输，在我已经占据了绝对优势的情况下？”

“我送了托马斯·维德的大脑。这是变数，最后系统认定我赢了。”

吉姆陷入了沉吟，好半天才骂出一句脏话，然后定定地看着李川，问:“那么，为什么我认输了你还冲我开枪？”

“因为形势对换的话，你也会做同样的事情。”

“好！”吉姆愣了一瞬，裂开嘴笑了，“很好，我喜欢你这种性格。”他对围住李川的混混们说，“这小子，跟当年的我一模一样，这股狠劲儿，竞技游戏也这么熟练，唉，我真的不想对他下手——给我打！”

那些混混们反应了一下，随即挥起棍棒，朝李川的背上砸去。热辣辣的疼痛如火蔓延，李川一个趔趄，蹲在地上，捂住头。击打如雨点般留下，手臂上迅速涌出了淤青。

“既然抓不到那个叫刘凯的小子，你就认倒霉吧。”吉姆狠狠一脚踢去，却不料李川突然放弃抱头的防御姿势，抓住吉姆的腿，猛地向前面撞过去。吉姆摔倒在地，李川怒吼一声，抓起自行车，向身后的混混砸过去。混混纷纷避让，露出了一道空隙。

但李川没有向那道缝隙跑过去，而是转身扑向吉姆，一拳砸在他脸上。身后的混混反应过来，更加猛力地击打李川，但他不顾，只是疯了般朝着吉姆的脸打。吉姆哀号了几声，手中的钢棍滑落，李川一把抄起，狠狠地对着吉姆的脸砸下去。

血溅了起来，糊了吉姆满脸，有些落到李川嘴里，咸湿温热。他啐了一口，继续挥棒猛击。

吉姆的小弟们愣住了。

他们七八个人围着李川打，但李川却拼死揪住吉姆。接二连三的拳打脚踢下，李川已经体无完肤，脸上迸开十几条血口子，有一棒还击中了他的膝盖，骨头断裂的声音即使在混战中也清晰分明。但他红着眼睛，像沉默而疯狂的野兽，死死按住吉姆打。他受多重的伤，吉姆被打得就更重，没几下，吉姆的脸上已经血肉模糊，吐着血沫。

这种狠劲让混混胆寒了。

他们大多是附近的学生，平时跟着吉姆混，就算打架也多半是吓唬欺负人，像今天这种不要命的，还是第一次碰见。虽然他们自己身上没有受一点伤，但看着李川的样子，每个人心中都胆寒。渐渐地，他们停下了手里的棍子，后退几步。李川摇摇晃晃地站起来，他的脸比吉姆好不到哪里去，眼睛被血糊住，视野里弥漫着化不开的殷红。

李川的脚踩在吉姆胸膛上，手臂上青筋暴起，血一滴滴落到地上。

“咚”，一个混混松开了钢棍，立刻，所有人手里的钢棍都掉在地上，这“叮叮当当”的声音在李川耳边回荡，他听不太清，但知道这代表着什么。他咧开嘴笑了起来，但扯动了伤口，这个笑容便比哭还难看。他放开钢棍，踉跄着走向家的方向。

身后，混混们从惊愕中回过神来，连忙抱起吉姆，向医院奔去。

## 9

保罗看着李川走进门，一头歪倒在床上，大口大口地喘息。它小心地蹲在床边，鼻头一抖一抖，背上的肉尾瑟瑟竖起。

疼痛如潮，在李川身体里澎湃汹涌，每次呼吸都伴随着撕心裂肺的痛苦。这些他都可以忍，但右手的骨折几乎让他快哭出来，手腕软绵绵的，骨茬刺在肌肉里。他死死咬住嘴唇，才让自己不至于呻吟出声。幽闭的房间里，光线暗下来，最后一缕光线在窗帘边角消失，他的脸埋在阴影中。

“呜呜”，保罗不安地哼着，乌黑眼珠里映出李川的身影。

李川艰难地挤出一抹微笑，“没事的，我只是累了……”话刚说完，脑子也开始昏沉了，一股睡意席卷上来，掩盖了疼痛。

保罗等了很久，见李川一直昏睡着，便站起来。它在房间里转来转去，不免有些无聊，便跳上了床，偎在李川身边，借着他的体温睡觉。当它醒来时，夜已深沉，房间里寂静如死，李川还保持着之前的姿势昏睡着，鼻息微弱而均匀。

保罗张大嘴，两腿前伸，撑直腰背，打了个大大的哈欠。它睁开惺忪的睡眼，朝李川看去，顿时吓了一跳——李川的右手正在莹莹发光，清辉在房间里弥漫。是的，他的手像通电了的灯管一样，通透莹辉，骨骼和脉络清晰可见。

在保罗不解的目光下，一些变化正在那条手臂里发生。

首先是肌肉，原本细长结实的肌纤维纷纷散开，像一捆钢管突然被解开了捆绳，使得他整个手臂几乎粗大了一倍；其次是骨骼，在断掉的骨茬上，钙质和磷质像糖一样溶解、消退，等退到恰当位置后，溶解停止，然后逆向断口生长过去；同时变化的还有血管，大量的营养物质被装载到红细胞上，运至右手后析出，加速骨头的愈合生长；待骨头完美地接合后，肌纤维重又聚合，迅速汇集到骨质外，重重包裹，形成致密的骨外肌肉群……这一切都有条不紊，所有的细胞都高效率地运作，似乎李川右臂里正有什么在源源不断地下达命令，指挥一切。

这些无法解释的变化持续了十几分钟，而后，手臂上荧光黯淡，黑暗重又笼罩了整个房间。寂静中，只有保罗疑惑的眼珠偶尔眨出一点光。

李川醒来时，已是第二天下午，幸好今天是周日，没有错过课程。他翻身下床，顿觉饥肠辘辘，前所未有的饥饿感在腹中翻腾。他打开冰箱，把里面的食物全部翻出来，坐在地上大口嚼咽。

他的屋子在七楼，窗子对街的房间里，一个戴银边眼镜的男人也在吃东西。他盯着摄像头投影出的影像再低头看着自己为了方便充饥而买的一大堆经典泡面，嘴角不由扬起一丝无奈。

这一顿几乎是李川平时饭量的四倍，吃完后，他打个饱嗝，心满意足地站起来，拍拍鼓胀的肚皮。这时，他才意识到自己的右手一点儿也不痛。他刷起袖子，把手臂凑到眼前，只见皮肤完整，不但断骨恢复了原样，连一点淤青也没留下。

难道昨天的殴打是做梦？

他想着，立刻感觉到了身上其他部位传来隐隐酸疼，这提醒他昨天的一切是真切发生了的。但右手怎么会恢复得比其他部位快，而且毫无痕迹？他盯着手臂上的细细绒毛，左思右想仍是不得其解。

正伤神思考时，房间里的电话响了，李川拿起话筒，墙壁的屏幕上立刻出现了刘凯的身影。

“在干嘛？”刘凯问，“你脸上怎么了，这么多淤青？”

“没事，昨天修车的时候出了点事故，被砸到了。幸好没破相。”李川决定不说出吉姆的事，把袖子挽下来，举起正蹲在自己脚下的保罗，道：“你看见过保罗吧？”

刘凯点点头：“嗯，前几天都是我在给它喂食吃。这条奎狗是纯种的初寒短腿犬，跟古地球上的威尔士柯基犬差不多，智商比较高，而且忠诚。”说到这里，他舔了舔嘴唇，“不过，它最大的优点，是可以做成一盘好下酒菜，据说吃了能滋阴补阳。有很多人出城打猎，专门打这种动物。”

李川连忙把保罗放下，将它赶到自己身后：“不说狗了，你找我有什么事？”

“是这样的，凯文今晚举行派对，你会去吗？”

李川的脑子里立刻浮现出凯文高大英俊的身影，心里有些黯然，他们不是一路人，于是摇摇头：“我就不去了，我不适合那种场面。”

刘凯遗憾地摸摸头，说：“哦，那就太可惜了，他打算邀请所有演话剧的同学，还准备了很多好吃的，鹅肝酱啊大龙虾啊什么的……”

“等等，你刚才说什么？”李川突然抬头。

“鹅肝酱和大龙虾啊。”刘凯看李川的神色，突然明白过来了，“有很多好吃的，动心了吧？”

“不，不是……”李川留意的是“所有演话剧的同学”这几个字，“所有”的意思，就是说盼兮也在里面，“那好，我晚上会去的。”

当他骑着自行车进入位于城中心的富豪别墅区时，门卫们都惊奇地看着他。豪华车看多了，这还是他们第一次看见这种只应该存在于博物馆的交通工具。

到了门口的停车场，李川把自行车靠在一辆豪华车边上，不想却触动了那车的警报系统。尖锐的“呜呜”声顿时响起，将其他到场的同学的目光都吸引了过来。他吓了一跳，忙不迭地挪动自行车。

他抬起头，在看向他的人群里面，他找到了司盼兮的脸。

“嘿，大家好。”他挥起手来跟班上的同学打招呼，语气自若，有的回应了，更多的人却只是冷冷地把视线转回去。

对于这种不甚友好的态度，他已经见怪不怪了，但让他高兴的是，盼兮笑着冲他点了点头。她没有介怀自己不回信息，他想，随即又暗骂自己没出息——她介不介怀，跟自己又有什么关系呢？

“大家都站在这里干什么，难道有比我更帅的人？”凯文出来了，上前拍拍李川的肩，“嗨，来了，一块吧。”

凯文家是典型的豪宅，哥特式的外观凸显出宏大盛丽的氛围，有教堂般的威严。走进大厅，又是一番富丽堂皇的景象，中间场地开阔，典型的圆形舞池设计，连地板都像是顶级舞台一样的暗红色原木铺就，踩上去结实稳固。舞池外围摆放了不少红木桌椅，更外面一些，竖立着四个微旋楼梯，阶梯上都铺了灰色的毛毯，两边则是雕花扶栏，看上去如同流泻的河水。另有一部电梯设置在角落。大厅顶上吊着晶莹硕大的水晶灯座，主灯旁星散了无数小灯，此时正发出辉光，把整个厅堂照耀得如同月夜下的宫殿。

“真有钱，这么奢华……”刘凯小声赞叹，转头对李川道，“而且听说这还只是他家几个宅院的其中一处。”

整个大厅事先都被清理过，一尘不染，光洁如璧，李川看了看自己沾满灰尘的旧跑鞋，颇有些不忍。但是大家都进去坐下了，他总不能一个人站在外面，于是硬着头皮也跟了上去。

大厅里站了两排佣人，一个个西装革履，恭敬地低着头。最前面的一个佣人推着一辆轮椅，轮椅上坐着面含微笑的中年男人，与佣人不同，他穿着轻松随意的衬衫，肤色白皙，似乎多年没晒过阳光。李川仔细看去，那人的脸苍白而消瘦，鬓角也已染霜，眼窝深陷，使他的眼神掩藏在阴影里，让人琢磨不透。但他的眉宇很坚毅，额上略微皱起几条纹路，似乎随时在思考。

李川不禁多看了几眼，其他同学显然也注意到这个轮椅上的人了，经过的时候都放慢脚步，没有人大声说话。

“是我打扰你们的兴致了吗？”那人微笑着，声音不重，但恰好传到每个人的耳中，“对此我深表歉意。但今天是凯文的生日，他要办聚会，你们是他的朋友，出于礼貌，我还是应该见一面。”

李川心头一震，这个人竟然是凯文的父亲！

初寒星上的人，没有人不知道亚斯·泽尔这个名字代表着什么。泽尔家族是在第三次星战中崛起的，彼时的人类艰难战胜了坎塔人，正值百废俱兴，泽尔家族便在各行星间贩卖物资，积累了大量财富。之后的每一代泽尔成员都致力于经商，财富如同滚雪球一样越来越大，产业遍布整个联盟，连羽京都不例外。只是，商场诡谲更胜战场，百年前的一次商战中，泽尔家族损失了绝大多数产业，不得不放弃羽京及大部分行星，退守初寒星。到了这一代，在新领导人亚斯·泽尔的殚精竭虑下，其家族企业再次振兴，逐步向其他行星扩散，不到二十年，原本奄奄一息的泽尔家族再次拥有了普通人想都不敢想的财富。

亚斯·泽尔是整个初寒星的传奇，只是，他深入简出，拒绝采访和报道。对于大部分人来说，今天都是第一次见到亚斯本人。

“凯文，好好招待他们。记住，今天是你成年的日子，这里的一切你做主。即使大厅里出现枪声我都不会过问的。”亚斯和蔼地冲四周的学生点头，佣人推着他，在进电梯前他回过头来，笑笑，“当然，我还是不愿意听见那种声音的，你们知道，那样警察会把我的轮椅都拆了来检查枪械的。”

人们纷纷笑了起来，气氛顿时轻松了许多。亚斯进电梯之后，他们交头接耳，李川只听到零散的几句，都是对亚斯的风度表示感叹。凯文似乎很满意这样的效果，嘴角扬起，

李川站在原地，出神地看着电梯缓缓向上。刘凯走过来，用肩膀顶了顶他，“看到没，这才是男人应该有的样子啊……虽然只能坐在轮椅上，但那种气度可不是人人都能有的，你说是不是？”

李川没有回答，眉头渐渐皱起，表情疑惑——刚才亚斯点头致意时，似乎有意无意地看了自己一眼，眼神颇有深意。但他又不确定，这是他第一次见到亚斯，像亚斯这种大人物，怎么会留意到自己呢？

正想着，凯文已经走到大厅中间，向所有人致欢迎词。他着一身白色正装，身材笔挺修长，站在大厅中间时如同明星般闪耀。即使是李川这种对男性魅力很不敏感的人此刻也不得不承认，凯文确实很英俊帅气。他的致辞很简短，但谈吐清晰，语气有力，也不乏幽默，一听就知道受到过良好的贵族礼仪教育。“……再过几个小时，大洪暴就要来临，初寒星上的五十四座城市都会升空，那时大家可以在这里眺望宏大的景象。但是现在，”凯文挥手打了个响指，说：“party time！”

流水般的侍者端盘而上。刘凯没有说错，果然有各种美食供应，一阵阵香味直扑李川的鼻端。他环顾四周，同学们有的在交谈，有的在舞池中蹁跹，没有人留意到他。他挽起袖子，端了一盘瑟蒙德

里咖喱龙虾，坐在椅子上。

这种龙虾极其昂贵，是由黄金咖喱与深海大龙虾烹调而成，一只的价格就抵得过李川一个月的生活费用，而在凯文家却像是大白菜一样摆了十几个盘子，每盘上面都躺着几只。李川甩开刚才的疑惑，刚想伸手抓一只，又猛地把手缩回来了。

盼兮坐在他旁边。

李川刚才的心思全在龙虾上面，浑没有留意到她是何时坐在这么角落的地方的。她依然是一身白色裙装，及膝，露出匀称如细藕的小腿。她没有跳舞，也没有像其他人一样三五成群地聚着聊天，只是一个人坐在椅子上，端着一杯橙汁，沉默无语。

李川有些尴尬，想了很久，决定说些什么。他看向她，尽量用了无所谓的语气说:“怎么没去跳舞？”

“不喜欢跳，今天有点累。”盼兮垂首叹了口气，想了想，又说，“再说也没有人请我去跳呀。”

这句话让李川几乎下意识地想站起来冲她伸手，但他压制住了这种冲动，笑笑说:“会有人请的，你不信的话，在这里等会儿，一定有人会过来的。”

盼兮点点头，端起橙汁，抿了一小口。可是等了二十几分钟还是没有人过来，这让李川更加尴尬了。他摸摸脑袋，歉意地对盼兮道:“今天还真不寻常啊。”他犹豫了一下，“要不，我——”

还没等他说完，一直悠扬的音乐声徒然停下，所有人都安静了下来，舞池中的人向四周散开。李川无奈，只得把那句鼓足勇气的话又憋进肚子里。

凯文再次走到厅堂中间，微笑地道：“其实今天叫大家过来，不只是为了玩乐，还因为，今天是我十八岁生日。”

四周人群里顿时议论纷纷，不少人立刻大声祝凯文生日快乐，也有人埋怨道：“怎么不早说，我们都没有准备什么礼物。”凯文还是微笑，说：“大家的好意我心领了，我并不需要大家的礼物。因为，我已经收到了对我成年最好的祝贺，那就是，在这个特别的场合里，一个很特别的人的到来。”说完，他转头看向李川这边。

其余人纷纷让开，让出了一条通道，凯文的视线畅通无阻地来到这个角落。看着目光深邃表情优雅的凯文，李川很茫然，他跟凯文的关系并不算好，鲜少交流。他们是班上贫富的两个极端，一个家世优越气质高贵，一个贫寒拮据形象邋遢，根本没有任何交集。能得到这样的重视，让他心中惴惴不安，在所有人的目光中，他站起身来，唯唯诺诺道：“我……”

“盼兮，感谢你的到来。”凯文拍了拍手，地板上机关声响起，一条红色毛毯旋转着翻上来，铺在他与盼兮之间。

李川面红耳赤，不知是该坐下还是离开，他知道自己不能再恬不知耻地坐在盼兮身边了，但是，他又本能地抗拒自己的躲避。他呆呆地站在那里，脸上红通通的，像极了盘上那肥大的龙虾。他终于明白今天为什么没人来请盼兮跳舞了，他们都知道凯文的意思，而之前的埋怨多半也是在配合。

凯文优雅地迈步，向盼兮走过来。凯文的脚踩在地毯上，没有发出任何声音，整个大厅鸦雀无声，李川几乎听得见自己的心在胸腔里快速跳动的声音。他知道凯文想做什么了，可是他发不出声音来。

“盼兮，从第一次遇见你，我就惊诧于你的美丽，像古希腊的女神雕塑一样让人迷恋。”凯文弯腰，拉起盼兮的手，轻轻吻下，用低沉的声音道，“从此以后，我几乎夜夜不忘。你看得到，我什么都不缺，从小到大，我想要什么礼物，都可以得到。但是，只有你，我整整想了三年，却始终没能走进你的心田。不过今夜不同，我已经成年了，可以光明正大地向你表达我的爱慕了。”

这句话一出，李川的心头猛然一凉，倒退一步，将身后的椅子撞移了几寸。但是没有人留意到他，所有人的目光都凝在盼兮脸上，而盼兮的脸上却没有什么表情。

凯文收回手，用力按住自己的胸膛，低声说：“那么，我能邀请你跳一支舞吗？”

盼兮没有说话。凯文耐心地保持着邀请的姿势，倒是旁边的人急了，跟凯文要好的同学纷纷道：“你就答应了吧，凯文是多么优秀的男生啊……对啊，你不会后悔的……”一叠连声的劝说在盼兮耳边环绕，听上去句句真心实意。过了一会，她终于站起身来，面对着凯文，欲言又止。

所有人都闭嘴了，紧张地看着盼兮。

“生日快乐。”她轻轻地说，然后咬了一下牙齿，说，“我还有点事，先走了，对不起。谢谢你的款待。”说完，她从人群中挤了出去，一直走出大厅，消失在厅外渐渐笼罩的夜色里。整个过程中，她没有回头。

等她走后，人群才爆发出不满的声音，仿佛是他们自己表白被拒了一样，颇为忿忿。凯文的脸色变了数次，很久才恢复那标志式的贵族微笑，拍拍手，对周围的人道："没事没事，大家继续，就当是为大家表演了一幕戏吧。"顿了顿，他提高了音量，"难道不应该为了它而鼓掌吗？"

有人笑了起来，上前捶捶凯文的肩。于是，人群便散开了，他们像先前一样吃喝舞蹈。凯文则独自上了楼，刚推开自己的房门，就诧异地看到了父亲亚斯微笑的面庞。"没关系的，不要往心里去。"亚斯的轮椅移到凯文身前，把手放在他肩上，"没有哪个掘金者能够在第一铲下去的时候就看见金子在闪耀，何况，女孩子总是比金子要珍贵得多。"

凯文没有回答，脸色阴沉，过了很久才点点头。

## 10

李川依然坐在那个角落里。刚才发生的一幕，于他而言，不啻于惊雷在耳边炸响。

在很多个夜深人静的夜晚，他问过自己，为什么心里总是念念不忘着盼兮的身影。她是漂亮，可学校里也不是没有其他漂亮女生。而且她与李川甚少交流，她坐在明净窗下，李川几年如一日地蹲在角落里，除了上次放学后的聊天之外，彼此之间几乎没有联系。但是，李川看到深秋垂柳时会想到她，看到满天雨幕时会想到她，每一个难眠的夜里睁开眼睛，也会在黑暗中依稀看到她朦胧的脸。

李川觉得对她有种难以名状的熟悉感，好像在哪里遇见过她，但记忆苍白，无从寻觅。

他也知道自己很难靠近她。他是这个贵族学校里的异类，为了负担昂贵的学费，他不得不节衣缩食，看上去像误入天鹅湖的土鸭子。而鸭子是永远不会靠近天鹅女王的皇座的。

但是当凯文深情地向盼兮表白时，他还是忍不住地忐忑不安，仿佛盼兮一旦点头，自己就会失去一些很珍贵的东西。那天，他看到盼兮上了凯文的车，心中却仍抱着幻想，像泡沫一样，美好而脆弱。他不想这个泡沫轻易破碎。

现在大厅里恢复了热闹的景象。凯文开放了别墅的游泳池、电影院和网球场，大家都玩得很开心，笑声此起彼伏。李川却没了兴致，他向四周看了几眼，抓过两块方巾，把身边两个盘子上的龙虾包住，塞进口袋，然后慢慢走出大厅。不同于盼兮离开时的万众瞩目，他离开时根本没人注意到，好像他从不曾存在。

他骑上车，出了小区。此时夜色正好，凉风阵阵，城内万家灯火，城市边缘还亮起了准备升空的红色灯柱。他看向夜空，六个低垂的月亮灿然生辉，占据着整个夜幕。一条穿城而过的河流反射着光芒，使河面弥漫的水汽也在发光，如同天上的彩带。李川便沿河而行，车轮辘辘，跟此起彼伏的虫鸣声互相呼应。

行不多久，李川看见了河边也有一条卵石小道，他的掌心不自觉地痒了起来。见四周无人，他停下车，抠出几块卵石，甩手一扔，石子有了灵性般在河面上跳动。河面不窄，约有二十几米，李川看着石子点出的波纹，视线一直跟到河对岸。

那里有一个白色的人影，双手抱膝坐着，下巴枕在膝盖上，似乎在想什么。

李川心里咯噔一下，他以为盼兮离开凯文家后会回家的，可是，她现在坐在对岸，像一株哀伤低迷的百合。那边的盼兮也留意到了越河而来的石子，抬起头，在长长的河的对面，与李川对视了一眼。然后她低下头，四下里摸索，也找到了石子，以同样的手势将石子甩出。可是河面上只出现了一圈涟漪，那石子触水即沉。

“你要选好的石子。”李川冲她大声叫道，声音越过了光影轮转的河面，“要圆形的，或扁平的，那样最好。”

盼兮应了一声，然后更加仔细地找，终于找到了几颗形状合适的石子。她再次甩手，石子在河面上起伏数次，穿过了河中间，然后无力地沉了下去。李川摇摇头，右手猛一使劲，一颗石子打着水漂到了对岸，停在盼兮脚下。盼兮把石子拾起，耳中听到了李川喊来的声音：“你的力道要使对，而且角度要准，最好让石子与水面第一次接触时呈二十度。”她抬起头，对面光影弥漫中的少年有些模糊，看不清脸庞，但她知道教她打水漂的是李川，可此时的李川有什么地方不一样了，不像她印象中那个永远闷在角落里的沉默少年。

盼兮收回心思，按照李川的指点，把石子斜甩出去。石子仿佛拧上了发条的机器一样，迅速在水面跳跃，在离岸只有几米的地方沉了下去。她露出笑容，难受的情绪似乎淡了一些。

接下来的半个小时里，两个人在对岸彼此扔石子打水漂，李川的技术要好得多，总是能让石子漂到盼兮脚下，而盼兮只是偶尔才可以办到。但每次她打的水漂很远时，她都会笑。

后来，盼兮的手累了，手臂上酸酸麻麻，就停了下来，沿着河岸向东走去。李川拍拍手，也推起自行车向东走，与对面的盼兮保持同样的步调。他们之间的距离太远，加上河面渐起风声，只有靠喊才能让对方听见，所以两个人都保持着沉默。

六个满月当空悬照，如同手术台上的无影灯，将他们的影子照得很淡。李川低下头，仔细看，才看见自己的六个影子，它们以李川为中心，四散开来，如同淡影之花，李川走到哪里，它便盛开到哪里。前方不多远是一座白色的桥，他们各自走着，走到分别的十字路口。在路口的两头，他们无声地打了个招呼，然后转身离开，去向各自的家。

走了几步，李川忍不住回头，他看到盼兮的背影——那么美好的背影。

他呆呆地看着，靠着车，两手伸进上衣口袋，眼神迷蒙。他的心像被一只巨大的手攥住了一样，挤压得几乎没有呼吸，一个念头像野兽一般咆哮，在他胸膛里回荡。但是，他只是安静地站着，看着他心爱的姑娘，白裙如雪，身影婉约，看着她路过一家又一家店铺，仿佛夜的精灵一般，渐行渐远，消失在远处的十字路口。

李川雕像一样站着，半晌，轻轻叹了口气，骑上自行车，慢慢向家的方向骑去。

远处，一声钟声猛地敲响，回荡在城市的每个角落，也回荡在李川的耳旁。他浑身一震，突然急转车头，脚下加劲，向盼兮消失的那个十字路口骑去。

这是命运的十字路口。很多年以后，在李川生命的最后一刻，那时，他独自坐在暗黑的屋子里，手握染血的黄金长剑。外面是无数带着枪械的军官和士兵，他们密密麻麻地跪在屋子周围，沉默如石像。那个时候，李川心里一片空明，联盟与帝国的纷争再也不能扰乱他，他所想的，便是眼前这一刻。他想，如果当时他没有这样做，他只是看着盼兮离开，他只是轻轻叹一口气，那么他的人生会变成另外的什么样子，这个星际的历史又会变成什么样子。

但往事不曾被更改，“如果”也不会出现在史书中。此时的李川没有想那么多，他只是飞快地骑过石桥，穿过十字路口，追上了慢慢低头行走的盼兮，在她身边停下了。

“这么晚了，你家也不近。”他说，“我骑车载你回去吧。”

“这自行车是哪儿来的？”盼兮轻轻晃着小腿，问，“现在应该不产自行车了吧，很早以前，轻轨离子动能车就已经取代它了。”

李川小心掌着车头，努力不让车颠簸：“这是我自己做出来的，网上有机械原理图，老汤姆那里有很多材料，用焊接技术做出骨架，其他的就好办了。”

盼兮不由仰起头去看载她的少年，但只能看到他的后脑勺。她由衷地说：“你真厉害，这花了你不少时间吧？”

“是啊，一个暑假，我整天都在家里忙这个。”

盼兮轻声说：“我要是整整两个月做这个，我爸爸非骂死我不可……你爸爸妈妈呢，他们责怪你没有？”

李川的语气明显低沉下来了，他沉默了几秒钟，然后说：“我没有爸妈了，我小时候，他们和我两个哥哥都在一场意外中去世了。我一个人住，没有人责怪我。”

“对不起，我不知道……”盼兮不曾料到李川的身世，愧疚地道。

“没事没事，这么多年都过了，早就不放在心里了。一个人过也挺好。”

盼兮犹豫了一下，问道：“那你的生活是怎么维持的，而且，圣辉的学费很贵……”

“我有一笔抚恤金，这算是我爸妈他们唯一留给我的了。以前我在收容院里读书，但是……但是我不喜欢那里，每次看见别的同龄人，我都会想起我爸妈和哥哥……所以我自己出来了，用抚恤金负担学费。当然这还不够，我平时自己打工挣些钱，老汤姆人很好，所有需要监护人签的字都是他帮的我，还有家长会什么的。”

盼兮转过头，想看看他的表情，但是被浓浓的夜色和他结实的背脊挡住了视线，她看不见。她觉得自己从不曾了解这个同学，她有些替他感到难过。难过的时候，盼兮总会下意识地抚摸脖子上的红色细线。

“对了，你今天怎么不答应凯文……”话刚一出口，李川就后悔了，他暗自懊恼，干嘛要提这个茬。可是话已出口，他还是犹豫地补充道：“我觉得他挺好的。”

“是啊，凯文很好，人英俊，有风度，家里又有钱，所有的女孩子都会喜欢他的。”盼兮俨然认真想了想，“其实我对他也很有好感，可是，他不应该把我比作成礼物的，而且……”

李川没有听清“而且”后面的话，他只感觉自己的心慢慢冷了下去。之前他还感到庆幸，庆幸盼兮并不像其他女孩子一样，正是这份庆幸给了他勇气来载她。但其实，她是喜欢凯文的，对啊，这个世界上怎么会有女孩子不喜欢凯文呢？

于是李川沉默了。他很想找点话来讲，可是喉咙像被堵住了一样，一句话都说不出来，只能闷头骑车。他一沉默，盼兮也就不说话了，一下一下地晃动小腿，不知在想什么。

这份沉默并没有维持多久，很快就到盼兮家了。她的家在城西，属于商业繁华区，附近有很大的商业中心。盼兮从车座上下来，掠了掠被夜风撩乱的发丝，说：“谢谢你了。”李川摆摆手，示意举手之劳。他转头向盼兮的家看去，这是一座典型的中产家庭住处，两层建筑，在初寒星上很常见。李川的视线被一株迎风摇曳的小桦树吸引了，它被种在花园中心，树枝上挂满了风铃。晚风一起，满树清脆悦耳的轻响。

“这棵树很漂亮啊。”李川赞叹说。

盼兮顺着他的视线看过去，笑了笑：“谢谢……那是我种的，为了纪念一个男孩，他是我的朋友。”

“你那个朋友要是知道你这么花心思纪念他，他一定会很开心的。”李川心里有些失落，但表面上，他还是做出了无所谓的样子。

盼兮朝小桦树凝视了几秒，低下头：“但愿他会开心吧，可是他永远不会知道了……他已经死了。”盼兮语气低落，不再多说，转身向家门走去，可是走了几步，她停下了，仰头看着她家的窗户。

李川顺着她的视线望去，只见窗帘上映出两个人影，其中一个似乎掩面发抖，另一个则暴躁地走来走去，偶尔停下来伸手指着对方，在说些什么。隔得远了，李川听不清，但他能从风中飘来的模糊声音中感受到其中的暴戾。他终于明白今天盼兮的心情为什么很低落了，离开凯文的家后她都不愿意回家，他张张嘴，想说些什么，可是找不到合适的语言。他僵硬地站在那里。

“我不想回家。”盼兮后退了一步，脸上带着淡淡的哀伤的笑，“他们总是这样吵，什么都吵……你带我去别的地方吧，安静一些的地方。”

李川看着她的脸，越看越觉得像是在看一朵不胜暴雨摧折的夜百合，他无法拒绝。何况，这个要求很很简单，他知道有一个地方很安静。

李川把客厅里的零件向旁边踢去，总算给客厅里腾出坐下的空间了。“我平时一个人，也就不怎么注意……”他摸着自己的头，很有些不好意思。

盼兮犹犹豫豫地坐下，接过李川递来的茶，低头浅抿，没有说话。李川搓了搓手，觉得有些尴尬，正准备说点什么打破僵局时，一阵低低的哼哼声传来。盼兮循声看去，顿时眼睛亮了一下，蹲下身摸摸保罗的头，惊喜地说：“你还养了一只狗？哎呀，你看它多可爱！”

保罗睁大黑溜溜的眼睛，瞪着陌生的女孩，想吓退她。可它这副摸样更让盼兮觉得欣喜，连声说“可爱”。李川却是欣喜地看着盼兮，如果可以，他也很想摸摸她的头，然后连声说“可爱”。他从未看见过盼兮这么孩子气的一面。

也许是保罗不习惯这么近地被人盯着，连退了好几步，它的背后便是房门，没关上。保罗“嗤”的一声跑到门外，消失在楼的转角里。李川回过神来，赶忙过去追，可是保罗伤势已然痊愈，四脚飞快，顺着楼梯飞速下去。李川赶到楼下时，只来得及看见保罗的影子一闪，便隐没在黑暗里了。它消失的方向，是夜色笼罩的城外郊区。

“怎么样了？”盼兮也下来了，微喘，问旁边的李川。

李川一脸焦急，道：“它怕是出城了，它原来的家就在城外。可是大洪暴就要来了，整个城市都要升空，它待在郊外，一定会出事的。”说完，他像下了决心一样，咬咬牙，也向那边跑了过去。

李川跑得很快，他得在城市升空之前找到保罗。城市边缘已经亮起了红色警戒灯，李川跳下边缘石阶时，犹豫了一下，但仍然快速没入黑暗中。

“该死，他去城外了！”斯科特隐在台阶后的阴影里，按住耳朵，低声喝道。

这句话传进他耳朵里的微型通信机，被电磁刻录，然后从市中心某栋别墅的书房里钻出来。亚斯皱起眉头，左手扶额，右手的指节轻轻敲打着轮椅扶手，咚咚咚，这声音在静寂的书房里回荡。

斯科特知道这代表着亚斯在思考，但渐渐逼近的呼啸声更让他心急，说：“大洪暴就要来了，如果你再不下命令，我就自作主张去把他抓回来。再等就来不及了！”

“不。”

“那你就下命令啊。”

“我已经下了。”

斯科特似乎不敢相信：“什么，不去救他？上次你让他自生自灭，结果他差点被废掉，当时我就藏在那条巷子里，只要给我三十秒就可以搞定那些小子，但你不让！这也就罢了，那些混混再狠也不想搞出人命，但这次不同，大洪暴席卷之下，没有人可以幸免，难道我日夜监视他九年，就是为了今天看着他被淹死吗？”

斯科特的语气又气又急，但亚斯只是微微一笑，眉头舒展，说：“等着吧，或许，他会给我们惊喜。”他说完，按下了轮椅上的某个键，通话顿时中断。

“好吧……”斯科特喃喃道，他的眼睛似乎已经看到了天际的滔天巨浪。在大洪暴面前，边缘石阶并不安全，他最后看了一眼李川离去的方向，已经看不到李川的身影了。

斯科特退了几步，忽然眉宇一振，矮身藏在树影下——一道白色的人影，正匆忙地朝城外跑过去。

郊外不像城里那样灯火通明，夜空中乌云渐渐汇聚，明月隐没，使得城外的路幽深如井。风变大了，也异常寒冷，在夜空中发出可怖的巨大呼啸。李川感觉似乎有个妖魔在头顶盘旋、嘶吼，随时准备凌空扑下，对他张开血口，将他吞没。

这所有疾速变化的天气，都预示了大洪暴的到来。

大洪暴是初寒星的灾难。每年春季，暖风拂过整个大地，一路吹到遥远的南极冰川。冰川在暖风下迅速融化，海平面上涨，溢出的水流在经过沟壑与平原的多次集体作用之后，演变成高达数百丈的滔天巨浪，席卷全球，仅少数地势极高的地方可以幸免。初寒星每年的动物大迁移，便是以那些地方为目的地。这种特殊的气候，使得初寒星刚刚被发现时，被定性为人类不可居住的星球。直到后来，考察队在这里发现了一种叫“飞石”的物质，它能与星球引力相抗，凭空悬浮。它的发现使人类再次考虑了殖民初寒星的计划，在科技帮助之下，人类用飞石作为城市基底，在星球上建立了数十座大型城市。平时，飞石基底被特殊手段抑制，只在每次大洪暴袭来时，禁制才被解除，飞石的悬浮作用使整个城市升上天空，避开巨浪。大洪暴结束时城市会重回地面，毕竟，城市太过巨大，很难在空中维持长时间的平衡。

每年城市升空的宏大景象，都会被电视台直播，也有很多人不远万里来这里，只为亲眼见识一番。这几乎成了初寒星球的旅游标志。李川平时很喜欢这种时刻，他总会坐在高楼的顶端，晃着腿，慢慢看着城市一点一点升起，飞上天空，他感觉自己就像传说中飞升的道士，直上云霄，化作夜幕中闪亮的星辰。可是现在，他心中只有焦急，升空在即，他必须找到保罗。

依照历年习惯，这座城市往往是在大洪暴来临前一分钟升起，市长在发表讲话的时候意气飞扬：“我们追求的，就是这种刺激！”而现在，离宏大的升空仪式还有一段时间，李川心转似电，迅速估算了自己的速度，应该还来得及！

他咬咬牙，跑向那个荒弃的公园，那是保罗被遗弃的地方。他独自一人在黑暗里奔跑，这样的经历对他而言并不陌生，很多时候，他都一个人在黑暗里走长长的路，有时是在郊外，有时是在梦里。可他从未像这样拼命的跑过，夜风在耳边呼啸，心脏在胸膛跃动，他是如此之快，以至于他在想，要是这样一直跑一直跑，会不会最后冲破夜的外壳，到另一个世界？

十几分钟之后，李川到了公园。他奔到草坪处，没有看到保罗，向四周查看，也不见保罗的影子。

“保罗！”他把手扩放在嘴边，大声呼喊，声音远远传出。他不停地喊，终于，不远处的草丛里传来窸窣声响，一只小小的脑袋钻出来，怯生生地看着他。他连忙跑过去，将保罗抱起，他很生气，可是一看见保罗乌黑闪光的眸子，便气不起来了，只是揪了一把它的耳朵。

他转身向城里跑去。时间已经不多，远处城市的上空亮起了显示倒计时的霓虹灯，五光十色的数字在一点点减少。他加紧跑着，以他的速度，应该还能赶到。

可是，没跑多久，他猛地愣住了——在视野的尽头，出现了一个白色的人影，正一瘸一拐地向他走来。是盼兮。看到李川抱着小狗跑过来，她停下了，蹲下身子揉按自己的右脚。

“你怎么跟来了，这里这么危险！”李川的声音有些急躁。他以为盼兮会在他家楼下等，或者直接回她自己的家，可是他没有想到，她会跟着出城，跟到了这里。

“我……”盼兮的声音很细，像受了委屈的孩子一样，“我想两个人找总比一个找要容易一些……”她皱皱眉头，脚踝那里传来阵阵疼痛感，刚才一不小心，她踩进了一个小土坑，右脚崴了。

李川没有再说什么，看看她的脚：“还能走吗？”

“能。”盼兮站起来，转身向城里走去，可是刚一迈脚，尖锐的疼痛让她趔趄了一下。她丝丝地吸了口凉气，仍旧继续向前走，一瘸一拐。李川跟在她后面，走了几步，盼兮终于支撑不住了，这几步路对她来说，不啻走在针尖上。她停下来，无助地看着李川。

李川咬咬牙，上前蹲下，说：“快，我背你回去吧。”盼兮犹豫了一瞬，没有扭捏，轻轻趴在李川背上。

李川怀中抱狗，背上负人，尽全力向城里跑去。他已经跑了很久了，身体里血液沸腾，口鼻喘气，背上还有一个人，此时速度不由地减慢了。他抬头看向远处灯影闪烁的城市，霓虹计时牌显示只有十分钟了。而刚才，他全速跑到公园，也花了几乎相同的时间。

盼兮显然也看到了计时牌。“要不，”她在他背上沉默了几秒，然后说，“你放下我，先跑回去吧。你加快点速度，应该能及时回到城里。”

李川没有答话，只是低头跑，他的喘息声越来越重，像一个不堪负荷的机器塞进了他嘴里。盼兮有些急了：“我们在生存实践课上学过，两个人都没有希望的时候，最明智的做法是把希望留给一个人。你难道忘了吗！你这样我们两个人都会被洪水吞没的！”

话音刚落，李川似乎便下定了决心，停了下来。他把盼兮放下来，两手紧紧抓着她的肩。这是他第一次这么近距离地看盼兮的脸，她的呼吸清晰可闻，她的瞳孔中闪闪发光，她发丝间的淡淡香气在他鼻端萦绕，一如梦中。

“相信我，不会有事的。”他一字一顿地说，语气坚定，“我不会丢下你的！”

说完，他再次将盼兮背起，发足奔跑。盼兮愣住了，还想再说些什么，可说不出话来。回过神来，她蓦然发现李川不是在向城里跑去，他转身奔向那个公园。与城市相反的方向。

李川记得公园附近有个灯塔，很高，那个灯塔本身就是为了在大洪暴来临时发出光柱，标明城市悬空的位置。他奋力跑着，无奈两个人的重量让他实在无法加快速度。穿过公园的时候，他听到了身后洪亮的钟声——升空最后十秒倒计时开始了。

“不！”他在心里狂呼，脚下一软，险些摔倒，好在他将身子及时前倾，总算没有摔下去。盼兮艰难地转过头，看向背后的城市。它在轰鸣，阻隔飞石性质的禁制被解除，一道蓝色的光芒自城市底部涌现，缓慢扩大，如同发光的神毯，将巨大城市的底部包裹住了。然后，城市开始摇晃，边缘的土层裂开，蓝光脱离了泥土的掩没，骤然变强，盼兮的脸上铺了一层淡蓝色的光辉。在蓝光的托顶之下，城市升上夜空，仿佛漂浮的巨大明珠。而在更远的地方，两三个城市也同样升空，遥相呼应。

渐渐的，城市的轰鸣声消失了，它们稳稳地悬在离地八百多米的高度，与云层相伴。一种更加震撼的声音响起来，铺天盖地，从四面八方同时响起，像一万辆战车在疾驶。整个大地都在震动。

李川脸色一变，不由停下来，扭头向后看去——

泛着白沫的滔天巨浪，吞噬了远处模糊的地平线，仿佛有人在驱赶着无数疯狂的白色野兽，朝这边汹涌而来！

## 11

李川看见那座高耸的灯塔了。它掩映在一株株参天大树之中，金属墙壁，每一层都有封闭的窗户，足够阻隔袭来的洪水。

李川心里什么都没想，他全身的血液都集中在脚上了。他在和洪水赛跑，他能感到背后迅速逼近的巨浪，但他不能回头。他知道一旦回头，他就会慑于自然伟力，就会脚软，就会淹没在无边的洪水里。盼兮摒住呼吸，她似乎都能察觉到背上的水汽了。

巨浪一路卷涌，许多低矮的土包都被裹挟着散开，树木在浪中枝叶摇摆，不够粗壮的甚至直接被冲断。巨大的呼啸之声紧紧包裹住了这颗星球。盼兮想起了一部叫《2012》的老电影，里面山崩海啸地球毁灭的场景，无疑在这一刻重现了。平常在电视里看见巨浪，或在升空的城市上俯视无边浪涌，盼兮只觉得壮观，但是此刻面对排山倒海的威势，她心里却只有心悸般的恐惧感。她的手指紧紧抓住了李川的肩。

李川无暇理会肩上的疼痛感，用尽身上的每一分力气来奔跑。终于，在巨浪离他们数百米时，他跑到了灯塔下面。他几乎是要撞上灯塔的大门了，险险刹住，使劲去推灯塔的门。时间还够，他们还能躲进去，再把门关上，将滔天巨浪锁在塔外。

可是，他脸上的欣喜在下一瞬间凝固了——灯塔底部的合金大门被锁死了。任凭李川如何用力，大门都纹丝不动。李川以前进入灯塔时，都是推门便入，而此刻，在大洪暴来袭时，灯塔进入了密封状态。

一阵绝望从两人心底升起。李川回过身，跟盼兮对视了一眼，他从来没有这么近地看着她的脸颊，看着她侧脸的美好弧线。吐着白沫的洪水在她背后汹涌奔袭，如同舞台的巨幕，他想，这可能是他这辈子将盼兮看得最清楚的时候了。

“盼兮，其实……”

李川的话还没说完，洪浪便席卷到了灯塔下。李川下意识地将盼兮抱紧，用后背护住了她。洪浪触身的那一刻，李川身体一震，如被重击，和盼兮一起被吞进了洪水中。

视野一片昏暗，李川死死抱住盼兮，在洪水里上下翻滚，险些将肝脏都甩出来了。这时，他感到自己的右手经络里传来了灼热感，似乎血管里的液体开始沸腾，并且加速奔流。他的右手对机械操控很熟练，但从未有过这样明显强烈的感觉，好像这只手不再听他使唤了一样。

他的右手放开了盼兮，向斜后方抓去。李川感觉他抓到了一根钢绳。他记起来了，以前他在灯塔上瞭望远方时，路过塔上的二层，那里有个钢化玻璃的窗户，窗下有插销，他曾经在插销上系上了这根绳子。他经常顺着绳子滑到地上，体验飞翔的快感。

“抱紧我！”李川在水里面大声喊。他左手抱住盼兮，右手挽着钢绳，在巨浪的冲刷之下，拉着钢绳逆流而上。他的动作很简单，只是拉着绳子，然后手腕用力，将绳子缠在腕上，手臂肌肉向岩石一样贲起，他从来不知道自己的腕力有这么大，一只手便抵住了洪流的冲击力。

盼兮有一些窒息的眩晕感，她在浑浊的水里努力睁开眼睛，视野所及，只有混乱的水流以及发光的手臂——等等，她再次睁大眼睛，看到了一条发光的手臂。李川的右手在放出光亮，照亮了水底。

几十秒后，钢绳被拉到了尽头。李川右手的灼热感迅速消失，他左右摸索，摸到了窗户的插销，用力一拔，将插销从两扇窗之间拔了下来。

窗子在水压下被轰然打开，水流顿时卷涌，连带着将李川他们也从窗子卷进了灯塔内部。李川重重摔下去，后背直接砸在地上，一阵钻心地疼。但他顾不得疼痛了，水流还在不断地涌进来，很快就会淹没这一层，他们得赶紧爬到灯塔上层去。所幸盼兮没有大碍，保罗也好好地被抱在盼兮怀里，只是浑身湿透了，在不停地摇头甩尾。

水流涌入得很快，只这么一思索的功夫，就已经没及膝盖了。李川大声道:“跟我走，到上面去！”他拉着盼兮的手腕，向上跑去。灯塔内部狭小，没有装灯，几乎是伸手不见五指，而且里面并没有什么设施，只是在周围墙壁上修了旋转形阶梯，如同盘山公路一般。幸好李川经常来这里，比较熟悉，在黑暗中也能辨清方向。他们沿着阶梯奔跑，盘绕而上，塔中心的水则不停地上升，很快就淹没了他们跑过的阶梯。

这种感觉很不好，他们如同在古井壁上奔行上爬的蚂蚁，而一条巨蛇在身后吐着信子，随时准备张口将他们吞噬。

所幸在跑到最高处时，塔内的水流渐渐平息了下来，不再上涨。李川也跟着停下脚步，他胸口急剧起伏，不得不弯腰喘息。他知道他们已经到了灯塔上端，旋转阶梯的尽头，顶上就是关闭的灯塔操控室，无法上去。他以前总会跑到这里来，透过窗子，俯瞰百米之下的广阔原野和高耸的城市。

李川抬眼看向外面，塔内漆黑，塔外却反射着淡淡的光辉，依稀能看见弥漫的洪水。水已经上涨到距他们十几米处，但水面已慢慢平静下来，不再翻腾。灯塔顶端的光映在偶尔翻起的浪花上，细细碎碎的，如同深夜海面上的星光。

“我们休息一会吧，第一波洪水已经平息了。”李川慢慢靠在墙壁上坐下，仍是止不住地喘气。

盼兮全身湿透，本有些不好意思，但此时漆黑一片，即使他们离得近，也看不到彼此，便也靠着墙壁坐下来。她一路奔跑，主要靠李川拉携，倒也不是很累，只是很害怕，浑身颤抖。

“你在害怕吗？”李川的声音在黑暗中响起。

盼兮点点头，随即又想起李川看不见自己的动作，开口道：“有一些，这里太黑了……”

“这个灯塔也就一年用一次，平时不用，就没装灯。我们头上是控制室，我从来没进去过，封死了。”

“你来过这里？”盼兮抬起头。她很少出城，这颗星球的野外有很多野兽，很危险，为数不多的出行都是在父母陪同下匆匆行过。

她甚至不知道这里有个未建完的公园。

李川道:“来过，还来过很多次。我住的地方就在城边，离这里不远，每天回家之前都会来这里一趟，我的打水漂技术就是在这里练的。这里其实很好玩的，湖里面有很多鱼，都不怕生，容易抓，但是有一种鱼能飞起来咬人，我一般不敢抓它们。还有，公园有一种树，树皮上有感触神经，你用手抚摸树皮，它就会像发痒一样颤抖……”

盼兮安静地听着，她知道李川这么不停地讲话，是想驱散她的恐惧感，但她仍是被这番话吸引了。她从没有过那样的经历，她在机械文明下长大，接触的都是被人工改造过的事物，都被消磨掉了棱角与灵性。她无法想象怎么徒手去抓鱼。

“你真厉害。”盼兮由衷地说。

李川有些不好意思，摸了摸鼻子，低声说:“其实也没什么。你知道的，我比较穷，不能像凯文他们那样去城里消遣，就只有到城外来玩，一个人来。”是的，这八年来，他总是一个行走在野外与城市之间，他熟悉这条路，闭着眼睛都能走回去。但是，他其实并不愿意一个人走这条漫长又漆黑的道路。

他的话语在塔内狭小的空间里回荡，听在耳朵里，显得很是寂寥。盼兮又感到了一阵心悸，这里的环境太过幽闭，宛若坟地。李川感受到了她的颤抖，问:“你从来没有在这种环境待过吗？”

“没有……”盼兮努力集中注意力去回忆，不看周围凝若实质的黑暗，“哦，有过一次，那是在我很小的时候，在星舰上，我躲在很狭窄的武器舱里，也没有开灯。但那时候有个人陪着我……

正说着，李川听到了一声很轻的“咕咕”声：“是什么声音？”

盼兮顿时脸红了，幸好李川看不到，她便低着头说：“可能是什么虫子吧……”话还没说完，她的肚子又发出了声音。李川这下听清了，拍拍脑袋，暗骂自己迟钝——盼兮在凯文家里什么都没吃就走了，现在肯定又冷又饿。他伸手往身上摸了摸，在湿透了的口袋里摸到了两团东西。他从凯文家里偷偷带走的龙虾还在。

“今天你走运了。我从凯文家里离开时，包了四只龙虾，来，我们一人两只。虽然被水浸泡了，但是还可以吃。”李川递给盼兮两只瑟蒙德里咖喱龙虾，“还不知道要在这里待多久，得维持体力，来，吃吧。”

盼兮轻轻说了声“谢谢”，接过龙虾，吃了起来。她明晓处境，不再像平时一样挑剔，直接咬碎了虾壳，连着肉一起吃进肚子里。保罗闻见香味，凑到盼兮脚下，使劲地顶她的脚。盼兮摸摸保罗的头，将一个虾尾撕下来，喂给它吃。

不远处的李川那里也传了咀嚼的声音，她笑了起来：“你怎么随身还带着四只龙虾？”

“这种龙虾比较贵，我平时买不起，看见凯文家里有，其他人又不吃，就随手拿了几只。回去了你可千万别跟凯文说。”李川的声音含糊不清。盼兮虽然看不见，但能想象得到他满嘴食物张口说话的样子，不禁又笑了起来，随即又叹了口气。

“怎么了？”

盼兮低声道：“还不知道能不能回去。大洪暴一来就是十几天，我们能熬过去吗？”

李川也沉默起来。尽管现在他们安全了，但他心底里清楚，生存下去的概率依然很小，他们不可能在这里躲上十几天。

“喂，李川，你有什么理想吗？”盼兮不习惯这种压抑的沉默，开口问道。

李川想了想，老老实实说：“我不知道。我好像没什么志向，干什么都可以。”

“你就没什么想做的事情吗？”

李川看着她，黑暗里她的身影只剩下一个模糊的轮廓，仿佛黑夜里的一缕轻烟。他张开口，喉头哽动，他想说其实我最想做的事情就是和你在一起，天天见面，夜夜同眠，带你去宇宙的每一个角落，直到我们的躯体化为飞灰。这可能是他最后的机会了，在临死前把最想说的话说出来。可是他没有这个胆子，他不敢去面对那番话说出来后的情形，盼兮肯定会沉默，而那种沉默对他来说比死更难受。于是，李川说：“没有，没有想做的事情。你呢？”

“我想当一个记者。这是我从小到大的理想，当记者可以去很多地方，也可以帮很多人说话……”盼兮说，“所以我一直在做准备，看了很多关于记者的书，也研究一些新闻剪接方面的东西。”

李川顿时明白之前在课堂上，盼兮为什么一眼便看出了那段视频没有剪切，说：“这个理想很好啊，你一定会成为一个好记者的。”

“谢谢，我也这样想。”提到记者的时候，盼兮的心情都会很好，笑了笑，她又道，“所以我一直在想办法买一整套摄影器材……”

正说着，灯塔的墙壁上传来一声巨大的轰鸣！整个灯塔都似乎震了一震。

李川抬头望去，塔外原本已经平静下来的水面又开始汹涌起来，仿佛巨兽在水里翻滚。更远的地方，声势骇人的波浪滚滚而来。第二波洪暴开始了，灯塔内的积水再度上涨，很快就淹没了那扇窗子。

灯塔的位置是经过计算的，按道理洪暴不会到达塔尖的高度，否则塔尖的灯光就会失效。但是现在，洪暴已经到达百丈，且还有升高的趋势，这种情况百年不遇。李川原本以为这里已经安全，可现在看来，他要担心的不是能否熬过十几天，而是眼前他们怎么对付即将充斥整个灯塔内部的洪水。

李川带着盼兮向上挪去。他们已经到了阶梯尽头，头上就是控制室的隔层。他们的头顶着天花板，身体尽量弯曲。可是不一会儿，李川还是感觉到了脚下一凉，水面慢慢浸上了他的腿。

再也没有地方可以逃了。塔内不断灌进水，漫过他们的腿、腹、胸以及脖颈，如同一条冰凉的蛇在周身游走。死亡的阴影掠过他们心头。连保罗都感受到了绝望，凄惶地叫着。李川整个身体都泡在水里，只有脑袋在隔层与水面间的狭小空间里露着，他向盼兮看去，可是该死的，这么黑，他看不到她的脸！

“你在害怕吗？”他再次问。

盼兮一只手划水，一只手努力将保罗抬出水面，她听见了李川的问话，可是无暇回答——水已经快慢上她的下巴了。

李川再次感受到了右手的灼热，像是一团火塞进了他的血肉里，他伸出右手：“不要怕，你不要怕，有我在你身边，所以你不会有危险的。现在，你要闭上眼睛，相信我，等你再睁开时，一切都会好起来……”

这声音在水里出奇地清晰，沉稳，有力，每个字都在盼兮耳边回荡。她愣住了，这句话是如此的熟悉，每个午夜梦回的漫漫长夜，她都会回忆起这句话，然后才有勇气再次闭眼入睡。

“你……”盼兮喃喃一声，听话地闭上眼睛，不再挣扎。

水面上亮起了莹莹白光，是李川的右手发出来的。水已经浸没了他的头，他闭上眼睛，挥拳狠狠砸向头顶的隔层。

盼兮在水里听到了一声接一声的沉闷声响，如同雷鸣。她被李川的左手抱着，紧紧贴着他的胸膛。她听见了他心脏的跳动声，沉闷而有力，那一瞬间，她错觉所有的声音都是从他胸腔里发出来的，而这种声音让她感到心安。

十几声闷响之后，一声更大的爆鸣响起，无数石块瓦砾落入水中，向下坠去。水里变得明亮起来，刺眼的黄色光芒照在盼兮眼睑上，她张开眼，看到了水上灿然放光的灯柱。

李川砸开了隔层！

他右手上的光辉隐没下去，他却顾不得理会，带着盼兮和保罗向上游去，攀住隔层的断裂处，爬了上去。水还在不断地从被砸开的洞口处涌上来，喷泉一般将整个控制室都洒透了。李川顾不得休息，一把扳倒身旁的巨大机械匣子，压住了洞口。水流顿缓，只是慢慢从机械匣子周围溢出来。

这个控制室并不开阔，里面摆满了仪器，各种灯光闪烁不休。中间则是一个直径两米的巨型灯筒，正发射着醒目的黄色光柱，透过控制室周围的透明墙壁，光柱照亮了整个夜幕。李川一直眯着眼睛，过了好一会儿才适应这种强光。

盼兮靠坐在墙壁边，抱着保罗。她抬头看着李川，后者也坐着休息，并且不断地揉搓着他的右手。

“我刚才看见它发光了。”盼兮说。

李川点点头：“我也看见了，可我不知道是怎么回事。我以前从没看见过它发光。”随着揉搓，他僵硬的肌肉慢慢软下去，暴起的血色经脉也消失无踪。他知道盼兮在看自己，有些不自然，转头望向墙壁外。

巨浪一波接一波地拍打灯塔，撞击在墙壁上，翻涌起泡沫。纵使灯塔稳固，在巨浪的袭击下也不时震颤，摇摇欲倒。

“这样也不是办法，水迟早会淹没这里的。”李川站起来，“我们得想办法出去。”

可是外面是无边的洪浪，出去了又能如何。李川感觉自己像是站在汪洋大海中的一块孤岛上，举目四顾，都是海浪，而这块孤岛随时会沉没。他绕着控制室不停地走，双手无意识地拂过各种仪器的表面。

水不停歇地溢进室内，不多时便积了厚厚一层。李川的脚步踩在水上，发出啪啪的声音。他走到灯筒那里时，突然停下了脚步，看着灯筒，若有所思。

“对了，用灯光求救！”盼兮也明白过来了，脱口而出，“用灯光打出求救信号！”

但灯筒太过庞大，李川和盼兮一齐用力都不能扳动它，光柱仍是笔直射向夜空。费了很久的力，李川停下来，喃喃道：“一定有办法的，灯塔作信号用，肯定能改变光柱照射方向。”

盼兮道：“会不会是由仪器控制的。”

“对，对，一定是这样！”李川一拍脑袋，暗道自己怎么没想到，这里这么多闪灯的仪器，肯定是有作用的。他扑到控制台那里，但随即又愣住了，无数按钮闪烁灯光，纷繁复杂，如同无可破解的棋局。

“你……你会操纵这些仪器吗？”李川转过头。

盼兮上前仔细端详那些按钮，良久，摇摇头：“上面的标示都是用的专业文字，我看不懂。”

“既然都不会操作，就死马当活马医吧。”李川一挥手，上前用力，把控制台的外壳给卸了下来，露出里面错综复杂的线路。按钮可以用他不懂的文字表示，但线路不会变。他把右手放在线路板上，轻轻接触，感受着交错电线的挤压。渐渐地，仿佛巫术一般，一幅完整的电路图在他脑袋里浮现，每根电线的导向，每个电极板的作用，每一个指示灯的感应，都清晰分明。

李川收回手，长舒一口气，道：“幸好线路还不是很复杂，能够摸清楚。”说着，他小心地扳动一处触感控柄，同时按下两个按键。控制室内的灯筒随着慢慢转动起来，在漆黑的夜空划出了一个“S”的图案，尔后匀速转动，划出 O 形灯光，接着又是一个“S”。

SOS 是联盟通用的求救标志，从古地球时期沿用而来，一直未改。李川不停地用光柱打出这个标志，一遍又一遍，他希望城里有人能够看见，然后派飞行器来接他们。但他心里清楚，这样的概率很小，灯塔离城市太远，灯光的图案会很模糊。只是，盼兮在看着他，这是他们最后的机会，他不能让盼兮绝望。

半个多小时后，仪器突然爆出一串噼里啪啦的火花，所有的指示灯都暗了下去，屋子中间的巨型灯筒也慢慢熄灭。黑暗再次笼罩了他们。李川着急地向下摸索，想修好仪器，但是他只摸到了一层水渍。原来不知不觉间，积水上涨，加上仪器的外壳已经被李川取下，水很容易就漫进了仪器内部，元件短路，整个控制室都瘫痪了。

李川再也没法可想，苦笑一声，坐到仪器上，说：“现在只能等着了。”

盼兮“嗯”了一声：“辛苦你了，你累了这么久。”

“没什么。”李川下意识地摆摆手，“结果不是还这样吗？我也没真正帮得了你。”

“不要这样说。要不是你，我早就被洪水卷走了。”

“要不是我，你根本就不会来这里，你现在应该在城里的高楼上俯视洪暴，或者已经睡着了。”李川有些自责，声音低落，“我应该让你早些回家的。”

“其实不是你说的这个样子。”盼兮轻声说，尔后便沉默了。李川也找不到话来说，控制室里安静下来，只有溢水的淙淙声，回荡不止。

过了很久，盼兮说：“我很冷……”

李川犹豫了一下，还是走过去，把自己的外套脱下来，给她披上。但是那外套早已湿透，不再保暖，盼兮仍旧嘴唇苍白，浑身颤抖。

于是李川抱住了盼兮。抱她的时候，他心里空荡荡的，什么都没想。盼兮感受到了温暖，慢慢停止颤抖，依偎着他，发出含糊不清的呓语。他知道盼兮已经睡着了，她毕竟是个女孩子，今晚又累又惧，早已疲惫。他尽量压低呼吸声，背后的浪花翻起又隐没，宛如午夜潮汐。

很久之后，李川的眼皮也沉重起来。其实他比盼兮更累。在意识模糊前一瞬间，他隐约听到了一阵轰鸣声。

## 12

亚斯·泽尔安静地坐在书房内。灯依旧没开，窗帘也严实地落下，将明灿光线拒于房外。亚斯端坐在轮椅上，面前是一部提筒式电话，很陈旧，外壳都被磨得花白。电话跟亚斯一样安静。

作为初寒星球上最有钱的男人，亚斯掌握了这颗星球上一半的财富，且在幕后控制着数百家跨星际公司的运转，权势滔天，在整个联盟都算得上是富豪。他的日程安排得很满，每天都得运筹帷幄，殚精竭虑，做出关于巨量财富的决定，几乎不会有休息时间。但现在他罕见地静坐着，屏蔽所有汇报上来的商务信息，只为等这部老式电话的铃声响起。

他其实并不确定对方会打电话过来，但他觉得应该等着，即使白等也值。他微闭着眼睛，苍白的手指有节奏地轻敲轮椅扶手。

终于，当他敲到一千六百四十九下时，一阵单调的“叮铃铃”声响起来。

“喂？”亚斯拿起话筒，不紧不慢地询问。

电话的另一头，一个低沉的男声道：“是我，亚斯，我的朋友。”

“我听出来了，是你，没有错。”亚斯说，“看来消息是真的，联盟真的复活你了，‘剑’被盗走让他们警觉了吧？”

“是的，战争就要来临，元老会那帮人开始重新重视剑党。他们要依靠我，激活了我的心脏。”

“那么，心脏重新搏动的感觉如何？”

“很有力量，却不规律。它有时跳得很快，像是要从我的胸膛里出来，只有坎塔人的血能让它安静下来。”对方沉默了一瞬，“叙旧到此为止吧，我有正事找你。”

“说吧，我就知道你不会没事就联系我的。”亚斯无奈地笑了。

对方缓缓道：“‘剑’被盗走，回归坎塔神殿，这意味着生化部也要向新的首领臣服。加上原有的‘天平’，那个我们丝毫不了解的家伙已经拥有了两件祭器，机械部和生化部将会听从他的每个指令。现在，只有‘手’流落在外面，所有人都在找它，所以，我想确认一下。”

“放心，它很安静，现在为止只苏醒过两次。”

“嗯？”

“都是在最近。前不久，那孩子的手被人打断了，它自动愈合；几天前，那孩子被困在大洪暴里，它再次苏醒，让他单臂挥拳击破了厚达十五厘米的合金隔层。”

“听你这么说，好像那孩子总是陷在麻烦里，这跟我的预计不太符合。”

亚斯轻轻笑了起来，说：“我知道你在怪我。但是，他已经平凡了十八年了。我一直在观察他，这些年来他一直默默无闻，经历也平淡无奇。我想，或许是时候考验一下他了。所以那两次麻烦，我都没有插手，而结果证明，他正走在我们所期望的道路上，事实上，他可能已经比我们预计的走得更远了。”

电话那边沉吟一下，缓缓道：“那就好，形势越来越严峻，剑党虽然重新启用，但盾党的人仍然把持了羽京的大部分权力。我们的希望要放在新的种子身上。对了，几个月前你卖掉了十几家公司，但资金流向却不明朗，这是不是预示着，我们的计划已经开始了？”

“是的，一切都已准备好，计划将在联盟的一百五十七个行星中展开。它的进展并不太顺利，从研发到审查，再到宣传，最后发行，这些环节都遇上了麻烦，但这些可以用钱来解决。而你知道，凡是能用钱解决的事情，我都能办好，所以你可以放心。”

“很好，我知道你不会让我失望，就像从前一样。”对方顿了顿，又道，“那么，把那个孩子也纳入计划中吧，但务必谨慎，不要让其他人发现他。元老院的人眼睛很锐利，他们一直在寻找新的执刀者。”

“我知道。”

“另外，你要小心——盾党已经察觉到你的动作了。虽然初寒星是你的地盘，他们不敢明来，但暗地里他们肯定会有所动作的。你知道，对于暗地里下手，他们并不会顾忌，而且很有经验。”对方轻叹一声，透过话筒的喇叭孔，那声叹息显得沉重而疲累，“战争快开始了，我的朋友。”

## 13

李川拎着书包，路过排练室的时候听到里面传出了脚步声，很轻，有点儿像树叶落到地上的沙沙声。他心里一动，走到门边一侧，盼兮的身姿印在了他的眼中。

后天就是演出的日子了，作为升考前最后一次汇演，学校看得很重。几乎所有的家长都会来礼堂观看，而这幕话剧是汇演的重头戏，想来盼兮应该有些紧张，放学了还独自在排练。

盼兮背对着他，脚尖踮起，两手像天鹅伸翅般舒展开来，脖子上扬，那一段露出的脖颈白皙而优雅。她端视着镜子，不断调整自己的姿势，在镜子里，她眼睛微闭，面容显得十分柔和恬静。

李川两手抱胸，靠在门口，怔怔地看着，嘴角扬起。从大洪暴中幸存后，这是他第一次这么清晰地看着盼兮，她的身影在他眸子里映照出来。

那天他在灯塔中昏迷，醒来后便在一家医院里，周围全是戴着白口罩的人。他们举止谨慎，沉默无语，连上前询问李川身体状况的人都没有。过了一天，他们把保罗和衣物还给他，然后一个医生带着他从后门走出医院。李川问了医生一些问题，得到的都是沉默，便不再开口了。他出去后，与医生分开，绕了一圈，回到医院的正门口，赫然发现原来这是全城最豪华的私人医院。他知道这里不但价格昂贵，而且供不应求，有一次市长夫人生病，都被医院以病房已满为由拒之门外。

奇怪的事情还不止这一点，他回去后，竟然没有一个人询问他。他砸破了灯塔的隔层，还害得控制室里进水瘫痪，而城市管理局好像完全忘了这件事，他们只是把灯塔修好，连事故调查报告都没公布。当然，李川其实并不在意，他对自己的存在感之弱，早就习以为常。他诧异的是，连盼兮都好像忘了这件事，每天在学校里见面，都只礼节性地打招呼，浅笑点头，同以前一样。

好几次，他都恍惚觉得那是一场梦境——也只有在梦中，他才能拥抱盼兮。

正想着，盼兮已经调整好，脚步一旋，整个身体开始舞蹈起来。这是第一幕出场时要跳的，凯瑟琳本就善舞，威格·帕克便是在舞池遇见她的。李川连忙向门外侧移了一点儿，以免盼兮发现自己，视线却依旧跟着她。她踮着脚，像踩在云端上，舞步流转，每个回旋和舒展都流畅而优雅；她的两手柔软而细致，交错扭合的时候，好像排练室里有鲜花绽放。

一舞罢了，盼兮弯腰扶膝，微微喘气。李川仍然痴痴地望着她，眼神已变得柔和，两手抬起，情不自禁地便要鼓掌。

“啪啪啪”，掌声在排练室里响起。

李川一惊，目光向排练室的角落里看去，凯文正微笑看着盼兮，由衷地鼓掌。适才李川一直盯着盼兮，竟没有发现凯文也在。

“真的很漂亮。恐怕只看这第一幕的舞蹈，那些家长们都会觉得值了。”凯文走到盼兮面前，笑着说。

盼兮直起身子，掠了掠凌散下来的头发，“还有些动作很生硬，我需要再练练。”

“那我们再排练一下，你走过来，然后停在我面前……”凯文说着，两手张开。

盼兮想着正式演出时的画面，依言走到凯文面前。凯文宽大的双臂合抱住盼兮。过了几秒，按照排练此时凯文应该已经松手了，但盼兮感到自己肩上的力道丝毫没有减少。“嗯？”她轻轻挣扎一下，凯文抱得更紧了，下巴枕在她的肩骨上，温热绵长的气息在脖子和耳后缓缓掠过。

盼兮的身子软了一下，腿有些不稳，但凯文的拥抱使她动弹不得。

李川突然觉得好冷，明明是斜阳晚照，但浑身却冷得打颤。他缩着肩膀，凉意随之透过皮肤渗进血液，再顺着血管流向心脏，连搏动都显得缓慢。他冷得握紧拳头，指甲掐进肉里，但丝毫不觉得疼。他僵硬地站在门口，目光里渐渐有什么变了，眼睛缩紧。过了好一会儿，他转过身，悄悄离去。

盼兮脑子空空的，这一刻，她的眼角突然看见镜子里有个人影一闪而过。她用力挣扎了一下，凯文不得不放开，喃喃道：“对不起，我有点失态……”她没有理会，走到门口，在校道的尽头，她看到了那个消瘦而落寞的背影。

# 14

“嘭”，功率巨大的聚照灯打开，整个礼堂亮如白昼。

圣辉高中是本城有数的贵族学校，礼堂布置得富丽堂皇，舞台更是华丽。门外站着不少保安，毕竟能来这里观看演出的家长，都是本城有头有脸的人物，安保工作一定要到位。此时离汇演还有半个小时，但礼堂几乎已经坐满了，家长们矜持地互相点头致意，保持风度，所以虽然人多，但整个大堂并不吵闹。

嘈杂只出现过一次，那就是当亚斯·泽尔坐着轮椅被推进来的时候。看着这个一身病态但面容坚毅的人，许多家长都吃了一惊，交头接耳，议论声像低潮一样涌遍了整个礼堂。很快，所有人都知道这颗星球上最富有的人来了，于是又不约而同地安静下来，仔细打量他。

亚斯的脸色始终不变，淡淡笑着，由于身有残疾，他被安排到座位席侧边。他身后只有佣人，连一个保镖都没有。

这个时候，李川穿着陈旧的衣服，独自坐在舞台的台阶上。很多人在他面前走来走去，有的要去搬道具，有的去通知演出顺序，有的指挥灯光布景，但没有一个人把目光放在李川身上。他木着脸，一手托着下巴，一手在台阶上扣着，周围忙乱的景象似乎与他格格不入。

事实上，整个学校都与他格格不入。他突然对周遭的一切失去了兴趣。前天见到盼兮和凯文亲昵之后，他恍惚地回家，到了家里才发现竟然没骑自行车。三年来，这是他第一次走回来，那时夜沉天凉，他走过幽僻的巷子，走到楼顶，凝视着在灯海中浮沉的城市。大洪暴还未完全退却，城市浮在高空，猎猎寒风呼啸而来，在他脸上如同刀割。他可以看到城市下方，是渐渐退落的洪水，在夜色中黑沉沉的。

尽管以前也是一个人混日子，但此时，他才真正感到了孤独。

“快，汇演快开始了，你还坐着干吗！”导演正在指挥布景，一低头，看到无所事事的李川，顿时大声责骂，“快去换衣服！”

李川应了一声，懒懒地站起来，朝更衣室走过去。恰好女同学刚换完了衣服，鱼贯而出，盼兮穿着军装，一抬头便看见李川，脸上绽开笑意：“你来换……”

李川面无表情，低着头从她身边走过去，眼神连丝毫颤动都没有。

盼兮愣住了，怔怔地看着他走进男换衣室，他没有回头，似乎刚才自己是在对着空气打招呼。

“盼兮，快点儿。”同伴见盼兮愣在原地，连忙扯了一下她的衣袖，“你在发什么愣啊？”

“没有。”盼兮低下头，轻声说。

礼堂后门站着两个保安，正打着哈欠，百无聊赖地朝着外面看。这个夜晚并不清朗，六颗恒星隐没不见，天穹黑漆漆地笼罩着一切。灯光之外，压根看不见任何动静。

所以，他们也就没有看见正有人借着夜色的掩蔽，悄悄地靠近礼堂。

“里面都是有钱人啊！”其中一个保安朝礼堂瞥了一眼。

另一个没好气地接口道：“怎么，心里不是滋味？”

“有钱人把孩子往这送，我的孩子却只能去街区高中，这叫我怎么是滋味？”

“嘿，我说，你不是在圣辉高中里吗？这真是讽刺，当儿子的在街区学校，当老子的在贵族高中，你俩要是换了个身份就好了。”

“去你的！”那保安笑骂道，眼角却突然发现有两个人影正从黑暗里走过来，随即大声喝道，“谁？站住！”

那两人走近了，也是一身保安制服，却有些面生。左侧一个笑着说：“学校叫我过来看看，免得出什么事。”

“这里能出什么事！那些家伙真是多心，我们两个人已经——”保安的话戛然而止，一柄冰凉的匕首已经捅进了他的肚子，他正要惨呼，嘴已经被那人捂住，血液大量涌出。保安的气力随着血液瞬间流失，很快便手脚冰凉，眼睛努力看向不远处的摄像头。但那人的力气很大，动作却小，因此在摄像头图像里，保安只是靠在那人肩上，似乎睡着了。

那人让保安的尸体背对摄像头，靠在墙上，看上去如同懒洋洋地休息一样。他转过头，另一个保安的姿势已经跟他的同事一样了，软绵绵的，血顺着墙壁留下来。但夜色遮盖了一切。

“……下面，是即将升考的学生给大家献上大型舞台剧，取材自大家耳熟能详的威格·帕克将军与凯瑟琳女士的爱情故事。为了这幕剧，我们的学生日夜排练，只为了向各位呈现圣辉高中独特的校园文化。下面，请屏息以待！”

司仪刚把介绍说完，舞台的灯光便黯淡下来了，幕布垂下，音响里传出舒缓的乐声。

“上去吧！练了这么久，就是为了现在，去吧，现在是你们的时间了！”导演指着舞台，大声鼓励。

最先上场的盼兮，聚光灯紧紧跟随她，将她的身姿照得明艳辉煌，整个人都沐浴在光中。踏着音乐的节奏，她缓缓扬起手臂，足尖一旋，舞步如流云般展开。所有人都凝着气息，生怕呼吸得重了都会使舞台上这个精灵遗世而去。

李川站在幕布最后，恰可见到盼兮精湛绝艳的独舞。但这些他在前天见到过，每一个动作于他而言都是疼痛，他垂下眼睑。“怎么了？”刘凯在他前面，见他形容低落，不由问道，“你今天很不对劲。”

“没事。”他简短地回答，声音低沉而沙哑。

刘凯仔细打量他几眼，心中的疑惑更加深了，但李川低着头，他也只能叹口气，转过头继续欣赏盼兮的舞姿。

盼兮一舞结束，全场掌声雷动，连亚斯也情不自禁地拍着手。盼兮深吸口气，退到舞台边，这时扮演元老院元老的学生已经上场了，他们围成一圈，用抑扬顿挫的声音念着台词：“啊！今坎塔人来袭，联盟前线连连失手，诸位觉得该如何处理？”

“啊！自然是派最刚直最无私最忠勇最有谋略的将领前去指挥战役了！”

“啊！可是，谁是我们最刚直最无私最忠勇最有谋略的将领呢？”

“啊！谁是呢？”

“啊！谁能担得起这个荣誉呢？”

“啊！要说联盟最刚直最无私最忠勇最有谋略的将领，难道诸位议员心中没有浮现出一个名字吗？”

“啊！我们竟然忘了，是他！是他！他才是我们最刚直最无私最忠勇最有谋略的将领，就是他！”

“啊！威格·帕克将军！”

……

很快，前两幕戏结束了，排在李川前面的人越来越少。他的心好像也随之变得越来越空，空荡荡的，听得到心脏搏动的回声。他整了整身上的士兵装，扭动脖子，抬起头，灯在他的眼中洇成一团光晕。

“轮到我们了，上吧！”刘凯兴奋地说了一句，然后迈步跑向舞台。

李川甩甩头，跟上刘凯，也跑上了舞台。

舞台上正站着十几个穿着机甲外套的人，这身装扮表示他们扮演的是坎塔人中的机械士兵。“啊！没想到你们还敢出来，交出那个女人，否则你们全部都要死！”他们大声吼着。

“啊！不，我们誓死捍卫凯瑟琳女士的安全和尊严！你们可以夺去我们的生命，但是，联盟士兵是绝不会让投降和背叛的字眼从他们的口中冒出的！”十个亲卫队士兵同时大喝。

“啊！受死吧！”

“啊！为了凯瑟琳！”不知怎么，喊出这句话时，李川眼睛一酸，一滴泪从眼角流了出来。光线被泪珠撕成千万片，散在眼角。

随后是一场排练过几十遍的混战，模拟枪火在舞台上闪动，火光灭后，两拨人开始肉搏。李川机械地完成着早已熟悉的动作。很快，坎塔人撤退了，但十名亲卫队员身上也是血迹斑斑，他们僵滞地走到舞台各位，摆出痛苦的姿势。有人张嘴斜靠，有人眯眼歪立，刘凯盘着腿坐到地上，李川则左手捂住胸膛，右手微微后扬，保持着痛苦的表情。

十名亲卫队扮演者保持姿势后，盼兮一脸凄惶地走上台，看着雕塑一样的士兵们，她有些立足不稳。她步履踉跄，嘴唇颤抖，将言而未语。“啊，我的勇士们，你们……你们不在了么？”她悲泣着，把手放在身旁一个士兵的肩上，后者立刻软倒。她似乎吃了一惊，又去抚过另一名士兵染血的脸颊，那名士兵也随着她的动作倒下了。

一个个士兵连接着倒在舞台上，最后，只剩李川一个人了。

他闭着眼睛，只听到躯体倒地的声音，九次，那么，自己将会是最后一个在盼兮的触摸下倒地的人。近了，盼兮浮乱的脚步在靠近，这一刻，他的心跳得如此厉害。咚咚咚，像擂鼓一样，左手甚至感觉得到胸膛剧烈的起伏。

温润的触觉在左手背上滑过，像是一缕呼吸，或是一阵吹拂在久远记忆里的风。这是盼兮的手，他分辨不出指纹，但他知道现在盼兮的手在轻轻抚过他的手背。他的心突然静下来了，蛰伏回胸腔，呼吸绵长，失却了气力。于是，他的小腿肌肉松弛了，整个人直挺挺地向后仰，耳边传来空气叹息的呼呼声。

这是最后一次了，我的盼兮。

仰倒的那一刻变得无比漫长，无数画面从记忆里翻涌上来，在脑中轮番浮现。他见到一个孤独的少年坐在湖边，百无聊赖地用鹅卵石打着水漂；他看到了地球，孤独地旋转在轨道上，而她的子女们已纷纷去往遥远星际；他看到了战火在飞船里蔓延，到处是惨叫和鲜血，瘦弱的小女孩缩在角落，他跑过去问她说你害怕吗；他看到长长的街对面，盼兮坐进了凯文的车，飞向远方，四周只有沉降下来的浓郁暮色……最后，他的脑海里，只剩下盼兮和凯文相拥在排练室的画面。

是的，凯瑟琳终究会跟威格·帕克在一起，而亲卫队员，哪怕付出生命也只能在暗处遥望。

导演说得没错，暗恋，这种情愫在他和他的角色中竟然出奇地一致。可是，心里生出了不甘，他真的不愿意把年华都耗在暗恋里，却始终不能和她在一起。在倒下的那一刻他想，这是最后一次，我的盼兮，挥手告别吧，我这一场无人问津的暗恋。

那瞬间盼兮愣住了。她当然不会知道李川此时心中所想，但她看见了李川的神情，很复杂，释然与苦痛交织，决绝中又混杂着眷恋，带着不舍，泛着泪光。聚光灯照下来，光尘浮动，盼兮笼在其中，而李川倒向光柱外。那一刻变得缓慢，光线从李川身上抽离，他脸上有夕阳沉落，有潮水退却，有一大群海鸟呼啦啦飞进沉沉暮色中。

“啪”，他倒在地上，背部结实地撞到了地板，弹了一下。

台下观众被这真切的摔倒震撼了，纷纷鼓掌，而李川似乎真的战死了一般，在地上一动不动。

盼兮回过神来，用踉跄而优美的步伐离开舞台，灯光随即暗了下来。要换第四幕了。工作人员拖着道具上场，要把舞台布置成羽京的背景，亲卫队员的扮演者纷纷爬起来，走到后台。李川还倒在地上，导演跑上去，狠狠拍了一下他的肩膀：“要的就是你这种效果！你的动作很逼真，把我想的都表现出来了，太完美了！”

李川没有回应，睁着眼睛，躺在黑暗的舞台上。

“嘿，我说，但你现在该起来了。你的戏份完了，第四幕要开始了。”导演拉了拉李川的衣领，“快，他们要搬道具。”

李川依旧躺着。

导演吃了一惊，以为李川摔昏迷了，但他虽然表情哀戚，睁开的眼睛里瞳孔却不时闪动。“你怎么了？”背景已经布置妥当，导演有些急，“赶紧起来，下一幕要开始了。”

李川没有理会，闭上眼，眼角有泪渗出。

学生们都围了过来，不解地看着他，盼兮靠在幕后的角落里，幢幢人影遮住了李川。导演看了一眼台下，观众已经有些不耐了，议论纷纷，不由急着问：“你们谁知道他怎么了？”

所有人都摇头。导演咬咬牙，对旁边几个男学生说：“你们，帮我把他抬下去，抬到换衣间！”被叫到的几个人应了一声，一人抬肩，一人抱腿，还有一个人托着李川的腰，向台下抬去。李川没有挣扎，软绵绵的，任他们抬动。

男生们把李川放到换衣间后，便匆匆跑到幕布后去了。换衣间里没有其他人，镜子映出雪白的墙壁。李川躺了好一会儿，叹口气，用手撑着地板，坐起身子。刚才的一切他都清楚，他不是想捣乱，只是最后一次为盼兮倾倒后，他心里空荡荡的，浑身聚不起一丝力气。

## 15

外面传来一阵喧嚣声，被墙壁隔着，听起来隐隐约约，不太真切。他缓缓站起来，在镜子里整理了一下，抹去眼角湿痕。正要转向排练室门口时，“轰”，门突然被撞开，一个穿保安制服的人跌跌撞撞地跑进来。那人神情慌而不乱，看见李川后，眼神一厉。

李川被吓了一跳，后退两步，抵到墙壁后才停下。

那人见李川身上还穿着演出服，一脸惶恐，鼻子里“哼”了一声，径直跑向换衣间的后门。那里是离礼堂最方便的路，外面便是校道，再隔几十米就到了街道上。李川贴着墙，看那人奔逃，地上的某些点迹吸引了他的视线。他低头细看，只见那人跑过的地上都留下了点点殷红，视线网上，看到那人的身上染满了浓稠的血迹，正不停滴落。

“等等……”李川不由朝那人伸出手，“你受伤了么？”

那人没有理会，跑到后门前，不料后门被装演出服的箱子挡住了，两腿连踢，把箱子踢开。这时李川已经犹豫地走到他身后了，拍拍他的肩，问："请问……你需要帮助吗？"

那人只顾着开门，没有察觉到李川走近，被拍之后，右手下意识地一抖，匕首已经从袖子里落下，向后挥出。李川只看到一星寒光划向自己的肚子，本能地后退。"嗤啦"一声，衣服被划开，李川不由又惊又骇："你……"

一击不中，那人毫不迟疑，匕首划过清冷的空气，再次刺向李川。他的动作快而准，李川连连后退，不料脚被箱子绊住，摔倒在地，这一倒正好躲开了匕首划出的致命弧线。

"完了完了……"李川心里想着，手脚并用，爬向角落里。那人扭头看了一眼换衣室的正门，已经有脚步声传来，略一踟蹰，决定不再把时间浪费在这个学生身上了，当即转身继续把箱子踢开。

李川也听到了脚步声，见了救星般大声喊道："快来啊快来啊，有人要行凶！"

"找死！"那人面目一寒，把匕首掷向李川。李川直觉寒芒直射，举起右手，匕刃恰好贯穿他的手臂。他惨叫一声，爬起来要跑，那人已经赶到他身后，脚尖踢中他膝后弯，让他跪下；两手勒住他喉咙，死死收紧，使他脑子一震，再也没有喊叫和逃跑的力气。李川憋红了脸，两手使劲往后去揪扯那人的头发，连手臂上插着匕首都感觉不到，但那人铁青着脸，毫不动摇，只是使劲勒他。

意识和视野迅速模糊，李川挣扎的力气越来越小，连如滴血般晕红。

那人嘴角扬起冷笑。他本不愿杀害学校里的学生，但要怪就怪这小子倒霉，这个节骨眼儿居然独自在换衣室，挡住了自己的逃跑路线，而且还打算暴露自己行踪。他再次增加力气，李川已经渐渐放弃挣扎了，只有手徒劳地挥动着——等等，他的手?

那人眼尖，看到李川的手上竟然缓缓放出光亮，而且贯穿臂骨的匕首正在以缓慢但肉眼可见的速度从肉里退出来。它似乎被无形的手拔着，但更像是被李川的血肉挤出来，掉在地上，锋刃上一滴血都没有。

那人愣住了，两手也不由松开，一个古老的传闻在他脑中浮现。他难以置信地后退一步，看着在地上大口喘气的李川。而李川右手上还焕发着荧辉，被刺开的伤口里面，肌肉蠕动，皮肤眨眼间就愈合了。

没错！没错！就是它！

“‘手’！”那人近乎狂喜地说。

事故是在第三幕结束后发生的，舞台上灯光俱灭，布景却迟迟不见摆好。有些家长已不耐烦地挪着身子，交头接耳，礼堂里有些混乱。两个保安走进来，一个在观众过道上巡视，一个站到最后排的座位边。

过道里巡视的保安走到亚斯后面时，不小心脚步踩空，身子斜倒，向亚斯的轮椅歪过去。一星寒芒在他手中闪过。亚斯似乎没有反应过来，但他的佣人迅速向前，扶住保安：“小心。”

保安被拦住，匕首迅速转向，捅进佣人的肚子里，血激射出来，但都被保安挡住了。佣人刚要惨呼，保安已经捏住他的脖子，强劲的指力让气管和喉骨同时破裂。此时整个礼堂光线幽暗，所有人都盯着迟迟不开灯的舞台，没有人察觉到这场无声的搏斗。

搞定佣人后，保安深吸口气，染血的匕首缓缓伸到亚斯脖子边。亚斯丝毫没有注意到，还专注地看着舞台。

保安没想到任务这么简单，只要把匕首左移一米，亚斯的喉管都会被切断，他连惨叫都发不出来。到时候自己从容撤退，大笔赏金就此到手了。这样想着，保安再次握紧匕首，狠狠向左压去！

一只手按住了他的手腕。

保安大惊，抬起头，一个戴银色眼镜的男人不知何时出现在身侧，紧紧按住自己的手，令匕首丝毫不能移动。

“你是谁？”斯科特低声问道。

“去死！”保安的左手没被抓住，捏成拳头，向斯科特砸去。斯科特歪头避开，肩却往前一挺，顶到保安胸口。保安闷哼一声，剧痛从胸口传来，见斯科特不好对付，他向后扬起左手。

在最后排的同伴见到这个指令，迅速从裤袋里抽出一柄激光枪，瞄准亚斯。“不好！”斯科特恰好见到枪管里凝聚的光点，知道是远程武器，一脚踢在亚斯的轮椅上。这一脚势大力沉，轮椅重心不稳，带着亚斯翻倒在地。这一系列动作刚刚完成，包含巨大破坏力的光束已经射到，正中亚斯右前方的一个家长头上，“砰”，那人的头整个爆开，血浆散了一地。

瞬间的惊愕过后，观众们立刻明白发生了什么，惊呼和尖叫在礼堂里爆发出来。人们纷纷离开座位，往出口跑去，有几只脚踩在亚斯身上。他用手撑地，爬到座位下，躲开了观众的踩踏和保安的激光抢瞄准。

斯科特躲在人群里，看到那个站在后排的保安仍端着枪，但汹涌杂乱的人潮阻挡了他的视线。斯科特从口袋里掏出一柄小巧的手枪，对准那保安，一个人从他身前跑过，借着这个空隙，他扣动扳机。手枪里的子弹是特制的，比婴儿的牙齿还小，开火时也没有声音，但子弹笔直地破开空气，钻进那保安的额头里。

激光枪从那保安手中跌落，他自己的身躯也轰然倒下。

拿匕首的保安见同伴被击毙，四周人群涌动，知道今天要完成任务已经不可能了。咬咬牙，收起匕首，逆着人群向后台逃去。

斯科特没有急着追，他弯下腰把亚斯拖出来，问道："怎么样，你受伤没有？"

"还好……"亚斯脸上满是灰尘，但不见慌乱，"情况怎么样？"

"我杀了一个，还有一个跑到后台去了。"斯科特回头望了望，人们慌乱地奔逃，门口挤着一大群人，舞台倒空旷了许多。难怪杀手要往那里跑。

"是盾党的人！他们察觉到我的举动了。"亚斯寒声说，然后突然浑身一颤，"你说后台？快，快去追！凯文和李川都在后台，千万不要让杀手接触到他们！"

斯科特点点头，转身向后台奔去。他看到凯文正拉着盼兮，躲在舞台的角落里，看来杀手没有注意到凯文。他来到幕布后，杀手已经不见了踪影，他不敢大意，枪口扫视四周。走到换衣室时，他突然听到李川的叫喊声："快来啊快来啊，有人要行凶！"

斯科特心里一沉，小心靠近换衣室门口，凝神听了听，里面没有动静。迟疑了一下，他端着枪，一个侧身，晃进门里面。他看到李川躺在地上，两手捂着喉咙，发出痛苦的呻吟。而身穿保安服的杀手似乎怔住了，脸上扭曲着狂喜的神色，斯科特的出现让他回过神来，转头踢开最后一个挡着门的箱子，拉开门，迅速跑了出去。

斯科特立即开枪，子弹穿过门，准确地击中了杀手的膝盖。他走到李川旁边，蹲下探了探李川的鼻息，只觉喷在手上的气息虽紊乱但粗厚，看起来没受什么伤。倒是他的右手，正在放光，隐隐看得见里面的血管脉络。斯科特不是第一次见到这种异象了，上次他在监视录像里看到李川的右手奇迹般恢复，也放出了辉光，但当他询问亚斯时，后者只是沉默。

确定李川没事后，斯科特脱下衣服，盖住了李川的右手，然后起身追向门外。一出门，冷冽的夜风便阵阵刮来，四周都是阴暗一片。斯科特抽动鼻子，闻着空气中的血腥味，不紧不慢地移动着——对手膝盖已经中枪，肯定跑不远。他唯一的机会是藏在暗处伏击自己，而旁边全是暗处，斯科特不得不小心。

正迈着步子，他左侧突然响起了“叮”的一声，他立刻向左射出一颗子弹。但随即右边又响起呼呼风声，一个黑影朝自己扑过来，正是那杀手。

上当了！杀手用石子在左侧发出响动，然后从右边发动袭击，一举得手，踢飞了他手里的枪，手勒住他的脖子。斯科特惊而不慌，顺势向后仰倒，压在杀手身上。杀手被他两百磅的体重压下，胸口一震，手上的劲不由一松。

就是这个机会。斯科特拼命挣脱，随后一拳击在杀手脸上，杀手的口鼻顿时涌出大量血沫。再砸几拳，血涌得更多，杀手哼都没哼一声便昏了过去。

斯科特停下拳头，坐在地上喘息了半天，捡回手枪，放进口袋里。这时换衣室传来了纷乱的脚步声，应该是真正的保安来了。斯科特犹豫了一瞬，现在还不是暴露身份的时候。于是他快步走过校道，翻到校外的街道上，很快消失在车流人潮里。

保安们搜寻一番，发现了瘫倒的杀手，连忙把他铐住。手铐是由感应金属线制成，一接触手腕便剧烈收缩，杀手被这阵紧缚感痛醒，任由保安把自己押着离开。

他低着头，因而没人看到，在他满脸的血污之下，嘴角咧开，竟然在无声地笑着。

# 中　篇

## 1

作为整个联盟的行政中心，羽京以它的威严和牢固著称。全人类的权力都汇聚在这座城市里，每天都有大量的命令传出来，送至联盟疆域内的数百颗行星，每一个命令都可能影响整个行星甚至联盟的命运。在它四周巡弋着装备齐全的舰队，检查过往舰船，任何有威胁的飞船都不能靠近羽京港口，否则，舰队有权力在不警告的情况下开火。曾有飞船因为误带武器被直接击中，而开火的舰队没有受到丝毫斥责。

但在联盟子民心中，羽京更出名的，是它终年笼罩的雨水。

由于羽京所在的雾辰星被浓重的水雾包裹，加上冷热气流总是在天空邂逅，形成了分布整个星球的雨水。阴云笼罩，大雨倾盆，蒙蒙水汽在高楼大厦与空中轨道间缭绕，滴答的雨声永不停歇——这些是羽京最常见的景象。因此在民众口中，羽京有时会被称作“雨京”。

任何城市都有贫富之分，哪怕高贵威严如羽京也不例外。东边的住宅多是为政界权贵和商场富豪准备的，极尽奢华堂皇，霓虹闪耀，在雨中更显得彩光耀目；西边却居住着贫寒人家，都是些没钱没权却死抓着羽京居住权不放的人——只要把居住权卖出去，得到的钱会让一个人在其他行星挥霍上几十年——他们或许曾经风光过，但在诡谲波澜的羽京，每天都上演着权力倾轧和破产暴富的剧目，失去权势钱财的人只能被驱逐出东区，来西边的破房子里混着。

东区固然歌舞升平霓虹满地，但对于李耀来说，西区也有吸引他的地方。他是参议员的儿子，自小在上流社会中长大，在名媛千金间周旋，早厌倦了她们表面矜持内里风骚的模样，偶尔会来西区这边打个野味儿。

今夜，他来到常去的地下酒吧，刚进门眼睛就被吧台边独坐的女人吸引了。她穿着露背装，紫色衣带沿着两肩，呈“V”形在后腰部位合拢，露出了一大片白皙细嫩的肌肤。醉红色的卷发垂下，遮住了脖颈，发丝下是蝴蝶型的肩胛骨，在迷离的灯光下显得圆润而诱惑。

李耀喉头耸动，吞了口唾沫，整理了一下衣领，朝吧台走过去。

十几分钟后，他搂着女人走出了酒吧。

外面的雨下个不停，噼里啪啦地打在街面上，雨中夹杂着风声阵阵。李耀骂了一声，他没有开车过来，毕竟西区治安很差，要是自己的名牌车开到了这里，指不定会发生什么轰动。要是惊动狗仔队就麻烦了，上次他寻欢作乐被拍个正着，上了《联盟报》的头条，结果惹得他老子大发雷霆，想一想都头皮发麻。他低头看了一眼女人，问道：“嘿，你是一个人住吗？”

“嗯……”女人被李耀灌了不少酒，已有些醉了，脚步虚浮，声音模糊。

李耀扬起一丝笑意：“那我送你回去好不好，你家在哪里？”

“再过……两条街，穿过巷子……就到我、我家里了。”女人刚要站直，脚步一歪，又软倒在李耀怀里。

“很好。”李耀一边搀着她，一边在她圆翘的臀部上揉捏。女人吃吃笑着。这就是李耀喜欢西区女人的原因，干脆、直接，毫不做作，知道接下来要发生什么，就顺着形势。不像那些所谓的名媛，明明心里想，但总要故作正经地打开他的手，让他扫兴。

他们沿着街边的挡雨道，不紧不慢地走着，过了两条街，来到一条巷子前，里面没有开灯，黑森森的。李耀不禁有些犯怵，但手上极富弹性的触感让他打消了疑虑。果然是西区的女人哪，哪怕打扮得妖冶，但居住的地方总这么寒酸。李耀边走边想。他握着女人的手，感觉手掌上还有些茧，想来是平常劳作弄出来的。他感慨一声，犹豫着要不要明早离开的时候给她留些钱。

到了巷子里，脚步声突然响起来。李耀走着，觉得不对劲——脚步声不是自己和这个女人发出来的。

“是谁？”李耀壮着胆子，努力眯起眼睛，发现前方站着两个高大的黑影，心中一寒，颤声道，“你们想干什么？”

西区的人大都贫穷，而穷总会滋生出罪。新闻里经常有发生在西区的抢劫杀人的报道，李耀见过不少，赶紧把手举起来，说：“你们别乱来，我可以把联盟币都输到你们的指纹账户里，我有……我有几万点……”女人依然靠在李耀怀里，喃喃呓语，似乎没有发现这突发的意外。

两个黑影一动不动，半晌，其中一个按下了某个开关。光亮立刻在巷子里涌现。这光来得太快太亮，李耀把手挡在眼前，几秒后他适应过来，看清了眼前的两个男人。他们穿着黑色西服，浑身笔挺，都很高大，前面一个表情凝重，后一个显得有些急躁，顿了顿，开口说：“上校，找对人了！”

站在前面的人点点头，但没有说话。

上校？

李耀疑惑着打量，发现这两人的西服胸前都绣着三颗星球围住一柄手枪的图案，不禁放下心来——这个图案是联盟安全局行星保卫科的标志。“原来你们是安全局探员，怎么不早说？”李耀冷哼一声，“我是李耀，我父亲是参议院的议员李威，跟首相的关系很好。你们应该认识吧？”

上校看了李耀几眼，点点头。

“认识就好。说吧，你们在这里堵着我干什么？是我父亲让你们来的吗？”李耀的语气很傲慢。确实，父亲自从跟着首相之后，地位越发尊崇，自己在羽京也算是太子爷一样的人物，别说两个探员，就算是安全局局长来了，也不敢对自己怎么样。毕竟安全局归首相管辖，而首相也不得不给父亲几分面子。

“傻瓜，他们不是来找你的。”一个声音在他耳边幽幽说道。

李耀大怒，骂道：“你才是傻瓜，不找我难道找——”说到这里他戛然而止，难以置信地看着怀中的女人，“你……”

说话的正是这个女人。她站直身子，脸上的醉容一点点收拢消失，眼睛眯起，目光里闪出狭长锐利的光。李耀愣住了，错愕地指着她：“你不是喝醉了吗？”

“你是说那杯你放了药的血腥玛丽吗？”女子突然一手扯住李耀的衣领，小腿横踢，李耀顿时重心不稳，翻到在地。随后一只高跟鞋踩过来，鞋跟狠狠别住他的脖子，让他的脸埋进水洼中。女人蹲下来，低声说，“下次，要下药的时候，先把杯子晃一晃，不要让人看见里面的药粉。”

上校和他的副官安静地看着。

“我……你们两个，来救我啊！”李耀摔得脑袋昏沉，被水洼里冰凉的雨水一激，顿时清醒过来，大声呼叫，“这个婊子害……啊，不要再踩了！”

上校耸耸肩，毫无插手的意思，只是问：“他怎么惹到你了？”

“三个月前，他用药迷倒一个女孩，然后强奸她。”女人简短地说着，脚下加劲，李耀大声呼叫，但一张嘴，雨水就涌进他口里，“而那个女孩还没有成年。羽京的警察不敢动他，我就自己来了。”

“哦，我还不知道，原来‘病毒’凯瑟琳也有恻隐之心。”

“西区的人，也是人。”

“那你放开他吧。”上校走上前，凯瑟琳警惕地收回脚，后退两步。

上校走到李耀身前，把他扶起来，拍拍他身上的水珠。李耀缓过劲来，指着凯瑟琳，大声骂道:“你这个婊子，居然敢来害我，你知不知道你惹错人了！你会后悔的，事实上，你现在已经开始后悔了，只是你不知道而已！”他转头对着上校，“你们快去抓她！你的编号是多少，回头我让父亲给你升职，他一句话就可以让你进联盟监察厅！”

上校却没有理他，只是看着凯瑟琳，问:“你消气没有？”

凯瑟琳冷着脸，没有回答。雨声滴答，羽京的夜很冷，但她虽穿得少，身子却丝毫不动，目光在上校、副官和李耀之间逡巡。

“好吧，看来没有。”上校叹口气，忽然挥起拳头，狠狠砸在李耀的左脸上。李耀口鼻顿时涌出大量血沫，晃了一下，上校拉住他的衣领，不让他倒下，转头继续问凯瑟琳，“你消气没有？”

得到的答案跟之前相同。于是上校再次挥拳，他没有保留力气，拳头像铁块一样砸来，李耀嘴角开裂，鼻梁塌陷，脑子里有一千只蚊子在嗡嗡乱叫。“你……你打错……”他晃着脑袋，含混地发出声音。

但凯瑟琳还是没有说话。上校打一拳问一句，干脆利落，毫不拖泥带水。职业军人的力量在李耀脸上造成了可怕的后果，刚开始他还能挣扎，十几拳过后就只能发出模糊不清的声音:“错了，该打她……你……你死定了，你编号是多少，我一定、一定让你……求求你，不要……呼呼，呼呼……”

“行了。”在李耀被打得完全昏厥过去后，凯瑟琳终于冷冷地开口，“我有点搞不明白，既然你知道我是谁，难道不是应该来抓我而救他吗？”

上校放开李耀，任他的身体软绵绵地倒在积水里，揉了揉指关节，说：“正常情况下是这样，但我现在有别的任务。只怪他倒霉，在这个时候惹了你。”

“你们不怕他父亲报仇？”

“李威那个老家伙？”上校不屑地从鼻子喷出一口气，“一个普通议员而已，仗着跟首相吃过几次饭的关系，到处炫耀，首相早就不耐烦了，要是那老家伙聪明，这次就不会声张，吃个暗亏。他要是敢闹，估计议员的座位就会跟他的屁股说再见了。”

“你们政界的事情真是复杂，我想我永远搞不懂了。”

“你不需要搞懂，你只要帮我们一个忙就好了。”

“尽管你们刚才帮我解了恨，但是，”凯瑟琳笑笑，“对不起，我不会帮你们的忙的。我是贼，你们是警察，两条路上的人。”

那副官一直站在后面，此时上前一步，指着凯瑟琳说：“你不要给脸不要脸。我们已经叫了支援，现在至少有上百个探员在赶往这里。要是你不答应，我们就把你抓回联盟警局，就凭你偷的那些东西，恐怕下半辈子都要到苦旱星上过流放的日子！”

“是吗？”凯瑟琳无所谓地眨眨眼。

“不要无礼。”上校把副官斥退，转头看着凯瑟琳，从口袋里掏出一张照片，说，“这次任务很简单，把这个人从初寒星带到羽京来。如果实在不行，把他的右手带回来也可以。”

凯瑟琳接过照片，上面是个少年，典型的古地球亚裔面孔，“看上去像是很普通的人，怎么会惹到你们安全局？再说，这种事完全不需要花这么大劲来找我，你们手眼通天，下个命令就可以办到。”

“原因你不要管。至于为什么要请你……”上校说，“因为初寒星是亚斯·泽尔的地盘。他虽然是商人，但亲近剑党一系，一直在跟首相的盾党作对，不能直接动手要人。”

凯瑟琳听过这个名字，几乎是财富的代名词。她想了想，摇头说：“不行，亚斯·泽尔可不是那么好对付的。”

“这次任务不是安全局的意思，是首相亲自吩咐下来的。只要你办成，三百万个联盟点数将汇进你的账户，而且联盟将会取消对你的通缉令。”

“你早说嘛。”凯瑟琳绽开了笑容，“这么有诱惑的条件你应该一开始就说出来的。”

“你答应了？”副官脸上露出喜色。

“不，我没有答应。”凯瑟琳看着副官，一字一顿地说，“我告诉你三件事。一，你们打了这个小子，我其实一点都不感激，我原本打算自己动手的。二，我从来不在摸不清底的情况下接任务，哪怕再多酬金，哪怕是首相的命令。三，既然你知道我的绰号是‘病毒’，那你应该清楚它是怎么来的。”

副官被她的神色吓得退了一步。他向四周环视，按照命令，后援们应该已经来了，而四周却寂静无声，只有雨滴打在地上的滴答声。

“我早就用病毒侵入了你们的网络，昨天便知道了你们的行动安排。我修改了命令，你那些蠢蛋同事们接到的指示是去东区的舞会里检查枪械，希望他们玩得愉快。”凯瑟琳挽起裙裾，优雅地鞠了一躬，“现在，先生们，我要先走一步了。你们当然可以来追，但我提醒你，我能操控的病毒，可不仅仅能侵蚀电脑。”

说完，她走向巷子深处，高跟鞋踩在水洼里，渐起珠玉般的水滴。

副官抽出枪，正要去追，却被上校拦住了。上校似乎对现在的情况早有预料，扬起嘴角，说出了最后一张王牌：“斯科特也在初寒星上，保护着照片上的人。”

这句话混在雨声中，隐约模糊，似乎一出口就被雨水淋散了。但凯瑟琳还是听见了，霍然止步，缓缓转过身来，脸上铁青，眼里像含着冰块一样，目光森冷。

“你说的斯科特，是不是我心里正在想到的那个斯科特？”凯瑟琳的语气很寒冷，几乎要把身边雨水冻结。

上校点头说：“联盟里叫斯科特的人很多，但戴银色眼镜，并且能独自对付我手下两个最优秀探员的斯科特，应该只有一个。”

“把经过告诉我。”

“最近坎塔人动作频繁，参议院复苏了威……复苏了那个人的心脏，剑党重新被启用。这些对首相都是不利的消息，而且亚斯也有不少大动作。为防万一，首相派了两个探员去刺杀他。行动失败了。”上校的声音不带感情，“导致探员失手的原因，正是斯科特。他杀了一个，伤了一个。但受伤的探员无意间发现了‘手’……”他停住了，犹豫了一下，还是继续说，“是坎塔三祭器中的‘手’。被擒前，那个探员把这条信息丢在草丛里，不断向我们发送这条情报。我们有理由相信，‘手’一直在亚斯·泽尔的掌控下，而斯科特这些年来一直在守护它。”

“斯科特……”凯瑟琳艰难地吐出这个名字，每个字都让久远岁月里的往事浮现出来，她握紧拳，嘴唇被牙齿咬得快要沁出血来，“这个任务我接了。”

## 2

在羽京还是倾盆大雨的时候，这边却烈日暴晒，射线、狂风、死光、毒气等所有你能想到的致命环境因素都在肆虐着。哦，对了，还有该死的重力，这是最让人难以忍受的——由于这颗星球的密度大得难以想象，衍生出的重力也无比猖狂，在上面走一步，要比在地球上背着跟自己一样大的铅块跳起来还要艰难。

尽管环境恶劣，这里依然有生物在活动。星球表面的植物都很矮，重力牢牢拉扯着它们，不让枝叶逃离。植物拼命挣扎，从射线和毒气中汲取养分，但最终还是只能向重力屈服。这种压迫让植物们的脾气都很暴躁，每个走到它们附近的人都要小心，不然随时会被植物的根捆住，拖进地里当养分。

这是一颗巨大的星球，直径是地球的 34 倍，这意味着它的表面积相当于一千多个地球。如此广袤的天地间，生活着三个种族，将星球泾渭分明地划成三个区域。

在三个区域的共同边界处，建有一座宏大的殿堂，由一整块金属浇筑而成。这座殿堂不知在这恶劣的气候里耸立了多少年，表面全被腐蚀，暗淡无光，在灰莽莽的原野上毫不起眼。但只要在这颗星球上生存着，便没有人敢轻视它，所有走向殿堂正门的人都下意识地躬着身子，神态虔诚庄严。

因为它有个名字，叫坎塔圣殿。

殿堂正中，立着一堵金黄色的墙，墙上浮凸着八张脸，每张脸上凝固着一种表情。刚刚说话的，是代表思考沉吟的脸。

黄金墙壁对面，左侧是一排跪着的机器人，右侧则是一群体格庞大的生化人，中间空空荡荡的。此时墙壁上的八张脸都沉默着。生化人交头接耳，低声议论；机器人那边还是静悄悄的，没人开口，但在他们的共享频道里，海量的信息正疯狂涌动着。

顿了顿，有轻蔑表情的黄金脸缓缓开口："兽化部还是不肯来圣殿向吾臣服么？"

"大皇帝，兽化部的首领说一天不见到图腾，他们就一天不肯来。"生化人群里响起一个声音。

"吾知道。哈哈，但现在'手'的下落已经了然——在羽京的间谍替我们传来了消息，有人在一颗名叫初寒星的人类行星上见到了它。"有笑意的脸说。

生化人和机器人同时一阵骚乱，为首的机器人跪行两步，方形金属脑袋磕在地上，合成音从它嘴里冒出："恭喜大皇帝！只要王再拿回'手'，那三祭器将全部回归圣殿，坎塔星所有子民都会在圣殿外跪拜，向王贡献出忠诚和力量。”

“到时，大皇帝一声令下，万亿士兵都会出击，替王重新扬起战旗，完成复仇大业。”生化人也跟着说。

“这些吾都清楚。但初寒星在人类联盟的疆域内，冒然出兵将可能提前引发战争，现在兽化部不肯向吾效忠，坎塔星上的兵力还不足以再次引发星际战争。”沉吟的脸停了一下，开口说，“翳鬼，你能再替吾冒一次险吗？”

一个尤其高大的生化人爬近墙，亲吻黄金墙壁下的金属地板，低声说：“为大皇帝，永不止息。”

“甚好，那么……”有庄严表情的脸正要宣布，一个机器人直起身子，硅制的眼睛死死看着翳鬼，便换做疑惑的脸开口，“嗯，PGY211，你有事吗？”

“大皇帝的决定永不会错。但，上次偷‘天平’，王派的便是翳鬼，如果此次立功机会还派生化人前往，未免太过偏袒。”PGY211调大音量，使自己的声音在整个殿堂里环绕，“我恳求，这次行动由我执行！”

八张脸同时陷入了沉思。

翳鬼扭过头，阴沉地看着PGY211，流脓的嘴里缓缓吐出几个字：“你能够吗？”

“你可以试试。”PGY211体内咔嚓一声，手臂上的钢板移开，左手掌心露出黑洞洞的管口，有光芒在里面吞吐；右臂上探出三柄利刃，快速旋转，如同三支呜呜呼啸的尖锥。而翳鬼毫无畏惧，一脸轻蔑地看着它。

“够了！”怒脸一声暴喝，震得殿堂似乎都抖了几番，“你们以为圣殿是什么地方，可以让你们放肆吗！”

“但是……嘻嘻，”笑脸随即开口，发出尖细的声音，“你们可以到外面去打。吾只给你们十五分钟，谁先回来这次的任务就派给谁，要快点哦。”

PGY211 的金属五官组合出笑意，站起来，体内的战斗模式无声地开启，所有装备的武器均被激活。它看了翳鬼一眼，不屑地说：“现在，你后悔可来不及了。”

翳鬼沉着脸，没有说话。他从破烂的衣服里掏出一双白色手套，认真戴好，让每根手指都完全被包裹住。他交叉手指，来回扭动，指节像鞭炮一样发出噼啪声响。“好了。”他冲 PGY211 点点头，走了出去。

接下来的十几分钟里，殿堂里没有人说话，每个人都认真听着外面传来的声音。快到十五分钟时，一个高壮的身影负手走进，生化部阵营里立刻传来窃喜声。

“它输了？”机械部的人犹不死心，当先的一人问道。

“它死了。”翳鬼脸上被划了几刀，脓血流下，使他的脸看上去分外狰狞。他把束在背后的手抽出来，掌心里是一块破损的芯片，五指合拢，芯片化为齑粉。机械部的公共频道里立刻翻涌着无数愤怒悲哀的声音，好几个机械人的武器瞬间激活，这一刻，至少有十几支光子炮弹对准了翳鬼。

威严的黄金脸再次开口：“既然结果已经出来，那么，翳鬼便替吾去拿回‘手’。此事已定，不得再有异议。”

“是，大皇帝。”所有人同时低声附和。

“不过，吾决定再派一个人从旁协助。”沉吟的脸皱起眉，几秒后舒展开来，“LW31，你出来。”

“啊？哦……”一个声音颤巍巍地回答，随着声音，一个圆球从机械部里滚出来。它大概只有翳鬼的拳头大，浑身光滑，滚到墙壁面前时，圆球弹出三支细腿，固定住身子。

威严的脸说：“LW31，此次去初寒星，你跟着翳鬼，听他的命令。”

“唔……可是，我……好吧，大皇帝。”LW31 支支吾吾地开口，它似乎很怕翳鬼，小心翼翼地与他保持距离。

翳鬼抬起头，脸上满是轻蔑，说：“大皇帝，我不需要帮手，尤其不需要这个小球当帮手。”

“你就带上它吧，好歹让机械部的人不那么恨吾。况且，你总是需要有人给你递上手套的。”这次说话的，是八张脸最中间的代表和蔼的脸。虽然它在正中，但大皇帝几乎不用，永远沉默地看着大殿。翳鬼纵使不情愿，也不敢忤逆这张脸说的话，因为，如果和蔼的脸都不管用，那接下来一定是那张残酷的脸开口了。

即使凶悍如翳鬼，也不敢想象残酷之脸说话后的惨状。

LW31 畏畏缩缩地看着翳鬼，慢慢用三条细腿走过去，顺着翳鬼粗壮的衣服爬到他肩上。

“你最好给我老实点，不要惹我生气，不然一离开大殿我就把你的回路像麻花一样扭断。”翳鬼满脸不耐，低声说。

LW31 趴在翳鬼肩上，颤抖了一下，赶忙点头。

## 3

修完车子，李川抬起头，天色已经很晚了。他忙了几个小时，身上被机油染黑了几处，额头上也沁满了汗珠。本来平常他和老汤姆一起合作，一个多小时就可以搞定的，但今天老汤姆惨白着脸，一弯下腰就不停地咳嗽。李川有些担忧，便让老汤姆休息，自己一个人处理。

抹去汗珠，他把工具收好，走进店里。“你越来越熟练了，”老汤姆看着放得整整齐齐的机件，脸上露出笑容，“量子引擎，无线动力发生器，悬浮传动装置，这些东西都快被你摸透了。呵呵，我没有子女，我经常想，我死之后要不要把这店子留给你。”说完，他捂着胸，咳嗽几下。

“怎么会呢？”李川应着，关好店门，“我送你回家吧。”

“是啊，你也看不上我这店。我知道你的理想是离开初寒星，这里太偏远，太小……咳咳，可是我在这里待了一辈子。一辈子啊，从来没有离开过，最开始想，一定要出去看看，可是……可是谁知道一辈子这么短暂，一不留神就过去了。”老汤姆絮絮叨叨，也不知道是在对着李川说，还是讲给自己听。

老汤姆的家离店铺只有一条街。街上的店铺已经陆续关门了，空旷的街面上只有路灯在闪，明明暗暗，影子被拉得很长。

老汤姆一边走一边说：“你看，我修了一辈子零件，到头来还是要死在这种地方。没有女人肯跟我过日子，都嫌我又穷又丑，没有出息……李，你可别跟我一样啊，你要出去，要去羽京。我听别人说，羽京离天堂很近，那是好地方……”

来到老汤姆家里，李川简单做了些饭菜。这时老汤姆安静下来了，李川也不知道说什么，两人默默吃着，吃完后，老汤姆突然开口：“李，我把你工资给结了吧。”

“嗯……不是还没到结算的日子吗？”

老汤姆从床底下拿出一台转账器，按下指纹，输入金额，然后把转账器递给李川，说：“先给你吧，快升考了，我听说那些贵族人家的孩子，现在都开始买补品……你成绩不太好，买一点吧，说不定有用。”

“哦，好的。”李川把转账器接过来，看了一眼金额，又递回去，“你输错了。应该是四百联盟点数左右，你输成三万七千了。”

“不，我没有弄错……是给你的，咳咳，拿着吧。”

李川这时才认真打量汤姆，好半天才轻声说：“这可是你一辈子的积蓄，你以前不是说，想靠着这些钱去别的行星旅游吗？”

“呵呵，我跟你说着玩而已。李，虽然你只是在我这里兼职，但我看得出来，你是个好孩子。我知道你非得去圣辉高中读书，是因为一个女孩子，挺好，年轻的时候什么事都敢做。只是苦了你，班上恐怕就只有你穿旧鞋子吧……拿去吧，我用不着这些钱，但你可以。升考之后，到别的星球也要花钱，会用得上的……咳咳。”

“出了什么事情吗？”

“没有，没有，呵呵，就相当于给你个礼物吧。”

李川还是拒绝了。那是老汤姆一辈子辛苦换来的钱，无论如何都不能拿。老汤姆后来急了，但也无可奈何，颤着嘴唇说：“好吧，但是过不久你就会接受了。”

李川不置可否，安顿好老汤姆休息之后，他转身离开房间，这时，他看到抽屉里露出一截白纸。他走过去把抽屉打开，将白纸叠放整齐，关上抽屉时，他眼角看到了“综合征”这三个字。他心里一跳，一股寒意在胸腔里弥漫，回头看，老汤姆正躺在床上，没有察觉到这边。他轻轻把纸拿出来，借着昏暗的光，逐行看下去。

回去时夜已经很深了，裹挟着寒气的风在他两侧掠过，街上车辆驶过，划出一道道光弧。

路过一栋大厦时，墙壁上的巨型屏幕正在播报晚间新闻。漂亮的播音员坐姿端正，字正腔圆：“本城时间今天中午，一艘民用航舰在初寒星外空间航行时，突然发现一艘标有坎塔帝国徽记的微型战舰驶过。奇怪的是，它并不是在扫描屏被发现的，而是擦着民用航舰飞过时，被正在瞭望的船员亲眼看见。但是战舰速度很快，几秒后便消失在该船员的视野里。联盟立刻对此事采取了处理，询问坎塔圣殿，得到的答复是消息误报，帝国根本没有派出战舰到联盟疆域。目前，此事仍在交涉之中……”

李川猛地捏紧刹车，镜头已经切换到了对那名船员的采访。

船员对着镜头信誓旦旦地说：“我不可能看错！当时我们的航舰刚刚离开初寒星的大气层，速度还没有加上去，那艘战舰也在减速，所以我才在瞭望镜里看到它。三色逆戟的徽记我怎么也不会看错，我爷爷就是在第三次星战中死在坎塔人手里的，那个标志，就像噩梦一样刻在我的脑子里！”

画面再次切换，现在是羽京评论员对此事的分析：“虽然从常理上，人的肉眼是看不到正在航行的舰只的。但，此时出现这种消息，仍是让我们不得不警惕。战争已经过去三十几年，我们不知道这期间坎塔人度过了怎样的时光，但就近期一系列的事件来看，他们的眼睛从未离开过羽京。现在羽京政界里，谁都能嗅到危险的味道——更多的，我不能在这里说了。”

李川定定地看着，面无表情，眼角却在抽动。遥远的回忆在他们的叙述中蒙上心头，那是记忆深处的火海，流淌着鲜血，充满了凄厉的喊叫……

回过神来，已经是很长时间之后了。播音员正在播着另外一条消息：“……汉宇科技董事长亚斯·泽尔先生出资，在全联盟内举行《宇神御击》电子游戏竞技大赛。在初寒星赛区里，大赛分四轮选拔，每轮冠军有三十万联盟点数的奖励，总冠军的奖赏目前没有透露，但无疑会更加丰厚。汉宇科技的网络上，报名申请正以令人吃惊的数量和速度提交，请看画面……”跟着画面变幻，汉宇科技的流量显示屏上，申请数目不断跳动，已经有超过千人。

他没有兴趣再看，继续骑车，一路骑向城市边缘。

回家后，他胡乱弄了些吃的，喂给自己和保罗。然后他趴在电脑前，拍了拍手，声控开关立刻开启，透明显示屏上出现了主界面。“搜索海哥森综合征。”他说。话音刚落，屏幕上立刻出现了大量与之相关的网页条目，按热门度排列。

他点开了第一条，上面详细介绍了海哥森综合征的信息。这是移民病的一种——由于异星球的特殊环境，长久生存在地球生态中的人体不能立刻适应，新病症持续出现，都被归与移民病一类。海哥森综合征并不独特，持续劳累加上初寒星的飞石影响，内脏功能会在某个阶段突然衰竭，使人体的生理机能遭到破坏。

李川愣愣地看着，屏幕上映出他的脸。或许是因为光，或许是其他的缘故，他脸上看起来像是笼上了淡淡的哀戚。

顿了顿，他再次开口:“搜索‘治疗海哥森综合征’。”

屏幕上弹出几个广告，都是本城的大医院，提供治疗海哥森综合征的手术。其实这并不难，只需要把衰竭的器官换掉就可以了，但是……李川把页面刷到底，果然，最便宜的医院都标价二十万联盟点。

这不是一笔小数目。

李川收回手，托起脸颊，食指轻轻点着太阳穴。

## 4

就在李川对着电脑屏幕沉思的时候，一艘旅游舰自沉黑的夜色中降临，停泊在城市南边的港口上。

凯瑟琳托着行李箱，向出口走去。在安检门前，她有些踌躇地停下了，一旁的保安好意提醒:“小姐，请继续走，过了这道门就到初寒星了。”凯瑟琳掠了掠头发，一脸为难，说：“可是，我突然想起来，我的过境资料还没有打印出来，就算到了初寒星也会被立刻抓起来……该怎么办呢？”

“那您把数据盘给我吧，我帮您去打印一份。”保安有些愣住了，视线停在凯瑟琳掠头发时露出的雪白脖颈上。

“真的？那太好了，谢谢你！”凯瑟琳脸上满是喜悦，从包里把一个拇指大的数据盘拿出来，“你真是个好人！”

保安走到隔壁的资料室，把数据盘的接口插进电脑，屏幕上立刻跳出过境人的资料。他一行行看着，姓名是安娜，羽京人，来初寒星旅游，照片上也是一袭醉红色头发，没有问题。他多看了几眼照片，把过境资料打印出来，然后拔出数据盘。

但是他没有留意到，在数据盘插入电脑的那一刻，数据盘里无声无息地流出了几行数据，沿着接口，涌进电脑主盘里。刚开始它们只是微不足道的代码，温顺弱小，可怜兮兮，系统不耐烦地扫描一遍，于是放它们进入硬盘。但刚一转身进门，这些代码就开始疯狂抢夺内存，大量复制，原本柔弱的代码立刻化为狰狞的病毒。这病毒是如此迅猛而霸道，以至于港口安全系统的防火墙猝不及防，顿时被突破。病毒继续前进，一路上，路过的程序命令都好奇地看着它，但它毫不理会，一直流到安检门的红绿灯并行回路上。它蛰伏在那里，屏气凝神，睁大眼睛。

“好了，这是你的资料。”保安把纸质文件递给凯瑟琳。

凯瑟琳微笑着接过文件，胡乱塞进包里，走过安检门。

过门的那瞬间，检验激光穿透了她的身体。激光显然没有保安那么怜香惜玉，在凯瑟琳身上检查不到感兴趣的东西后，毫不留恋地移开，进入了她的行李箱。这时，它警惕地闻到了不安分的味道，它躁动起来，逐寸逐寸地扫描，内衣、化妆品和电脑都被它扫过，但没有引起它的丝毫兴趣。接着，激光触摸到了一些奇怪的东西，诸如钢丝、黑色紧身衣和装着奇怪液体的合金试管之类，但它犹豫了一下，觉得女人有些癖好并不太奇怪，尤其是漂亮女人。它没有引发警报，继续巡弋，在行李箱的最后一部分，它突然激动起来了——有枪械！

狭细的女士长管枪正静静地躺在箱子底部，旁边是几盒特制子弹。

激光兴奋地颤抖了一下，立刻把消息传回主程序。主程序正在为刚才突然出现又消失的病毒大伤脑筋，接到消息后想也不想就下传给警报系统。警报系统多年闲置，都要患上抑郁症了，今天终于碰到值得庆幸的事情，兴高采烈地立刻把扫描图像和危险信号传递到最外围的显示器上。但这时，病毒在红灯回路上出现了，它像蓄势已久的豹子，一个猛扑，怒吼不已。显示信号吓了一跳，前路已被堵死，只得无奈地跳到并行的另一条回路上。于是，绿灯亮了。

与此同时，显示信号被抓住，但病毒并没有啃噬它，只是修改了一番后就放开了。保安扫了一眼屏幕，上面显示的是普通行李箱的图像，只有衣服和化妆品的轮廓，于是点点头。

凯瑟琳保持着微笑，踏上了初寒星的土地。

初寒星晚间的风吹来，干净凉爽，不似羽京那般永远也弥散不开的潮湿气息。凯瑟琳深吸一口气，左右顾盼，港口旁立着不少酒店，于是进了最近的一家。

到房间后，她先去洗了个澡，把长途星际旅行的风尘洗掉。然后她穿着睡衣，盘腿坐在床上，把电脑打开了，接入酒店的网络。她修长灵巧的手指在屏幕上划动，娴熟的黑客技巧使她迅速进入了初寒星的市民资料库。调出面部识别器之后，她把那张照片放在屏幕上，少年的图像被扫描进去。尔后，万千张脸迅速跳转。

半分钟过后，面部对比还在继续，凯瑟琳的眉头皱了起来。

初寒星的人口不会超过十亿，按照对比扫描的速度，应该在十秒内就能找出这个人。现在跳转还在运行，扫描的人脸已经开始重复了，这只能说明两种情况。要么资料有误，这个人不在初寒星上，但照片是首相提供的，要说有误，实在难以相信。那么，就只有另一种情况了。

想到这里，凯瑟琳坐直身子，手指跳跃如飞，大量的指令被派往系统进行查询。很快，她找到了资料库里的一条删除痕迹，这条痕迹很不起眼，掩在一大推无用命令记录中间，但它很奇怪——它不是手动删除的，而是被强行进入系统的指令在内存里删掉。

果然，有人捷足先登，删掉了照片上那个少年的信息。

凯瑟琳微微笑了起来——看来越来越有意思了，除了斯科特，还有人在打李川的注意。不过不要紧，她还有圣辉高中的地址，她想起了古地球时期的一句俗话，“跑得了和尚跑不了庙”。这样想着，她躺倒下来，闭上眼睛，迅速进入了睡眠。

## 5

清晨，若辉从地平线处升起来，给城市抹上了金黄色的光辉。李川骑行在晨光和细风中，脸上被水汽打湿，头发也软软地贴在额头上。到了学校门口，正好刘凯也从车里出来，看见他，刘凯连忙挥手。

“嘿，你的脸色看上去很糟糕。”刘凯攀在李川肩上，“昨晚又运动了？”

“什么运动？”李川心里想着事，随口答应。

“右手啊，嘿嘿。”

李川反应过来，啐口骂道:“滚蛋！我可不像你，总收集那些漫画，哪天你死在漫画上我都不会吃惊的。”

“对了，我昨天看新闻，那个《宇神御击》，要开竞技赛了。你有没有兴趣？”

李川摇摇头。

刘凯遗憾地说:“那太遗憾了。你技术那么好，却不喜欢玩，真是浪费。要是我像你这样，一定去参加，总冠军就不说了，循环赛拿第一总是没有问题的。还有，你听说了吗，那个叫吉姆的混混，前一段时间被人揍得半死不活，现在也爬起来跑去参加了。”

“这些都不关我的事。升考快开始了，我只想好好应付它，去别的星球。”

“也对，你的兴趣不在——”刘凯的语气一顿，眼神放光，直直地看着校门口，“嘿，你看，那儿是不是有个美女？”

李川定睛看去，果然，校门口斜倚着一个身姿高挑头发醉红的女子，五官明艳，看不出年龄来。她站在那儿，似乎在等人，但神色轻松，在明媚的晨辉中如一朵冉冉盛开的娇媚玫瑰。

“真漂亮啊！看着我就浑身酥了，不行不行，我得去搭讪。”刘凯在手心里吐了口唾沫，把头发向两边抹，转过身问李川，“我现在看起来怎么样？”

李川知道刘凯一遇到这种事就管不住腿和嘴，只得点头：“帅得跟我家保罗一样。”

刘凯斜睨一眼，说：“去死！待会儿你要配合我，要是成了，请你吃饭。”说完，他长吸口气，朝着那凯瑟琳龙行虎步而去。快走到她身前时，刘凯掏出通信机，做出苦恼的神色，对着凯瑟琳说：“你好，我这通信机出了点问题，你能帮我看看吗？”

凯瑟琳一愣，随即笑道：“小弟弟，出了什么问题呢？”

“我的开机密码忘了。”

“可是，我怎么会知道你的密码呢？”

“你当然知道，”刘凯睁大眼睛，一脸无辜，“你的通信机号码就是我的密码啊。”

凯瑟琳一愣，随即呵呵笑了起来，花枝乱颤。刘凯暗暗吞了口唾沫。“小弟弟啊，你这招可能在你们学校的小女生面前管用，但，”她摇摇头，“但不要在我身上尝试了。我遇见的男人比你考的试卷都要多。”

“话也不能这样说，有时候油荤吃得多了，偶尔来个清新淡雅的菜也不错啊。”

“可是，你怎么看也不像是你说的清新淡雅那一类。你祸害了不少小女生吧？”

“当然不是。那都是她们自愿的，谁叫我在学校里那么优秀呢。”刘凯一边摇头，一边在背后冲李川招了招手，“我可是学校的风云人物。”

李川见到刘凯的手势，无奈地叹气，但还是快步走过去，上气不接下气地说：“喂……会长，啊，会长，你在这里啊。刚才校长让我来找你，说你的保送计划已经下来了，不用升考就直接去羽京。校长马上要开全校表彰会，让我一定把你叫过去。”

刘凯冷哼一声，不耐烦地说：“去什么啊去，三天两头地开表彰会，烦不烦啊！不去不去。没看到我正在跟这位美女聊天吗！”

李川象征性地看了一眼凯瑟琳，便又立刻满脸急切，连声对刘凯说：“不是啊会长，学生会的人也全部到了，没有看见你，他们都不敢坐下。还有还有，几个校花也在等你，说开了表彰会就去酒吧里庆祝……”这时，他的声音低下来，既弄得神秘，又恰好可以让凯瑟琳听见，“我听她们秘密商量，说要给你一个惊喜。”

“哦，这样……那好吧，你回去跟那老家伙说，说我跟这位美女聊完了就过去。”刘凯挥挥手。李川如蒙大赦，连忙离开了。他的任务已经完成，接下来，就靠刘凯自己了。

“怎么样，美女，帮我解一下锁吧？”刘凯心里暗喜，但表面上不动声色。

凯瑟琳若有若无地看一看李川离去的背影，然后对着刘凯绽开笑容，用敬佩仰慕的语气说：“没想到你年纪这么轻，就是学生会会长，而且还可以去羽京了啊，真是太厉害了！我从小就喜欢你这样聪明能干的人呢。可是，你今天要去陪那几个校花，没有时间跟我聊聊……”

听到这又嗲又绵的声音，刘凯酥软得差点站不稳，咬了咬舌头才没有露馅，大义凛然地说：“为了你，我就不去找她们了。”

“好啊好啊，那我把号码给你。”

刘凯收好通信机，转过身，脸上的严肃立刻绷不住了，满脸都是欢笑。他身后的凯瑟琳也在那一刻变了表情，仰慕崇拜尽数收敛，冷冰冰的神情从眼睛里弥漫出来，在整个脸上笼罩。

但这一幕还是有人看见了。

远处的斯科特神情疑惑，两条眉毛几乎快皱在一起。有那么一瞬间，他以为自己看错了，但记忆告诉他，没有错——是那个人。那一袭醉红色的长发，那种妩媚妖娆中含着冷艳的笑容，虽然隔得远，但他几乎已经确定了，就是她。

八年了，她还是一点没变，年轻明媚。而自己，他苦笑地摸摸眼角，指尖已经能够感受到皱纹的痕迹了。虽然经历同样了的时间，但显然岁月对自己更青眼有加，留下了更多的痕迹。只是，她来这里做什么？

正要凝神细看时，他蓦然发现，凯瑟琳已经不见了。

整个白天，李川总能看到刘凯低着头，肩膀微微耸动。不用猜他都知道，刘凯是在通信机上发送信息。

放学后，尽管担心老汤姆的病情，他还是走过去拍了拍刘凯的肩，问：“你跟那个美女聊了一整天？”

“哪有啊。”刘凯难得地扭捏起来，“就是发了几条信息而已。”

“几条，不可能吧？”

“真的，就十七八条。”

“得了吧，就你这一整天的姿势，不可能只有十七八条。老实说，到底有多少？”

“两百六十五条。”刘凯低头看了一下显示屏，犹豫了一下，补充说，“这是我给她发过去的数目。”

李川呆了一下，笑着说：“真厉害。那你们聊得怎么样了，有机会吗？”

刘凯左右看了一眼，低声说：“她答应晚上跟我去酒吧，我请她喝酒。但是她要我带上朋友一起过去。”

刘凯露出讨好的笑容：“反正我觉得我一个人去挺好的。我答应她你会去的，但，我想到时候见了她，就跟她说你生病了好不好？”

“好的，反正我也没什么兴趣，省得到时候打扰你了。”李川无所谓地摊摊手，“那我就先走了。祝你今晚猎艳成功。”

## 6

李川出了教室，来到停车场把自行车推出来，向校外走去。这时大洪暴已过了半月有余，初寒星的春天结束，气温升高，学校里的女生都换上了夏装。他在校门口看见了盼兮。她穿着及膝白裙，亭亭玉立。

从舞台剧演出后，他就迫使自己放开了对盼兮的暗恋，尽管这种强迫心理通常会导致相反的效果，不让自己想，但心里总会去想起。但在行为上，他尽量表现出了对盼兮的漠不关心，路过时目不转睛，老师让盼兮回答问题时也不抬头看她。这种刻意的隐忍，让他的心情一直很糟糕。

他从她身边路过时，面朝前方，但眼睛却不受指挥地使劲斜睨着，用余光窥视着盼兮所发出的青春妩媚的美。只是一不留神，自行车的前轮撞到了道边台阶，整个车子咣当一声顿住了，险些歪倒。李川连忙以脚支地，扶正车身，低头向前骑去，暗暗指望盼兮没有留意到刚才那丢人的一幕。

“喂，李川。”身后传来了熟悉的声音。

李川暗叹口气，只得停下车，回头看着盼兮。

“你现在有事吗？”盼兮问。

李川本来打算去老汤姆家看看他的情况，但看着近在咫尺的盼兮的脸，声带顺应心意，不自禁说：“没什么重要的事情。”

“那太好了。我打算去城西的商城买点东西，但刚刚爸爸打电话来，说他有事，不能送我去。那边还比较远，你能帮帮我吗？”

李川低头看了一眼自己的自行车，说：“好吧，那我把车借给你。”

“也好，”盼兮伸手摸了摸自己脖间的细绳，想了想，“可是我不会骑啊，我没有学过。”

李川说：“那我载你过去吧。”

盼兮坐上了车后座，说：“谢谢你了。其实坐在自行车上还蛮舒服的，能呼吸新鲜空气。”李川不紧不慢地骑着，点头道：“不过速度不快，比不上其他车……你要买什么？”

“买衣服，女生一般只会买衣服啊，你这都不知道？”

李川不好意思地说：“我不是太了解女生。在收容所的时候，里面几乎没有女孩子，因为她们很快就会被人收养。男孩子一般都不会有人收养。后来出来了，我换了几所学校，也没有机会跟女生接触。”

“哦。”盼兮点点头，“对了，升考快来了，你有想去的学校吗？”

李川想了想，老实地摇摇头：“还没想那么远的事情。再说了，也不是我想上哪所学校就能上的，这得看成绩。我成绩不行。”

“其实不远了，只有三个月了。我觉得你对理工类的学科很拿手，这很能拉分，要是加把劲肯定能考得不错的。”

“但愿吧。”学习是李川不愿讨论的话题，他想了想，“那你呢，想去哪里？”

盼兮好像就是在等他的这个问题，昂起头，说：“我要去科江大学，那里的新闻专业是全联盟最好的，我要是考进去了，肯定能当一个好记者！”

“你肯定能考取的，你成绩这么好。”李川说，不知怎么的，他的语气有些低落。科江大学是联盟百大名校之一，录取分数之高，让很多学生望而却步。不过对盼兮来说，只要稳定发挥，应该能进去。但李川很难考到那样的分数，于是他不再说话。

他们穿行在城市的街道上，路过一栋栋高楼大厦，在道边荫绿的树影下掠过。有时候，几片叶子会落下来，粘在李川的绒布短袖上，随风摆舞。盼兮伸手将它摘下，捧在手里，用力一吹，叶子复又回到空中，飘向远方。李川看不到背后的盼兮，但他想，这个时候的她一定特别漂亮。

半个多小时后，李川在商贸中心门前停下了："就是这里吧，到了。"

"谢谢你了。"盼兮跳下车，说，"耽误你这么多时间……"

"没事没事，我又不忙，今天没事。"李川摆摆手。

"既然不忙，就陪我一起去买吧。"盼兮顿了顿，说，"我买衣服的眼光不好，很容易买错的。"

李川愣了一下，眼睛朝盼兮看去，但她快速低下了头。他看不到她的表情，只能看见她那细碎的刘海，在额头上微微拂动。"好吧……其实我的眼光也不怎么样。"

服装店都开在商贸中心的二楼，他们坐电梯上去。盼兮想买的是裙子，她带着李川在商场里转来转去，试了好几件，每次从更衣室里出来，李川都会惊艳一番。他对盼兮穿的每一件衣服都表示了赞美，但盼兮总笑着摇摇头，回去将衣服换下，继续逛下一家。

李川以前听刘凯说，与陪女人逛街相比，他宁愿扛枪去打仗！现在李川能明白一些了，以他的体力都觉得有些累，但盼兮仍旧兴致勃勃，似乎身体里藏着量子反应堆。

"女生逛街时，都不会累的。"盼兮这样跟他解释。

大概一个多小时后，盼兮终于在一条纯白色的蕾丝连衣裙前停下了脚步。那条白裙套在高挑的塑料模特上，丰盈而柔美。女导购上前介绍说：“这是大师级的作品，专为年轻女孩子设计的，采用迷人的蕾丝布料，剪裁出了略带毛躁感的碎边，这样既能显出身材，又不至于紧贴皮肤让人产生灼热感……”

“嗯，我买了。”盼兮点点头，“包起来吧。”

李川愣了一下：“可是你还没试过，要是不满意怎么办？”导购也说：“是啊，你还是试一下的好……不对，咦，小姐你有些眼熟，你不是前天来试过……”

“我说买了就买了。”盼兮打断她，掏出卡来，递给导购。导购留意到盼兮的眼神，不再多说：“好吧，我给你刷去。”李川抬眼看了一下标价，整整五百联盟币，是他两个月的生活费，他摸摸鼻子，暗自咂舌。

离开服装商场的时候，李川看了一眼大厦外的天色，已然是暮色弥漫，华灯初上。但盼兮没有坐电梯下去，反而按下了到五楼的按钮，回头对李川说：“我想去电子器材商场看看，看完我们就回去。”

电子商场的风格与服装场的艺术风格截然不同，里面充斥着各种高端技术产品，小到合金纽扣，大至全自动卧室，应有尽有。盼兮想去看的却是一套摄影器材，在商场的中心，摆在透明玻璃柜里。那是全套银白色的器材，被错落摆放着，在柔和灯光下显得精致而耀眼。

“你看，这是汉宇科技公司的尖端产品，量子级电子器材。”盼兮弯下腰，脸贴着玻璃柜，仔细端详近在咫尺的货物，“灯架、柔光箱、引闪器、静物台、电子灯，还有徕卡 MP2 银色版单反相机，像素可以达到三亿五千万，能拍摄任何在光速内运动的物体。”

“你很喜欢吗？”

“是啊，没有哪个喜欢摄影的人会不想要这套器材。”盼兮依旧保持着弯腰端详的姿势，语气轻柔，似乎在说给她自己听，“我每次来这里，都会看一眼它们，看到它们我就会觉得心安。可是，我还买不起，但总有一天我会买一套的，然后拍下许许多多好看的照片。”

李川也凑近去看，他习惯性去看标价，感叹了一声：“这么贵，居然要两万联盟币！”

“你再看仔细些……”盼兮恋恋地收回目光，幽幽道，“你少看了一个零，是二十万。”

李川摸摸额头，不好意思地笑了。盼兮舒了一口气，说：“我们回去吧，不早了，天都已经黑了。”

他们出了商贸中心，外面的天色确实已经黑沉下来，各家店铺都开了灯，灯火通明，车流如织。李川想，告别的时候到了，犹犹豫豫地说：“那，现在……”

“我请你吃冰淇淋吧，浪费了你那么多时间，挺不好意思的。”盼兮突然说。

李川摆手道：“不用了，我其实也没什么事，不需要这么见外的。”“要的要的。你别说了，请你吃你就吃嘛。”盼兮不顾她的推辞，自顾自掏出钱包，“你帮我去对面买吧，我逛累了，脚疼，走不动。”

李川再次拒绝，但盼兮固执地把钱包塞给他，无奈之下，李川只得拿着钱包走向街对面的冷饮店。盼兮的钱包是粉红色的，小巧可爱，李川都不敢用力捏，只提着钱包边缘的拉线。他低着头，觉得自己很丢脸，请吃冰淇淋应该是男生该做的事情，结果现在付账的是盼兮。也许盼兮知道他的拮据，在体谅他，但这种体谅更让他觉得难受。

在冰淇淋柜台前，李川犹豫了一下，最终还是没有打开盼兮的钱包，而是从自己的口袋里掏出钱来，付了两只香草曲奇冰淇淋的账。

回去把冰淇淋交给盼兮的时候，他发现盼兮的脸有些红，像染上了朝霞的色泽。盼兮接过冰淇淋，说了声“谢谢”，然后低头小口小口地咬着吃。

盼兮的家离这里不远，倒是李川得骑很久的车才能回到住处。盼兮低头吃冰淇淋，李川等了一会儿，看着头顶越来越沉的天色，说:“那，今天就这样吧，不早了，我得回去了。”

“哦。”盼兮略微抬起头，细碎的刘海垂下，看不清她的脸，“今天真是谢谢你了。”

“没事没事，不用客气的。你也回去吧。”李川扶正自行车，看着盼兮道，他还是看不到她的表情。盼兮点点头，转身向家的方向走去。夜色中，她的身影是莹白透明的，纤纤细细。李川失神地看了一会儿，直到她在视线中变得模糊，才若有所失地呼了口气，骑上车，向相反的方向骑去。

他没有看到，当他和盼兮离开后，一直藏在角落暗处的影子走了出来。影子站在那里，顿了很久，直到一辆车经过，才慢慢缩回阴影里。

## 7

当刘凯赶到旋转星球酒吧时，凯瑟琳已经趴在吧台那儿了，面前摆着一杯酒，百无聊赖地把酒杯的高脚放在手指之间上下滑动。这个姿势把全酒吧的男生都迷得魂不守舍。他们在附近保持着看书、健身或游戏的姿势，但目光都汇聚到了凯瑟琳那里。

刘凯早已将一切收在眼中，心里得意，慢吞吞走过去，靠在凯瑟琳身旁，沉声说：“嗨，你果然来了。”

凯瑟琳回过头，左右看了一眼，疑惑地说：“你的同伴呢？”

“哦，他生病了，要回去一趟。”刘凯满不在意地说，“不要紧，我们俩也可以玩得开心。来，我们先喝……喂，你干什么？”

凯瑟琳放下酒杯，抓住刘凯的衣领，头也不回地扯着他向出口走去。为了能让这小子带着李川过来，她跟他在通信机里调了一天的情，耐心早已磨光。刘凯在通信机上用的调情手法稚嫩拙劣，她明明心生鄙夷，但偏得装作很受用的语气。一天下来，比打翻几个大汉都要累。现在，她决定直接去找李川。

四周的男生们纷纷收回目光，一脸专注地做自己的事情。看书复习的，让笔在手中灵活转动；打游戏的，都放出最华丽的招数；锻炼身体的，立刻在健身机上嗬嗬有声地做引体向上，一边做一边念："……三百五十一、三百五十二、三百五十三……"

但凯瑟琳眼睛都懒得转，径直出了酒吧，招了一辆车，对刘凯说："李川住在哪里？"

"你……"刘凯这才从花痴状态中回过神来，"你怎么知道他叫李川？"

"这不重要，你不是他的朋友吗？把地址说出来，我们去找他。"凯瑟琳冷冷地说。

"谁说我和他是朋友了？我才不跟他那种人交朋友。你知道，他又傻又呆，据说家里还穷，谁都不愿意跟他一起。这种人，我怎么会知道他的地址呢？嘿，我说，别管那小子了，我们去附近开一间房——啊，你松开！"

凯瑟琳左手上加劲，把刘凯摁在座椅上。刘凯心头大怒，奋力挣扎，却怎么挣不开这个看似柔弱的女人。他停了一下，随即大声叫："救命啊，抢劫。有女劫匪抢劫！"

前面的司机转过头来，正要说话，却看到凯瑟琳空着的右手已经抽出了一柄狭长的红色女士枪，枪口稳稳地对着自己的脑门。司机吞了口唾沫，连忙把头转回去。

"玩真的？"刘凯也瞥见那柄枪了，颤了一下。

"快说！"

"好吧。"刘凯吓得脸色惨白，连声说，"我说我说。他住在市中心偏东那里，离这儿不远，只要穿过前面三条街，往左拐，看见有蓝色标识的屋子就是了。你去找他吧，放过我，我再也不敢打你的主意了。”

凯瑟琳的枪仍然对着司机，说：“听到没有，去他刚才说的地方。”

司机也在发抖，下意识地问：“去……去警察局干什么？”

“啪”，凯瑟琳一巴掌打在刘凯脸上，五指印顿时从他脸上浮现出来。“敢玩花招！”她狠狠地说，见刘凯已经闭上眼睛，一副打死不开口的样子，想了想，把他的通信机搜出来，找到李川的号码。

她把自己的通信机拿出来，输入李川的号码，按了几下之后，屏幕上显示出一副地图，当中有个红色的光点在缓缓移动。“去这个地方。”凯瑟琳让司机看了一眼地图，然后一脚把刘凯踢出车门。

司机战战兢兢地开着车，迅速消失在街角。

快回到家时，天已经完全黑了，夜沉如铁，风在高楼铁轨间刮出诡异凄厉的声音。

李川抬头看看天色，幸好家离这里不远了。他使劲蹬着脚踏板，风声呼呼吹过耳边，似乎有透明的妖魔在四周啸叫，听久了难免让他心里发寒。

这时，他听到了车辆行驶的声音，越来越清晰，似乎是径直向自己驶来。他回过头，果然，车行到身边时便停了，车门打开，一个女人走出来。那辆车立刻启动，逃命般向市中心开去。女人向他走过来，他停下来，左右看看，没错，周围没有别人。

“你是不是叫李川？”凯瑟琳问。

“嗯……是的。你好，你不是跟刘凯一起出去了吗？”李川疑惑地问。

没错，走近了的凯瑟琳已经可以确认——这个看上去普通的少年，就是联盟和帝国都亟欲得到的人，他身上，有能制衡整个局势的“手”。而他似乎一无所知。

在沉沉的黑暗中，凯瑟琳眼中闪着莫名的光，即使李川再笨，也能察觉到那并没有什么好意。他后退一步，把自行车挡在身前，问:“你想干什么？刘凯怎么样了？”

凯瑟琳没有回答，一把抓住李川的右手。她能感觉到他的血管在通畅地流动，能感觉到他的皮肤下有隐隐可察的肌肉，但并不粗壮。这只是一只普通的右手。这一瞬间，她有些怀疑是不是首相弄错了。但这份怀疑只持续了一两秒——她并不关心“手”在哪一方手里，她只知道，那个人在守护着它。

“叮”，一颗子弹击在自行车的车架上，发出清脆的声响。凯瑟琳低头，只见车架上被打出了一个婴儿牙齿般大小的洞，她扬起嘴角——只有斯科特才会用这种小口径的子弹。她立刻转身，一脚踢倒自行车，把李川揪到身前，同时掏出女士佩枪顶住李川的太阳穴。这一系列动作流畅快捷，几乎一刹那就完成了。

“现在，他在我手里，斯科特，你出来！”凯瑟琳对着周围，大声喊道。

四周是浓郁的黑暗。这一带人很少，尤其是现在，只有高大而破旧的建筑隐在夜色中，像是融化了的巨人。回应她的只有风，呼啸盘旋，把她的声音撕成碎片，洒在周围的空气里。

但是没人答应。

凯瑟琳等了半分钟，扬起冷笑，把食指放在扳机上，敲了敲枪身，再次喊道：“如果我数到三你还不出来，那我就开枪。反正我接到的任务是带他的手回去，我不在乎他的命。你知道我会做到的。一！”

风声凌乱而狂野。

“二！”

风更大了，树木被刮得摇摇欲倒。

“三！”

“凯西，你赢了。”在凯瑟琳扣动扳机的前一瞬间，斯科特从暗处走出来，步履缓慢，在十米左右的距离处停下了。他的眼镜反射了零碎的光，看上去像是笼上了一层悲伤，站了很久，他才再次开口，“凯西，好久不见。”

李川能够感受到身后的凯瑟琳颤动了一下，太阳穴的枪口也有些不稳，但很快她就镇定了下来。“哼！”凯瑟琳冷笑着，“我的名字是凯瑟琳，但是更多的人叫我病毒。我不知道你叫的‘凯西’是谁。”

“你还在生气吗？”

“难道我应该满脸喜悦兴高采烈跑到你怀里，然后跟你撒娇？”

“以前不总是这样的吗？”

凯瑟琳目光锐利，似乎要把斯科特的身体刺穿：“那是在你突然抛弃我之前。我发过誓，再见到你，一定不会放过你。我要在你身上放‘银眼斯科特的末日’！”

斯科特却微微扬起嘴角，轻声问:“你还专门为我研制新的病毒了？”

“不止这一种。还有‘斯科特撕心裂肺的惨叫’‘斯科特浑身溃烂之后的苦苦哀号’和‘让斯科特为他的决定后悔终生’！我要把你抓到我的实验室，那时候你就知道我的那些小家伙们会多喜欢你了！”凯瑟琳缓缓说，声音寒冷。

“那好吧，既然你的目标是我，就先放了那个孩子。我们的事情可以慢慢解决。”

凯瑟琳提起膝盖，挺在李川的腿后弯，让他痛苦地跪在地上。“给我老实待在这里！”恶狠狠地冲李川说了一句后，她把枪别在腰间，转过身，迎向斯科特，“那么，让我看看，被逐出组织八年的‘冥王星’，是否还有当年的那种气势。”

“嘿，你别过来，我可不会跟女人动手。”

凯瑟琳突然提速，奔到斯科特身前，手肘横甩，直击斯科特的下巴。斯科特连忙伸手去抓，手心被击个正着，整个手臂几乎被震得发麻。“好吧，或许我该考虑一下改变我的原则了。”他揉着掌心，两眼放出了些微光亮。

他们受训于同一个组织，格斗技巧几乎相同，彼此十分熟悉。往往看到一个姿势，就立刻能够预料到下一个动作是什么。这种情况下，速度就成了制胜的关键。斯科特原本颇为自信，但很快就被凯瑟琳毫不逊色的身手给震慑了，吃了好几个暗亏。凯瑟琳身体灵活，婉转如蛇，一旦欺近就手脚并用，锁住斯科特的腰腹。而斯科特又不能真的狠下心来下重手，被逼得连连后退。

“停下停下！不打了！”斯科特往后跳了一大步，举起手，“我承认我输了。你可以回去跟组织说，你打赢了我，你可以位列‘九行星’之首了。这样可以了吧？”

“我看你是离开组织太久了，已经不清楚规矩了。”凯瑟琳的脸上像是笼罩了一层霜气，“当年你突然离开组织，留下好几个未完成的任务，客户大发雷霆，组织的声誉第一次降到了谷底。老板已经对你下达了诛杀令，任何能把你的头带回去给老板的人，都会有一千万联盟币的奖励。”

斯科特似乎也被这个数字吓了一跳，啧啧惊奇地说：“看来那个老家伙是下了血本。”

“这八年来，组织几乎倾巢而出，没有再接任务，天南海北地找你。‘天王星’甚至怀疑你投靠了坎塔帝国，不惜冒险潜入坎塔星，回来的时候少了一只眼睛和一条腿。从此，他也对你有了刻骨仇恨。”

“哦，这么说，”斯科特耸耸肩，“你是来杀我的？”

“这是我的目的之一。”凯瑟琳犹豫一下，“我更想知道的是，为什么你会突然离开组织，在这个乡下星球一待就是八年？”

“我要守护‘手’，它不能被坎塔人得到，否则战争就会开启。”

“听起来真是伟大。我没想到当年视人命如草芥的‘冥王星’，会这么怨恨战争。”凯瑟琳冷笑道。

斯科特的脸上第一次浮现出凝重的神色，夹杂着痛苦，似乎触动了遥远回忆中的伤心往事。他缓缓说：“因为她。我做过那么多坏事，是她让我明白了世界上除了任务和杀戮之外，还有更有意义的事情。”

凯瑟琳愣住了。一股莫名的怒气在她胸中升腾，“好啊！既然你这么在意，那我就把‘手’拿走，带回羽京去！”说完她抽出枪，想对准身后的李川，但神色一滞，沉声道，“人呢？”

## 8

李川在地上匍匐前行，直到已经听不见那两人的说话声才敢爬起来，迈开两腿，大步狂奔起来。家里是不能回去了，那两个来历不明的人肯定知道他家在哪里。可是不回去，能去哪里呢？他一边跑一边沉思，最后决定先跑到市中心再说，那里人多，总比一个人安全。

这个夜晚深沉得可怕，黑暗似乎都是黏稠的。他越跑越吃力，足足有二十分钟才停下来，大口喘息。前方已经能看到隐约的光亮了，是繁华的街道，灯红酒绿，人声嘈杂。要是以往，李川总会面无表情地走过，但现在，他感到了一丝安全和温暖。

待气息喘匀，他放慢脚步，走向那条街道。只有十几米，穿过这条巷子，就能置身于霓虹照耀和喧嚣鼎沸中。

一个庞大的黑影挡在巷子中部。

它是突然出现的，似乎此前一直融化在夜色中，等李川靠近，才缓缓从黑暗里沐浴而出。它高近三米，李川只能齐到它的腰部。它沉默站立，街道的光线被它全部挡住。它两眼放着幽光，死死盯住李川。

李川被吓了好大一跳，把嘴唇咬破了才勉强没有叫出声来。他停下脚步，慢慢转身，想走别的巷子去那条街。

“你是李川吗？”沙哑低沉的声音从后面出来。李川豁然转身，黑影还立在那里，仿佛雕塑。但他确信是刚才的问话是黑影说出来的。

“啊？李川是谁？”李川摸摸脑袋，一脸疑惑，“我叫凯文·泽尔。我这是要去找我父亲，他派了很多保镖来找我，要是找不到我，他会担心的。他一担心，整个城里的警察就要加班……我父亲叫亚斯·泽尔，你听过这名字吧？”

黑影的肩部突然发出尖锐的合成音：“就是他！他的面部跟资料一样。”

“少说话！”黑影扭头冲肩部恶狠狠地说，“我知道。”说完，黑影迈开步子，向李川走来。它似乎很不习惯走路，脚一用力，身体便在空中跨越四五米。“这该死的微重力！跟娘娘腔一样！”它低声骂道。

李川两腿抖了抖，不待黑影靠近便使劲往后跑。与这个诡异凶蛮的黑影相比，那个漂亮女人还是可以接受的。但黑影没有给他机会，再一蹬脚，越过空中，落到了李川面前。离得如此之近，李川才看清，这是一个接近三米的巨人，裹在黑色袍子里，几乎与夜色融为一体。巨人肩上趴着一个圆形小球，用三条细肢固定住，看上去就像巨人长了一大一小两个头一样。

巨人伸出手，一把抓住李川的右手。他力量大得惊人，把李川提了起来，李川根本没有反抗的余地。巨人闻了闻李川的右手，腥热的气息喷在手臂上，一阵酥痒，李川觉得自己像被挑选的食材一样。

“翳鬼！对，是它。我感觉到了，是‘手’！”圆球嗡嗡颤抖，似乎兴奋不已，“快，把‘手’撕下来！撕下来带走！”

巨人翳鬼的鼻子喷出一口气，空出来的手猛地挥过来。李川闭上眼睛，只听得空气中呼声阵阵，心都缩成一小团了。但意料中手臂撕裂的疼痛并没有传来，而是听到了金属撞在墙壁上的清脆声响。他睁开眼，只见那个圆球正躺在墙角，身上被撞得凹陷了好几处，不知所措地滚动着。

“我说过了，你不要多嘴！”巨人翳鬼收回手，语气充满威胁意味，“LW31，就算你是大皇帝指派的，但只要再让我心烦，我就把你像破皮球一样碾平！难道我闻不出这是什么吗？”

LW31 滚到翳鬼脚边停下来，似乎被撞傻了，转了几个方向才固定住。它战战兢兢地伏在地上，再不敢说话。

“听着，低贱的人类，我现在不打算伤害你。我要把你带回去，呈给大皇帝，他会有兴趣观察你这个与祭器共生了八年的人类的。”翳鬼凑近李川，腥臭的口气滚滚而来，李川差点窒息。但他心头的疑惑比窒息来得更加浓烈——低贱的人类？大皇帝？

能说出这样的称呼的，只有记忆里那个种族。

李川睁大眼睛，仔细看向面前这个巨人。在微微的光中，他看到了一张歪斜扭曲的面孔，仿若噩梦，翳鬼的脸很大，但脸颊很薄，一层皮似的贴在颧骨上。翳鬼的瞳孔是幽蓝色的，在黑暗中如同狼眼，直欲择人而噬。而最可怖的，最让人触目惊心的，是他脸上的溃烂——他的整张脸都是腐烂的，脓水横流，上唇参差不齐，下唇则直接齐下巴烂掉，露出灰白牙龈和尖利交错的牙齿。他的鼻子像被啃过一般，只剩一点白色的腐肉，似乎还有蛆虫在里面扭动着。

不会有错，这个抓住自己的家伙，就是坎塔三族中最强壮的生化人！

在大移民之前，人类一直被一个问题困扰：我们在宇宙中是不是孤独的？

仰望夜空，十亿星辰落入眼中，里面总有一颗会有智慧生命。每个人类都思考过这个问题，在小说和电影里，外星人披着各种各样的外形出现，或好或坏，或先进莫测或愚昧野蛮。但限于技术，这些都仅是由想象描摹出来，只能仰望，不可得偿。超光速技术普遍应用以后，移民潮爆发了，人们收拾行李背井离乡，一边担心着新生活是否习惯，一边也在好奇能否在广阔的宇宙中遭遇智慧邻居。

但在最初的两百年，人们失望了。宇宙太空旷冷清，绝大多数星球上都死气沉沉，根本不能落足。星际飞船不停探索，到现在也只找到一百多颗宜居星球，经过改造后供人类生存繁衍。

尽管联盟的疆域越来越大，远远超出银河系，探索过的星球数以亿计，但仍没有发现任何外星文明的痕迹。这无疑让人沮丧，就像一个孩子，常年生活在小黑屋里，总渴望出去。在付出了漫长而艰辛的努力之后，他终于砸破了黑屋墙壁，出了屋子，兴奋地走到外面。他在屋子外空旷的广场走着，不停地行走，却始终只能看见自己的影子，只能听见自己的回声。他怅然发现，周围没有邻居和朋友，他是孤独的。但幸好小黑屋的漫长生活让他习惯了这种孤独。

直到坎塔人的出现。

谁也没有预料到在远离地球百万光年之外的地方，在那颗大得异乎寻常的星球上，会生存着如此残暴的种族。历史书上记载，第一艘探索舰发现坎塔星时，兴高采烈地降落，但立刻就被蜂拥而至的坎塔人撕成碎片，并且对飞船上的导航仪进行了反向追踪。于是，人类联盟被暴露在坎塔人的视野里。

坎塔人分为三族，由生化人、机械人和兽化人组成，大多数的外形与人类相似。其中机械人掌握了高超科技，是智能硅基生物，而其余两族则是典型的羰基生物。他们沿袭帝国制度，由一个叫大皇帝的人统治，会说联盟通用语，信奉图腾。而让人类印象深刻且胆寒不已的，无疑是他们的残暴和嗜血。

或许是因为坎塔星险恶酷烈的环境，每个坎塔人都暴躁血腥，而且战斗力惊人。知道人类联盟的存在后，他们一共发动了三次星际大战，人类两胜一败。第二次星战后，坎塔人踏足羽京，进行了长达五十几年的残酷统治。那是人类史上最黑暗的一段时期，联盟人口锐减，从原本的九千亿只剩下了不到两千五百亿。后来，不堪重压的人们奋起起义，第三次星战开始，终于把坎塔人赶回了他们的星球。

从那以后，和平绵延，一百多年里，关于坎塔人的传闻也逐渐烟消尘散。但每个人都不会忘掉他们。他们是联盟头上悬着的利剑，是夜晚里盘旋不去的噩梦，是黑暗中窥视的血腥眼睛。只要不灭亡，他们就永远惦记着人类，就时刻想着重燃战火。

而现在，一个活生生的生化人就在李川面前。

李川从震惊回过神来，眼神变得沉郁，挣扎的身体也安静下来。然后，他不顾被吊着的右手，腰腹弓起，猛地踹出两脚，踢在翳鬼的两腿之间。但翳鬼纹丝不动，只是眯起眼睛，幽光逼人，看着李川说：“你的眼里有杀气。你好像很恨我？”

李川踹出去才意识到坎塔人的生理构造与人类不同，咬咬牙，忍着全身重量被右臂吊着的撕扯感，再一扬手，去抓翳鬼的脸。

翳鬼不屑地哼了一声，手放开，让李川摔在地上。

“所有坎塔人我都恨！”李川盯着翳鬼，“你们害死了我的父母亲人。”

“这么低贱软弱的种族，居然也能有仇恨这种强悍的情感？”翳鬼鄙夷地喷出两口气，“不，你不懂什么叫仇恨，只有坎塔人才懂。我们的星球布满了致命的射线和毒气，吃人的植物，霸道的重力，还有时刻打算陷害自己的同族。是仇恨使我们活下来的。”黏稠的液体溅到李川脸上，是翳鬼嘴里喷出来的脓液和口水，“你以为宇宙密度最大的是什么，是黑洞吗？我告诉你，是仇恨，是我们对人类的仇恨！”

李川面无表情，只是睁大眼睛，看着翳鬼扭曲的脸。

LW31突然碰了碰翳鬼的腿，胆怯地开口：“有……”

“给我闭嘴！”翳鬼吼出不耐烦的声音。

LW31对翳鬼似乎有种深入到电子芯片中的害怕，立刻老老实实地趴着。

“现在，”翳鬼转头对着李川说，“我们要——”话未说完，“噗噗”，两声闷响从他的手臂上传出，血流了出来。他皱起眉头，是子弹，两颗大小不一的子弹射进了自己手臂里。而巷子尽头，有两人人影在靠近，都拿着枪，步履谨慎。

“不……不关我的事，我想告诉你的……”LW31低声说着，声音很委屈。

李川突然转身，向那两个靠近的人影跑去。翳鬼似乎丝毫不觉得疼痛，手臂一伸，抓住了李川的衣领。李川立刻扯开扣子，两手后扬，从衣服里脱身出来，继续向前跑。

翳鬼正要跳跃去追，又是两颗子弹射来，嵌进腰部。这根本不能对他造成伤害，他的肌肉会纠结蠕动，从而把子弹挤出来，血也不会流太多。但他怕疼——不是因为疼痛本身，疼痛会让他暴躁。而一旦暴躁起来，浑身的血就会涌进脑子里，那时候，他不能保证自己是要完成任务，还是要把所遇见的任何一个人类都撕成碎片。

他深吸口气，戴上白手套，然后从袍子里拿出一柄长筒粒子枪。

“轰”，李川脚边的混凝土地突然爆发一声巨响，土屑纷飞，一个直径约半米的坑随之出现。李川被爆炸的气流裹挟着撞到一旁的墙壁，又狠狠摔下来。他的五脏似乎都移了位，喉头发甜，血涌了出来。他趴在地上，再也不敢乱动。

见李川识相地停下了，翳鬼咧嘴笑了笑，枪管抬高，去对付靠近的人。但轰炸声响起的一刹那，那两人就各自分开，藏到墙壁后，露出头，瞄准翳鬼射击。斯科特的子弹小，但胜在精准，几乎颗颗都打在翳鬼身上；凯瑟琳子弹的口径大，后坐力也强，每发一枪都要重新瞄准，这时她才意识到，要是斯科特跟自己比枪械，输的肯定是自己。毕竟，不是每个人都跟眼前的怪物一样，挨了那么多枪都若无其事。

翳鬼怒吼一声，却也不得不退后，将身子缩进角落。

“什么东西？”斯科特连连扣动扳机，但翳鬼躲进角落里就不太好瞄准了。“砰”，子弹打在他身旁，是来自侧面，他下意识地翻身，然后怒声问道，“你为什么打我？”

“我们也是敌人！我的任务就是把‘手’拿回去。”凯瑟琳又打一枪，逼得斯科特翻滚几圈，躲到墙下面。

翳鬼愣住了，随即明白这两人也不是一伙的，冷笑一声，威力巨大的粒子枪对着凯瑟琳那边，轰出一发。这一枪没有射准，但溅起的灰尘扑了凯瑟琳满脸。她愤怒地转回枪头，朝着翳鬼“砰砰砰”地射击。

斯科特见威胁解除，也冒出头来，对着翳鬼“叮叮叮”地发出子弹。翳鬼被火力压制，连忙紧缩。凯瑟琳吐出嘴里的灰尘，再次调转枪头，向着斯科特瞄准。翳鬼抓住时机，也向斯科特那边轰击。

“喂，你讲不讲道理啊！”斯科特躲到墙下，大声喊，“我帮你打他，你还对付我！”

“你们两个都是我的敌人。”凯瑟琳刚说完，旁边又被高能粒子束击中，尘土漫天，只得缩回去。

李川趴在他们三人战场的中间，头顶火力凶猛，子弹来往，轰击不绝。他捂住耳朵，但剧烈的爆炸声似乎仍要钻进脑子里。他感到晕乎乎的。那三人互相射击，似乎玩得正高兴，忘了李川才是目标。李川觉得有必要提醒他们这一点，不然这种尴尬的局面不会结束。

“嘿，听我说！”李川大声喊，慢慢站起来，“听我说一句！”

斯科特和凯瑟琳停下了，翳鬼也把手指放在扳机上，没有急着扣下。三个人的目光都纳闷地汇聚到李川身上。

“不如我们放下武器，找个地方坐下来协商一下吧？”

“轰……砰砰砰……叮叮……”

“好吧，”李川连忙又趴下来，无奈地说，“你们继续。”

三人的互相攻击似乎没有穷尽。翳鬼自不必说，粒子枪的能源不耗尽就不会停，而凯瑟琳和斯科特也很善战，“砰砰砰……叮叮叮……”，枪膛里仿佛有无穷无尽的子弹。李川百无聊赖地贴在地上，打了好几个哈欠，开始计算场中的形势：三人中，翳鬼攻击男人和女人，女人攻击翳鬼和男人，男人攻击翳鬼。一副关系图在脑中浮现，稍稍盘算后，他决定向受攻击最少的那一方爬过去。

见李川向凯瑟琳那边移动，翳鬼眼神一寒，一束能量粒子轰过去。虽然没有击中李川，但气流将他掀飞，打了好几个转他才落到地上，不省人事。

这下凯瑟琳和斯科特不约而同地瞄准翳鬼，子弹嗖嗖地划过空气，在翳鬼身上和脚下接连不绝地射来。翳鬼连忙后退。这时，呜呜的警铃声响起，巷子尽头，一闪一闪的红灯在靠近。

翳鬼哼了一声，放下枪，不顾飞来的弹矢，向李川扑了过去。

“帮我！”斯科特大喊一声，从墙头跳起来，也迅猛地奔向翳鬼。几乎在他的喊声出口后的一瞬间，凯瑟琳也窜出来，两人姿势相同，自下而上，举起拳头迎向扑来的翳鬼。

沉重的肉体碰撞声响起。斯科特和凯瑟琳的手都在发麻，击中翳鬼时，拳头竟像是打在铁板上，没有一点肉体的感觉。而交错的那一刻，斯科特看到了翳鬼的脸，不禁眼神急剧收缩，低声喝道：“坎塔人？”

翳鬼也不好受，这两个人类看似弱小，拳头上凝聚的力量却大得惊人，一看就知道是受过训练的。他落到地上，后退几步，身后的警车已经逼近，灯光照了过来。稍微犹豫了一下，他沉声呼唤道：“LW31，走！”一直缩在角落里的圆球赶忙俯到他腿上。

翳鬼一个起跳，翻过墙壁，转瞬消失在沉沉黑夜里。

“他还没死。”凯瑟琳探了探李川的鼻息。

“有我在，今晚你是带不走他了。”斯科特收起枪，“何况我们已经惊动了警察，他们更不会让你有机会的。”

凯瑟琳说：“那我们等着瞧。你最好一直看着他，只要你一不留神，我就会出手。”说完，她敏捷地向巷子的另一头跑去，一身黑色紧身衣与夜色融为一体。

斯科特表情凝重地看着昏睡的李川。坎塔人出现了，这意味着战争的阴霾已经开始凝聚，将会有越来越多的目光汇聚到这里，每一道都不怀好意。他的任务更重了。想了想，他觉得有必要汇报给亚斯，于是也潜进墙壁的阴影里，悄无声息地离开。

警车开进来，灯光将巷子照得亮如白昼。持枪的警察跳下来，小心翼翼地前进，更多的警察在后面掩护。但在这硝烟狼藉的战场上，他们只发现了昏迷不醒的李川。

## 9

“坎塔人？”亚斯悚然一惊，右手紧紧握住轮椅扶手，“他们已经发现了吗？”

“嗯，消息走漏了。过来之前，我去了一趟圣辉高中，在礼堂外的草地上发现了这个。”斯科特把一个微型发送器扔到桌子上，“当时我太大意了，没有检查一遍。”

“这不关你的事，不必自责。那个杀手在监狱里自杀了，他的牙齿里有剧毒。这种防止消息泄露的方式很古老，但很有效，我听说羽京的特工们就在用。他们受过训练，真想传递出消息的话，很难被察觉。”亚斯镇定下来，在深暗的房间里叹了口气，“跟他们相比，我更担心坎塔人。”

“我看不出有什么可担心的。那个生化人只是个头大，有一把蛮力气而已。这样的人要对付起来不太难。”

亚斯摇头，“不，对于坎塔人，千万不能大意。六百多年来，他们一直是人类的噩梦，并不是没有原因的。‘手’对于他们至关重要，没有它，几百亿兽化人就不会向那个人……”他犹豫了一下措辞，“……向那个东西臣服。当初，联盟拼尽全力，牺牲了数千万人，才攻入坎塔星，突袭圣殿，抢走了‘剑’和‘手’，生化人和兽化人随即退出战争，这才使得胜利的天平向联盟一方倾斜。否则第三次星战中，失败的仍然会是我们。现在‘剑’被盗走，只差‘手’了，那个东西绝不会派一个有勇无谋的人过来。”

“我知道了。但不管怎样，他只有一个人，哦，还有一个会动的小球，势单力薄。初寒星毕竟是你的地盘，我们还是占据优势的。”

亚斯沉吟一阵，说：“博弈中，一旦占据优势，就要穷追猛打。我去通知警局，让他们配合你，不惜任何代价，一定要阻止坎塔人把‘手’带回去。”

“嗯。”斯科特点头，“那我就先走了。”

“等等。”亚斯抬起头，玩味地看着斯科特的表情，“对于‘病毒’凯瑟琳，你真的能放得下吗？”

斯科特没有回答，好半天才缓缓说：“你放心。”

“但你们毕竟曾是情侣，说起来，还是我把你们拆散的。嗯，这样吧，我先把李川扣在医院里，这几天你全力对付坎塔人，等结束了，我再想想你们的事情怎么处置吧。”亚斯扶着额头，“真是令人头疼……派她来的肯定是首相，那个家伙越来越老谋深算了，给我们出了这样大的难题。”

斯科特正要转身离开，书房的门被敲响了。这是绝少发生的，当亚斯在与斯科特密谈时，所有人都被吩咐不准打扰。亚斯皱皱眉，说:“进来吧。”

进门的是家里的佣人，一脸慌张地说:“老爷，少爷刚刚才回来。”

“如果你是来汇报他回家很迟，那大可不必——他已经成年了。”

“不……不是，”佣人诚惶诚恐地弯下腰，“他好像喝醉了，在客厅里……”他看了一眼斯科特，闭上嘴巴。

“有什么就说。”

“少爷他在哭。”

这倒是奇怪。自从十二岁那年，凯文的母亲去世之后，他就再没有哭过了。亚斯叹了口气，朝斯科特说:“我要下去看看凯文了。这些年一直观察李川，有时候还真是忽略了他……”

客厅里，凯文正独自坐在沙发上，手里拿着一瓶酒，脸色颓然，眼神麻木，脸上有明显的泪痕。仆人们围在一旁，不敢上前。

不多时，亚斯被斯科特推着下楼，来到凯文身前。他挥挥手，仆人们纷纷舒口气，如蒙大赦地离开。“你喝的是什么，”亚斯看了一眼凯文手里的瓶子，“伏特加烈酒？”

凯文一惊，透过惺忪醉眼，看到了父亲的温和笑容。良好的教养让他下意识地坐直，伸手抹去眼睛里的水雾，“父亲……”

“不用拘束，我没有责怪你，年轻的时候我也喝过酒，还喝得很凶，常喝的是威士忌，这种酒很烈，劲儿大，喝进去就像是吞了一团火在肚子里烧，很不好受。但那时候泽尔家族很没落，在羽京苦苦支撑，我只是旁支，买不起更好的酒。我和几个朋友经常结伴到街头喝酒，和你不同，我们喝醉之后是去打架。谁敢欺负我们，就用酒瓶子砸……几个野孩子，不知天高地厚的，现在想来，都已经是好几十年前的事情了。”

“……父亲还有朋友？”凯文迟疑着，“怎么从来没有见过叔叔伯伯们来家里拜访过？”

亚斯脸上的追忆神色一点点敛进去，叹息道：“他们都死了。”

凯文愣住了，身上的酒劲却清醒了不少，要站起来，又被亚斯的手按得坐下。

“我说过了，不用拘束。那些事已经太过久远，我没有介怀。我想说的是，谁年轻的时候都会喝酒，但我想你肯定是因为不开心的事情……可以跟我说说吗？”

“没，只是……”亚斯张张嘴，然后低下头，“没什么。”

“如果你不想说，我不会勉强你。只是这会让我有一种挫败感。我一直把你当做我的继承人培养，将来，你要带领泽尔家族在商界屹立不倒。你要经历的困难比我多，比我难，因为战争正在逼近，泽尔家族势必会被推到风口浪尖。如果你有什么事情，我可以和你一起想办法解决。我知道你平时不喝酒，更不会……”亚斯缓缓开口，声音温厚，“你毕竟只有十八岁，或许很多事情不知道怎么解决，我可以帮你。现在，你可以告诉我出了什么事情吗？”

凯文张张嘴，喉咙里咕哝出含混的声音，顿了好半天，他垂下头，无力地说：“没有，对不起，我只是喝多了。”

亚斯无声地叹了口气，拍拍凯文的手，“那你就去休息吧。明天还要上课，再烦心的事情，睡眠也能把它治好。”

凯文连忙站起来，脚步有些虚浮，但脸上的醉容已经消失，恢复了一贯的冷峻沉默。在控制表情上，他完美地继承了亚斯的能力。“等等，”亚斯在后面叫住他，“你依然随时可以找我聊聊。你现在遇到的大部分困扰，我年轻时也遭遇过，或许可以给你提一些建议。”

“嗯。”凯文点点头，然后慢慢走向自己的房间。

看着儿子的背影，亚斯摇摇头，苦笑地说：“我是不是个很糟糕的父亲？”

“幸亏你经商的手段跟教儿子的能力不相当，否则泽尔家族早就覆灭了。”斯科特点头赞同，“好几次他都准备说了，但是被你的表情吓回去了。”

“你知道是为了什么吗？”

“我当然知道。他这个年纪还能是为了别的吗？你妻子死后他就没哭过，就算不小心摔断骨头也只是咬牙流冷汗，一声不发。现在这个样子，原因一目了然。”

亚斯凝神看着凯文的背影，好半天才点头叹气，“嗯，是为了一个女孩。”

## 10

“哒”，一滴水从头顶滴下，划过幽暗潮湿的空气，落到翳鬼口中。他尝了尝，有些腥臭，于是朝旁边啐了一口。口水喷到 LW31

身上，顺着光滑的球体外壳滑下来。LW31看了一看翳鬼，咕哝了几句，但声音很小，不敢让翳鬼听到。

这整座城市建在一块大基石上，以便在大洪暴时让整体升起。基石里面并不是中空的，十三颗飞石镶嵌其中，用于排水和埋藏线路的管道纵横密布，现在，翳鬼和LW31就藏在里面。这里阴暗潮湿，废水横流，弥漫着令人欲呕的臭气，偶尔有线路因年久失修而爆出火花，照得翳鬼的脸一明一暗。

从昨晚回来，他就一直坐在管道里，啃着干硬的压缩粮食，渴了就喝身旁的水。他保持着坐姿，面无表情，时间就像头顶滴下的水，一滴一滴流逝。他不急，倒是LW31有些不耐烦，在他身边走来走去。

“我不知道大皇帝派你来干什么。”翳鬼淡淡地开口，“你根本帮不了我。”

“我……我也不想来……”LW31停下来，语气无奈。

“那你回飞船去吧。我今晚就去医院，把那小子抓回来，你在飞船里等我就好了。”

“不……不行。”LW31刚要大声说，看见翳鬼不悦的脸色，声音立刻委顿了，“不好吧，大皇帝让我跟着你，万一你出了什么事，我还可……”

翳鬼猛然挥手，打断它的话：“我会出什么事！我是生化部376军团的副团长，在帝国里的军衔是二级甲等军官，对付一个区区人类还会出事吗！你可以干什么？我有时候都怀疑，你是怎么能进圣殿听大皇帝议事的。三级以上的军官才有资格进入，你，”他冷笑着，脸上的表情顿时扭曲，“你恐怕连军衔都没有吧？”

“是是是……可是，大皇帝下令，我不敢违抗。我的程序都是大皇帝开发的，要是他生气了，随时可以让我崩溃……我还是跟着你吧。”LW31苦苦哀求。

“哼，”翳鬼不置可否，声音透着鄙夷，“这就是我瞧不起你们机械部的原因。没有一个能独立，所有人都是复制过来的。没有个性！没有个性的人是可耻的！”

“谢谢，我回头一定跟主机提到你的意见，但你不要把我赶……”

翳鬼突然“嘘”了一声，站起来，凝神细听，眉头拧成一条缝：“西边过来有响动。”地下管道里平常绝少有人来，任何细微的声音都预示着危险，他听了几秒，眉头更皱，“东边也有。”

“嗯嗯……还有，有南边和北边。”LW31如果有表情的话，一定是哭丧着的，“我们被包围了！”

“你见过狼被绵羊包围的时候，会露出害怕的样子吗？”翳鬼眼神变得犀利，有锋锐的针从里面射出来，“把我的手套递给我。”

LW31的外壳打开，弹出夹着手套的支架，“但我不是狼啊。”

“你是什么，一只蚂蚁吗？”翳鬼缓慢把手套戴上，完美契合，十指扭动。

“不，我是——”LW31顿了顿，把话咽回去。这时，四周已经传来繁复而有序的脚步声，一些光亮在管道里晃动，人影纷乱，越来越近。它连忙爬到翳鬼肩头，死死抓住他。

斯科特站在临时指挥中心里，四周腥臭，但他毫不在意，盯着面前的屏幕。屏幕上显示着各个小分队观察到的红外图像，而每个图像的正中间，都是那个高大的红色身影。这个身影一动不动。

“停下。”斯科特轻声说。突击队员们立刻蹲伏在管道外，举枪端视，脚步声瞬息消失。但红影依旧一动不动，似乎扫描到的是一座正在发热的雕像。明知道在地下的翳鬼听不到，他仍旧谨慎地小声开口，“各分队占据有利地形，目标没有动静，但他肯定察觉了，小心。现在，注意听命令——射击目标！”

几乎就在他最后一个字出口的同时，那硕大的红色身影也动了起来，像突然启动引擎的狂暴机车，猛地向西边的管道冲过去。速度之快，使得屏幕上几乎是红影一闪，便消失了。

“第三分队注意，目标在奔向你们。”斯科特快速命令着，一旁的警察赶紧调出了地下管道的三维分布图。西边管道的尽头还有三条分叉道，是最有利的逃跑路径。“五六七分队快速增援。开火开火，不用顾忌！”

沉闷的轰鸣立刻响起来，大地如鼓，正敲响着令人费解的音乐。斯科特的耳机里也顿时混乱起来，无数声音交织在一起，他不得不仔细听辨。

“他朝我冲过来了！”

“速度太快！”

“不要慌，看我——哎呀！”

“有人负伤，负伤！目标逃窜，逃窜！”

“开火！目标太快，”斯科特急声叫道，“五六七分队，不必瞄准，直接射击！”

“砰砰砰……我击中他了！”

“目标没有减速！”

“有人负伤！目标穿过包围，继续向西逃窜，火力追不上！”

斯科特一把摘掉耳机，扔在屏幕上，朝身后的警察点头示意。警察们沉默地掏出枪，检查子弹。今天他们的一切行动，都要听从眼前这个陌生男人，刚开始大家都不服，但局长和市长同时下令，他们才意识到这个人并不简单。

斯科特按下按钮，一阵可怕的震颤声响起来，随即又静寂无声。

翳鬼快速逃窜，一路积水被踩得哗啦哗啦，呼呼的风声在耳畔掠过。他有着与体型不相称的敏捷，这使得那些人类突击队员只能看见红影一闪，举枪瞄准的时间都没有。最后他们无目标的射击让他受了些伤，几颗子弹击中了他，但这不要紧，他的身体是经过强化的，肌肉纤维能夹住子弹，被高能射线射中的地方也能迅速恢复。

身后的枪火和呼喝声已经渐渐远去。他藏身的地方是经过挑选的，开阔宽广，便于听声，一旦被合围，便能向西跑到更复杂的线路里去。此时，他慢慢停了下来，左右看看，附近没有人在活动的声音。

“我们……安全了吗？”LW31小心翼翼地开口。

“他们太弱，困不住我。”翳鬼冷声说，“在坎塔星上，如果我要杀一个人，就会直接在他休息的时候，悄无声息放上一颗中子压缩弹，把他连同他周围一里的地方都炸毁，干净简单。人类顾忌太多，束手束脚，对我们根本没有威胁。”

“那……我们现在去哪里？”

“我探查过，前面往左有个大管道，上面是空旷的广场，很适合藏身。等到了晚上，我就去医院把那小子抢回来，然后就离开这颗娘娘腔星球。这里的重力让我很不习惯，呆久了，我怕我也会像人类那样软了骨头。”他说着，谨慎地回头探查。

翳鬼位列帝国二级甲等军官，得以进入圣殿，面见大皇帝，所凭借的绝不仅仅是蛮勇。在坎塔星上，环境恶劣自不必说，光在帝国内部，勾心斗角就随处可见，不但有异族的打压迫害，同族间的争宠也异常惨烈。大皇帝对这种残酷的竞争并不排斥，甚至还有意无意地鼓励，翳鬼的每一次晋升，都是靠脚踩人头手染鲜血换来的。很多人都因为他的块头而心生鄙夷，以为他不过是蛮力大而已。然而，他们都因为这个念头而死在了翳鬼手里。

确定没有人跟过来后，翳鬼转过身，继续向前走。污水滴答落下，周围沉寂如墓，头顶是明亮的城市，而这里，阴暗得就像另一个世界。但很快，这就将是坎塔人的世界了，只要拿回“手”，三族一统，向大皇帝臣服，在大皇帝的带领下，亿万坎塔军队将同时向人类联盟的各个行星进发，战争会再次席卷世界。而那时候，自己势必又会晋升一阶，进入真正掌握权力的一级军官行列。

正想着，转过管道，翳鬼突然愣住了——前方竟然密密麻麻地站满了人。

无数枪口对着他，在黑暗中幽幽地闪着光，仿佛一大群沉默而危险的野兽。而在人群的中间，赫然站立着昨晚遇到的那个持枪男人。他们身后，是闪烁的屏幕，灯光轮替，但都静寂无声。

他们把临时作战指挥中心建在这里，等着自己自投罗网！

斯科特的腰侧，一个硕大的管口正对着他，犹如在黑暗里张开的兽眼。

翳鬼能想得到退路，斯科特也能预料他的逃跑路线。先前警察的围剿只是为了把翳鬼逼到这里，上面是广场，开火也不会过于引起市民恐慌。

斯科特笑了笑，他身侧是一个硕大的管口，里面闪着微弱但持续的光。之前的震颤就是从这个管口发出的，但现在它已经启动，聚能完毕，安静得如同墓碑。这是“光虎”，汉宇科技武装部最新的中型武器，专门被亚斯调出来，用于围杀翳鬼。

翳鬼本能地感觉到了危险，管口里闪着的光，让他想起坎塔星上肆虐狂野的雷暴。刚开始时，天空也是安静如死，只偶有闪电掠过，一旦那些云层累积足够的能量，死光闪电就会像发疯了一样流窜袭击，即使强横如三大种族，也不得不避让，进入地下防御体，直到云散雷息。

他不敢动。他的速度虽快，但快不过光。LW31 吓得说不出话来，颤颤发抖，细肢紧紧箍住他的肩，勉强不让自己掉下去。

“如果我是你，就不会来初寒星。现在已经不是三战前的那段时光了。”斯科特缓缓摸索着“光虎”的管壁，掌心能感到能量疯狂涌聚带来的灼热感。

翳鬼死死盯着斯科特，脸上的腐肉抖了抖，冷声说："很快，那段时光将再次出现。帝国的复兴不是你们这些软弱的人类能够阻挡的。到时候，我会亲手把你的脑袋拧下来！"

"如果你在我发射'光虎'后，还有手的话，我会考虑要不要给我的脑袋投个保险。"斯科特耸耸肩，一脸无所谓，"但现在要担心安全问题的人，是你。"

"你真的认为凭你们就可以留下我？"

"你可以试试。"

翳鬼两腿猛地一蹬，巨大的爆发力让他离地飞起，迅若雷电，向甬道的另一侧躲去。斯科特没有丝毫犹豫，按下开关，能量光束咆哮而出，整个地下甬道都被刺目亮光所笼罩。"轰"，光亮之后是轰然巨响，大地震动，好几个警察被突如其来的声浪震倒。不断有石板掉下来，泥灰四处弥漫，灯光都照不开，视野里灰蒙蒙的。

"光虎"的威力果然不凡，只一击，就轰塌了那一段地下管道。所幸其上是空旷的广场，没有人员伤亡。

"怎么样，打中那个怪物没有？"一个警察战战兢兢地问。

斯科特点点头，"光虎"咆哮的那一刻，他亲眼看到光柱击中了翳鬼，硕大的身躯被砸进墙壁里。甬道尽头全部塌了，他沉吟一下，挥挥手："把他的尸体挖出来。"

几个警察捂着嘴，一边扇灰尘一边走过去，举着手电，把坍塌的石块往旁边扔。石块太多，所以要费一些功夫。斯科特走回屏幕前，拿起话筒："各组报告伤亡情况。"

“报告，”话筒嘶了几秒，“伤七人，死四人。第三分队损失最惨，死了的兄弟都是他们的。”

斯科特能听出话筒里声音的悲愤，但他并不善于安慰人，顿了好半天，才简短地开口：“目标已经消灭。”

“谢天谢地！”

斯科特把话筒放下，转过头，警察们已经把石块清理到一边了，只剩下最后一大堆碎块。一个警察骂骂咧咧地踢开石头，一只手露了出来，手掌上覆盖着铁色鳞片，粗厚异常，显然属于生化坎塔人。警察被吓了一跳，纷纷掏出枪，但那只手动也不动，无力地耷拉着。警察壮着胆子开了一枪，“砰”，子弹击中手掌，被卡在掌心肉里，但手掌连抽动都没有。

“他真的死了！”警察兴奋地说。其他人也放下了心头疑虑，七手八脚地把碎石搬开，翳鬼的身躯慢慢露出来。“光虎”在这具尸体上留下了可怖的痕迹——翳鬼的右手被整个炸没了，脓血四溢，身体上布满了创口，尤其是肚子，一道横贯胸腹的伤口如同龇牙狞笑的血嘴，肠子缓缓从伤口流出来。

先前开枪的那个警察长出口气，一脚踩住翳鬼仅存的左手，回头向斯科特笑道：“斯科特先生，你带来的这武器真厉害，把他打成这个样子。哈哈，就算是坎塔人，还不是一样要被炸成——”他的话戛然而止，低下头，表情一瞬间变得惊恐无比。

“怎么了？”

“他——啊！”一声惨叫，这个警察被巨大的力量提起，身子倒悬，凌空而起。他的身躯以脚为支点，划过一道弧线，头与管道壁的相撞发出沉闷声响。惨叫瞬间终止——猛烈的撞击让他的颈骨断开，断骨插进喉管里，隔绝了所有的声音。

血雾在管道里弥漫。

斯科特眼角一跳，不安的感觉弥漫心头，凝神细看，只见管道的尽头，弥散开来的血雾中，一个巨大的身躯缓缓站立起来。

## 11

“我要杀了你！你们！”嗜血的吼叫声在管道里回响，随着声音飘荡的，是一片片黑郁的血光。人影幢幢，惨叫迭起，翳鬼的双目血红，如线路错乱的机甲般在警察群里狂飙猛进，尽管只剩一只手，但每一次挥臂击拳，都会带起大片血色。

LW31 躲在远处，几根细弱的肢体瑟瑟发抖，在翳鬼的盛怒之下，即使是同伴也不得不躲避。要是它站在翳鬼面前，它毫不怀疑自己会被翳鬼无差别地攻击成碎片。

斯科特不顾一切地后退，但翳鬼愤怒的目光仍死死盯着他，即使中间隔着鬼哭狼嚎的警察和溅射的肢体，也没有移动分毫。很快，斯科特就退到管道尽头了，慌乱之下，他走到了死路。

一阵绝望涌上心头，他背靠阴湿的管壁，看着翳鬼把隔在中间的警察击杀在地，逐步逼近。黑暗中，翳鬼浑身浴血，肌肉怒张的手臂上挂满了碎肝断肠，血滴沥沥，泛着幽红光芒的眼睛尤其吓人。

“现在，你知道惹恼坎塔生化人的代价了……”翳鬼低声说道。

斯科特手心冒汗，大口吸气才勉强镇定下来。他略微曲起膝盖，全身蓄力，每一块肌肉都绷紧了。

当翳鬼把最后一个警察的脑袋捏碎之后，他站住了，脸上的表情被血污勾染得更加狰狞。“你看，你们人类真是一堆蛋白质的脆弱组合啊，随便一撕就碎了。只攀附在进化树底端的生物，不配拥有整个银河系，你们天生要被驱逐，要被奴役！”

“是吗？”斯科特眯起眼睛，“那你们呢？”

“我们将主宰这个世界！”吼完，翳鬼迈开两腿，如同突然提到极速的机器般大踏步向斯科特奔来，整个甬道里都响起隆隆的脚步和呼啸声。

斯科特也低喝一声，全身劲力在这一刻释放，向翳鬼冲过去。他知道硬拼的话自己是没有胜算的，但已经没有退路留给他了。

甬道里，两条人影如闪电般对撞而来。

“轰！”

在两人相遇的前一秒，甬道顶部突然响起爆炸声，土石纷飞，巨大的气浪将斯科特卷起来，撞在了墙壁上。他喉头一甜，吐出带血的唾沫。这时，一条绳索垂到他面前。他顺着绳子看去，只见甬道已经被炸开，露出大洞，广场的灯光水一样倾泻进来。而一辆飞车悬停在三米多高的半空，绳索正是从车上垂下来的。

斯科特不假思索地拉住绳子，立刻被拉升着向上，离开了地下甬道。他肺腑震荡，四肢乏力，但生死关头还是用尽全身力气爬到了飞车旁，从侧边车门钻进去。

“凯西？”他诧异地看着驾驶座上的美艳女子。

凯瑟琳熟练地加大引擎功率，操控飞车上升。飞车刚刚启动，地面便传来一声咆哮，巨大的身影从甬道里跳跃而起，手掌直抓飞车底盘而来。谁也想不到如此沉重的身躯，竟然能跳得这样高。

幸亏凯瑟琳启动及时，飞车刚刚脱离翳鬼的手掌，一刻不停，飞到了几十米的高度后才开始水平移动，消失在星光密布的夜空里。

翳鬼落到地面，阴冷的目光注视着飞车消失，手掌捏紧，筋肉一块块暴出来。

“现在怎么办？”一直躲着的LW31从碎砖土块中爬出来，小声问。

“现在已经暴露了，”巨大的爆炸引来了一些围观的人，四周都是人影，翳鬼被许多道惊疑的目光盯着，“我们直接去抓那小子，抓到他就走。”

LW31跳到翳鬼肩上。他们遁入地下，在迂回复杂的管道里飞奔。

广场四周的人们围过来，互相低语。他们看到了那巨大狂暴的身躯，纷纷猜测这是什么。战争离开得太久了，他们并没有想到，这个身影属于曾经让人类陷入恐惧的种族，而这只是一个征兆，很快，这个种族的阴影便会覆盖整个人类世界。

## 12

咚咚咚。

病房门被敲响了。

李川从昏沉的梦中惊醒，坐起来，意识在瞬间清醒。他盯着素白色的门，心脏像被某只手攥住了一样难受，手心里也沁满了汗。

那个来自异星球的恐怖生物，巨大的身影在夜色中如噩梦般升起……

咚咚咚，敲门声还在继续。门外的人似乎很有耐性。

李川环视四周，并无可逃生之处，只得下床，慢慢走过去。他把耳朵贴在门背后，但什么声音也没有听到，深吸口气，拉开门。

一只手伸进来，拍在李川肩膀上。

李川的心猛然跳起，但随即又平静下来。“嗨，是你，”他长舒口气，把门外的刘凯拉进来，“吓我一跳。”

“不然你以为是谁，”刘凯大大咧咧地坐在床上，“难道是司盼兮？”

这个名字让李川有一瞬间的黯然。他沉默了好一会儿，才坐到刘凯身边，忧愁地说：“我可能惹上大麻烦了。”

“怎么了？”

“有坎塔人要抓我。”

“嗯，我也有大麻烦了，盼兮和那个性感美妞今晚都要约我，我不知道该选哪个。”

李川急了，正视着刘凯说：“我没有开玩笑。真的，昨天有一个兽化人，叫翳鬼，还有一个小球一样的机器人，想要抓我。还有，出现了两个奇怪的人，一男一女，都很厉害，好像也要抓我。”他说着，眉头深深皱起，尔后慢慢吐出一口气，“我觉得什么都变了，我熟悉的生活已经不见，一切都很陌生……”

刘凯看着自己朋友迷茫困扰的样子，开玩笑的微笑慢慢收敛，把手拍在他肩上，说：“放心，我不会陌生的。我是你的朋友，永远是。”

一种温热的东西从李川喉咙里升起来，很熟悉，又说不清是什么。他点点头，想说话，但刚发声就觉得如同哽咽，连忙停下了。

两个人就这么坐着，窗外星星升起来了，一颗一颗，星光盛落。

在沉默的过程里，李川本来想问刘凯为什么会跟自己关系这么好，但终是没有开口。很多年后他游历星球，见惯了世间险恶人心繁杂，才明白友谊这种奇怪的情感其实跟爱情一样，也是没什么缘由的。年少时代的友谊是一辈子的友谊。

“很晚了，你回去也不方便，要不就在这里休息吧。”

刘凯作出紧张的神色，捂紧衣领，“你要干什么！”

李川被逗笑了，正要接口，耳中突然传来了猛烈的撞击声——

轰隆隆，轰隆隆，像是有巨大沉重的身躯在大步奔跑，夹杂着医护人员的惊呼声……种种声音混在一起，让刚刚沉寂如死的夜色立刻沸腾起来。

“怎么回事？”刘凯脸有点发白。

李川把头伸向窗外，看到一个可怕的身影正在医院的后院里大肆杀戮。所有挡在人影面前的人，都被他单手击杀，大片大片的血洒在院子里，在夜色下显得郁黑黏稠。他正浴血突进，猛地停下，硕大的头颅扬起，朝李川的窗子这边看过来。一抹凶残诡异的微笑在他满是血污的嘴角边升起。

“糟了，”李川吓得后退好几步，嘴唇颤抖，“他看到我了，看到我了……”

“快跑啊，还愣着干嘛？”

李川恍然，正准备和刘凯一起跑到走廊上，窗外突然传来了猛烈的呼啸，尔后是病房的墙壁被生生撞破的声音——翳鬼竟然从后院助跑狂奔，一跃而起，直接跳到了三楼病房，身躯携带的巨大动能使他撞穿了整面墙壁。

灰尘弥漫中，他走到李川面前，单手扼住李川的脖子。他手上带着手套，但原本的白色已经被血红浸透。

“现在，你还能跑到哪里去？”

李川呼吸困难，两脚乱踢，说不出一个字。

“快走吧，”一个金属圆球滚到翳鬼脚边，小声说道，“你弄出这么大的动静，警察——甚至军队——已经过来了。”

翳鬼用仅剩的半个鼻子喷出一口气，语气不屑，“我会害怕他们吗？刚才也有警察来截杀我们，你看清了他们的下场。”

“你当然……当然不怕了……但是，但是大皇帝的任务……”

翳鬼不耐烦地点点头，粗大的手指在李川脑袋上狠狠一敲，然后把昏迷的他扛在肩上。“走吧，飞船在城外湖边，我们直接过去。”

LW31灵巧地爬上翳鬼肩膀，他们正要从墙洞里跳出去，翳鬼突然停下了。他缓缓转头，凶戾的目光在屋子里横移，最后，落到了墙角里呆住的少年身上。

“你好。”翳鬼淌着血的嘴巴里，发出沙哑的声音，“差点把你忘了。”

一辆正在高空盘旋的飞车上，斯科特和凯瑟琳发现了地面的异状。

“怎么回事？”斯科特看见无数警灯亮起，汇成迅速流淌的光河，而河的前方，隐约有一个身影正在逃窜，“是那个坎塔人！快下降，我们要拦住他。”

“是的，他抓到了我们的小伙子。”凯瑟琳低头看了一眼，一边降低飞车高度，一边轻描淡写地说。

“他怎么会那么快？李川住在医院，城里有那么多家医院，那么多病房，他怎么可能一下子找到李川？”

凯瑟琳看着身边的男人，嘴角浮起嘲弄的笑意，说：“看来这些年的安逸生活磨损了你的观察力——你只注意到强壮的生化人，但没有留意到他身边那个小小的球形机械。我来这颗星球之初，就察觉到有人删除了李川的所有档案，手段高超，没有留下任何痕迹。它当然可以侵入你们的网络，轻易查到李川入住的医院和病房号。”

“那个小球……”斯科特仔细回想，在记忆的角落里看到了LW31的影子——它胆怯，弱小，毫无存在感，如果换了别人，可能丝毫不会对它留有印象。“它有那么厉害？”

“它和那个翳鬼，都是大皇帝从圣殿里派出来的，肯定不简单。而且……”说到这里，凯瑟琳的眉头深深皱起，神情凝重，“我总觉得，它会比那个生化人还难对付。”

“哦，为什么？”

“女人的直觉吧。”凯瑟琳耸耸肩，这时飞车已经降到离地面五米高处，几乎清晰可见翳鬼的身影，“你放心，这么多警察，他被团团围住了，跑不掉。”

斯科特拿出枪，紧盯着不远处的人影，“对待坎塔人，不能有任何放心。有两次星际大战证明了这个道理。”

四周的警察合拢过来，十几道聚光灯照在生化人身上，重重叠加，几乎让他湮没在强光里。他带着一身血腥气，越跑越慢，似乎要向逼近的警察们投降。已经有人在喇叭里喊话了，希望他不要做无谓的挣扎，放下人质……

在所有人的目光中，翳鬼突然蹲下，单手轰击地面，只两三拳过后，街面就被他打出了一个黑黝黝的大洞。

“不好！他要从地下管道里逃走。”斯科特大惊。

似乎是为了印证他的话，翳鬼跳进地洞，立刻消失在强光照射下。

凯瑟琳伸出纤长的手指，在飞车的操控屏幕点了几下，说：“不要紧，即使他逃进了地下，我们还是可以用热感应仪来追踪，他逃不——”她的话停在半截，热感应仪刚刚打开，屏幕一闪，然后一直保持白屏，“是那个小机器人，它放出了干扰信号！”

“那我们直接去地底追！”

“这样太危险了。地底几乎是生化人的最优战场，想想你带去的警察，没有一个生还的。”

斯科特牙齿都快咬碎，“总之不能让李川被他抓走。把车停到地面，我一个人去。”

“我跟你一起吧，好歹我们也是最佳拍档——在你叛出组织之前。”凯瑟琳拿好枪，把衣服拉紧，优雅性感的曲线随着拉链上升逐步显露出来。

斯科特看着这个美丽的女人，有些愕然。他以为她穿越无数光年是来杀自己的，然而，在生死关头，她还是选择和自己一起并肩战斗。这种历经生死的默契，被漫长的时光稀释，但依旧散发着醇香。他点点头。

## 13

李川醒过来时，发现自己在完全陌生的地方：空间不大，但四周都是合金墙壁，闪着冷峻的银光。一些奇怪的仪器四处都是，红红绿绿的按钮在不规则地发亮，线路凌乱，正前方是半人高的操作台。

这是在一个飞行器内。

“你醒了。”沙哑干涩的声音在耳边响起，“嘿嘿，恭喜你，你将是几百年来唯一进入坎塔星的人类。不用担心，在把你研究透彻之前，我们暂时不会伤害你，你会活着到圣殿。我们甚至会为你设置专门的反重力装置，让你在你熟悉的环境里苟活着。”

李川恨恨地盯着他，眼睛通红，似乎要滴下血来。

“你似乎很恨我？”翳鬼若有所思地盯着他，“我们以前是不是见过？”

“没有……”李川收回目光，艰难地摇头。

“但你的眼神里有仇恨，这很好，保持它。仇恨会令人强壮。”翳鬼点点头，然后坐下来，开始料理自己的左手断臂。他并没有施药，只是用水清洗了一下，白森森的骨茬露出来，上面的碎肉显得分外可怖。但李川惊异地发现，那些肉和骨头，正在以肉眼可见的速度蠕动着，筋骨滋生，血管饱满。

“果然是强化肌肉，看来生物书没有骗我们，你们外星人的身体机能跟人类很不一样。”李川喃喃道。

“骗你们的是历史书。”翳鬼喘息着，这种迅速恢复伤口带来的痛苦和虚弱，即使强横如他，也显得吃力，“我们不是外星人。事实上，我们的家乡，也是地球。”

李川猛地眼睛睁大，“怎么可能？”

“我知道在你们的史书里，我们坎塔人无恶不作，一心只想劫掠地球，侵入你们联盟的疆域。但，我们这么做，只是想回到家乡而已。在坎塔星，我们的历史都来自于大皇帝撰写的自传。”

“为什么你们的历史会来自于一个人的自传呢？”

“因为大皇帝从坎塔人出现开始，就一直统治我们，他的经历，就是我们整个五百多年的历史。”

“五百多年？大移民开始时你们才出现的？”

“不，我们出现得比那还要早，但被归为坎塔人，被你们驱逐，是在那时候。”翳鬼点点头，LW31跳下来，接驳到电脑屏幕上，“为了躲避你们的骚扰，飞船降落时采用了鬼魅模式，降落时出了点问题。在这懦弱无用的LW31把故障修好前——这大概是它唯一的作用了，我让你看看大皇帝的自传，那里才是我们真正的来历。”

李川眯眼看着屏幕上显示的书名：“《我的奋斗》？”

“不，是《吾的奋斗》！你说的是那本充满了暴戾煽动的禁书，大皇帝的自传虽然跟它名字相似，但内容截然不同。现在你看到的，是自传第十七卷的部分内容。”

……

夜一降下来，寒气也跟着肆虐了，这是极度的冷，从外渗进我的回路里。我感到思维打结。我从海里爬上来，粘滑的液体像蛇一样流动，我颤抖着。我在海里待了一整天，收集到了五克单质G。这个成绩不错，我想，今晚不会被监工折磨了吧。

我听说生化人和兽化人更惨。要是完不成任务，他们会被监工用鞭子抽，鞭子上带着刺，一下就可以在背上扯出一条肉来。痛苦一夜后，监工在凌晨给他们点几滴药水，让伤口复原，再驱使他们干活。我无法想象那种痛苦，因为我没有痛觉感应器。但监工还是想出办法来对付我们机械人——他们在我的身体里上传病毒，扰乱我们赖以生存的逻辑。我亲眼见到我的同类在地上打滚，一会儿哭一会儿笑，用手撕扯外壳，把自己的头埋进土里。

折磨我们是监工的乐趣。我一度认为他们就是为了在我们身上制造伤痕而生的。

我停下脚步，转身回望。

视野里是一片死气沉沉的海洋。这是我工作的地方，海水黏稠，没有生机，但富含游离态的G元素。我每天的工作就是在海里畅游，吞吐海水，体内的膜片会把G元素置换出来，储存进集成箱。这不是轻松的活儿，海水从四面八方积压我的外壳，稍微潜深，我就会被压力压得变形。而浅水区的G元素已经被采集一空，要完成任务，只能往深海里去。但与其被监工在我身体里种入病毒，我宁愿哪天死在这片海里。只是，我的程序还不容许我死，至少在工作完成之前。

夜晚的海平静异常，没有风，海面像平整宽阔的巨大镜子。但我不觉得它美。在这颗星球上，“美”这个字眼是可笑的。所有需要用“美”来修饰的地方，都能替换成“危险”。哦，或许有一个例外。

我看了一会儿，日常程序提醒我应该返回营地。这是监工定的。我不敢耽误，迈着沉重的步伐，一步步往营地走去。一路上我遇见了很多同类，有的面无表情，有的垂头丧气。我知道，前者是完成了任务的，而后者采集到的单质G肯定没有达标。我很高兴我没有表情。还没走近，我就听到了一阵桀桀怪笑，像乌鸦在夜晚的枝头上冷酷地叫唤。

这个声音让我胆寒。它来自监工那鲜红开裂的嘴，每次折磨我们时他都会兴奋起来，在旋转屋里赤身裸体，大声怪笑。这次倒霉的是一个年轻的兽化人，仿生机体是马，背上有长长的鬃毛，脸很长。现在他整张脸上都凝满了痛苦，在地上翻来滚去，一条线系在他的蹄上，电芒窜动。电击是监工另一个把戏。

我沉默地从兽化人身边走过，他突然抓住了我的脚。于是，我不知所措地停下，一些电流传到我身上，但这对我没有影响。身后的同类绕过我，继续向前，没有人关心这件事。

还敢抓别人！监工怒气冲冲，在旋转屋里操纵器械，电流更大了，我能感受到年轻的兽人在剧烈颤抖，像是在跳令人费解的舞蹈。我看到了他的眼眸，漆黑深郁，如同沉淀了腐尸的沼泽。突然，他的眼神变了，由黑变红，血红。他嚎叫一声，扯掉蹄上的金属线，然后疯狂地冲向旋转屋。

他要去杀监工！

明白这个事实之后，我回路里的某种程序启动了。我一把抓住他的尾巴，往后一扯，兽化人凌空飞起，然后重重地摔在地上。他转过身，不解地看着我，随后这种不解变成了与对监工相同的仇恨。他向我扑来。于是，我杀了他。

这种事时有发生，兽化人和生化人虽性情愚昧，但还存有生物本能，被监工折磨得受不了了，偶尔便会奋起袭击。监工却从来不怕，因为有我们。每个机械人的身体里都安装了人类保护程序，一旦监工有危险，这个程序会接管一切资料，凌驾所有权限之上，牺牲自己也要保护监工。隔壁9976号采集区的上一任监工，因为旋转屋破坏而被死光照射，那是他自己的失误，关闭了防护罩。但他管辖的五万机械人全部被强制收回，在工厂里熔炼一遍，再度被派来。

监工回过神，冷笑起来，哼，还敢来害我！所有的兽化人，今晚不准休息，全部回矿山里去凿石头！

兽化人群传来不甘的喘息声。但我们的数量多，最终，他们拖着凝滞的步子，往黑夜里的矿山行去。这个晚上，他们累死了七十五个，还有六人在黑夜中不辨方向，被蛰伏已久的杀人植物吞噬。

兽化人一走，营地空旷了许多，凉风呜咽着，天边不时亮起闪电，明灭不定。监工开始验收成果，我们把单质G放进真空箱，超过四克就亮绿灯，否则就闪出红光。所有被红光照到的机械人都站到一边，监工在旋转屋里阴笑着，思考用什么办法惩罚他们。

我看到，她也站在那边，身子有些颤抖，似乎在害怕。

她就是我说的那个唯一可以用“美”来形容的例外。

我跟她是同时出厂的，我是工程型机械人，圆头圆脑，躯体粗大，而她是家居保姆型，美轮美奂，身姿匀称；我被派到这颗星球，她去往地球的有钱人家。但是，几年后，我在这里遇见了她。她沉默着，混在各式各样的机械人里，不爱说话，也总是一脸木然。

我听别人说，她那一批型号的家居机械人出了问题，表情不完善，总是笑不出来。顾客不喜欢没有笑容的机械保姆，纷纷投诉，工厂只得将她们回收，以低价卖给联盟矿业公司。但她的主要功能是体现在家居方面，并不适合采矿，所以经常达不到标准。

监工想了一会儿，想不出新意，决定还是用病毒。所有没完成任务的机械人都接收了他传下来的文件，直接打开，所有人都开始哈哈大笑，捂着肚子，抱着脑袋，躺在地上，翻来滚去，五官扭曲，狂笑不已。但她例外，病毒在侵扰她的神经，但她笑不出来。监工阴沉地看着她，那眼神里含着一种我不能理解的感情，像蛇一样黏滑，像夜一样阴沉，像血一样邪恶。很多年以后，当我有了感情才恍然，那种眼神里含着的，是欲望。

第二天，我在海里遇见了她。黑沉沉的海水包裹着，使我的感应系统变得很不灵敏，但我依然能感到她在附近。于是我靠过去，问道，你今天怎么样了？她没有说话，扫描了一遍我，转身又去收集单质G了。她的身体柔若游鱼，在海水里摇曳着。这美丽的躯体并不适合来采集矿物，她没有像我一样宽大的内部空间，只是胡乱改装了一张置换膜片。这也是她总是不能完成任务的原因。

我跟着她，在她游出的水波里，似乎被抚摸着。她停下来，疑惑地看着我问，你跟着我干什么？

我一时不知道说什么，只得重复一遍，你今天怎么样了？

收集到的不多，今晚又会被惩罚了。她说。

不要紧，我给你吧。我脱口而出，我收集到的多一些。

她诧异地看着我。

我抱紧她，与她的腹部贴合，我的胸腔打开，单质G在平衡磁场力的牵引下，慢慢移送到她体内。G单质活性很强，不能与海水或空气接触，所以我离她如此之近。我听到她的电流滋滋窜动，我感到她的芯片在微微震颤，我看到她在漆黑海水中的脸变得有些潮红。然后，我像犯罪了一样，匆匆逃离。

晚上，她交出了任务额以上的单质G，绿灯亮起，她平安地走过。监工倒是诧异了，皱着眉头，但她完成了任务，他不能拿她怎么样。

这以后，我迎来我最高兴的一段时光。每天，我都会努力在海水里游动，尽可能收集到更多的单质G，然后分给她。她依然说话不多，但对我已经不再那么冰冷。她再没有受过惩罚，尽管每次监工看见她时，眼里含着的那种欲望愈加强烈。

但是浅层海水里的G含量越来越低，我渐渐也收集不到足够的了。但我依然把单质G给她。她感激地说，你真厉害，每天都能收集到那么多。我没有告诉她实情。其实我也快被淘汰了，地球送来新的机械人，能在深海里大量采集，很快，我也要步入完不成任务而受罚的行列了。但我只是笑笑，说，嗯，我会一直帮你的。

结果不出意料，那晚我受了罚，被植入病毒，浑身回路都错乱阻塞。她站在绿灯那一边，看着我死去活来，眼神哀婉。

我恢复后，又被立刻派入海中。这次，她怎么也不愿意接受我的赠送了，我怎么说她都不听。最后，她突然开口说，我们逃走吧？

我吓了一跳，什么逃走？逃到哪里？

我们偷偷进监工的飞船里去，然后开走，开去羽京。她小声说，似乎是怕海水能把这隐秘且荒诞的念头传到监工耳朵里。我听说羽京刚刚建立，需要人手。我们去那里，我继续当保姆，你当搬运工人。再苦再累也比留在这里好。

你疯啦！我们是机械人，天生就要为人类服务，他们让我们到哪里我们就应该到哪里。我摇摇头，我们要留在这颗星球上，直到它的矿产被采完。那时我们的服役期就结束了，就可以离开了。

不可能的。这颗星球这么大，是地球的近亿倍，不可能被开采完的。

我不再理会她，转身离开，独自采集。那天运气不错，收集的量足够两人。我把多余的单质G给她时，她沉默着，快分开时，她才小声说，今晚我就走，我在营地外等你。

那天晚上的夜色格外美，星光照耀着广阔的大地，莹莹生辉。我站在一大堆机械人中，没有关掉电池，夜风起来了，在地上摩挲着。我听到了很多声音，但没有我在意的。到了午夜，星光渐隐，天地暗了下来，我看到一个熟悉的影子走出营地。是她，她的身躯在夜色中有些模糊，但那特有的摇曳提醒着我，她在行动。

她走到营地外，但没有继续前进，停下了，如一尊寂寞的雕塑，站在黑暗里。

她在等我。她在等我。她在等我。

我突然紧张起来，线管里电流汹涌地窜动，关节连接处都冒出了滋滋火花。她还在等着，黑暗抚摸着她。她为什么等？我只是一个最低等的工用型机械产品，而她在等我？难道，她爱上我了？

不知道怎么，想起那个字时，我的思路扰动了。哦，我想起来了，人类不喜欢那个字所代表的情感出现在其他物种上。连想一想也不行。

我不敢动。我痴痴地望着她的身影。夜越来越沉，植物们站在黑暗里，像是沉默的侏儒。她终于不再等待了，迈着步子，往飞行器走去。她的步子很慢，我看着夜色将她吞没，我感觉夜色也将我吞没了。我无声地叹口气，关闭电源，意识顿时陷入一阵昏沉中。

天亮了，我准时醒过来，打算跟别人一起去往海中。但是，监工竟然一反常态地下令，让所有人待在营地。我感到一丝不祥。这对我来说是一种新奇的感觉，第一次出现，但我一点儿也不喜欢它。它让我颤抖，不敢期待每个下一秒钟。

等所有人都围在旋转屋附近后，监工把屋子的颜色调为透明，让我们看清里面的景象。我抽了一口凉气——她在地面。她身上有很多伤口，脸颊上也破损了几处，仿真皮肤下能看见银色的金属。她被监工揪着头发，手脚拴住，脸上又成了往昔的木然表情。

监工透过旋转屋的窗子环视一遍，然后指着我，说，你进来。

他的声音对我来说有二级权限。我被那声音接管，迈动关节，走进旋转屋。里面有重力改变装置，一进去就像脱下了沉重的铁衣一样，浑身变得轻松。我记得这种重力，当初在地球刚刚出厂时，四周就是这种让人舒适得飘飘然的重力。

你来把她的手按住。监工打断我的遐思，语气很急躁。妈的，这个机械人想逃跑，估计是哪里短路了，不接收我的命令。哼哼，这样也好，我还就喜欢有点野性的。

我走过去，按住她的手臂。那么细，那么轻盈，像是一片飘在空中的羽毛。

她没有挣扎，看着我，眼睛里闪着光。那是什么，液体？难道她去海里了吗，不然怎么会有液体从眼睛里流出来？我想放开手替她拭去那两滴晶莹的液体，但我的手不受控制。它们抓住她。

监工开始脱衣服。他阴阴地笑着，有条不紊地把身上的布料除掉。他看样子很兴奋，模拟屋是透明的，他在将近十万人面前脱衣服，他很兴奋。好了，你把她身上的这些破布撕掉……他犹豫一下，改口说道，还是算了，穿衣服更有意思。

接下来，监工对她做了一些动作。我不太理解那些动作的含义，只是按着她的手。她挣扎过几次，但力量没有我大，她眼里的液体越来越多，流过脸颊，落到地上。见鬼，这是什么玩意儿？我看着那点点水迹，突然莫名烦躁起来，眼前的画面几乎让我短路。

突然，她的眼睛猛然睁开，牙齿锵地一声咬合，监工发出尖利的惨叫，整个面孔都被鲜血瞬间染红。监工的鼻子整齐地被咬了下来。

刺目的红色激活了我的人类保护程序。我上前一步，一脚踢中她，她的腹部顿时凹陷进去，一些保养液从她口鼻眼中流出。但她笑了。她居然笑了，在那满是破损皮肤的脸上，在满是机油的眼中，在血肉淋漓的嘴边，竟然都是笑容。她看着我，第一次笑了，然后她闭上眼睛，再也不动弹。

我像被雷电击中了一样，所有的动作都停止了。我体内传来某种断裂的声音，晦涩，但是清晰，一粒粒炸响。

那该死的程序还在叫嚣着，让我上去补几脚，以免她没有死绝，会伤害监工。但我艰难地控制住脚，没有抬起。断裂的声音越来越响，像鞭炮一样，我颤抖着，每个元件都跟着战栗，像恐惧，又像兴奋。

你也疯了！快给老子去叫医疗机器人！监工捂着脸，号叫着。

突然，断裂声像海潮退去一样消失了。一种前所未有的安静攥住了我。我停止颤抖，转过身，向监工走去。他见我走来，咬着牙咒骂，而后停止号叫，因为我的手已经插进了他的脖子。

## 14

《吾的奋斗》是影像书，那些灰暗的迷离的光线将以上所述表现出来，不加修饰和遮掩。李川能直接看到监工展现出来的最猥琐和恶心的一面。

“看到没有？这是你们人类的行为。”翳鬼把屏幕关闭，全息景象顿时如长鲸吸水般被收拢进摄像头里，“在你们所有的书籍里，坎塔人都是穷凶恶极，无所不为。但真正做出最卑劣行为的，还是你们——因为你们是我们的创造者。”

“创造……”尽管这一点在《吾的奋斗》里有所提及，但听到翳鬼这么说，李川还是难以置信，“人类联盟最大的威胁，曾经就要灭绝整个人类种族的坎塔人——是我们一手创造出来的？”

“哼！当初为了开拓版图，把一颗颗原始行星改造成人类宜居星球，我们付出了多少血汗。星球改造之初，环境艰难，以你们脆弱的身体，根本适应不了。所以当时的参议员提案，创造能够适应极端环境的改造者——生化人、兽化人和机械人，就这么被成批成批制造出来了。我们在风暴里，在射线里，在高压高重力里，在你见不到更想象不到的环境里一点点劳作，让气候变得适宜，让天气变得温顺，等一切改造完成后，你们才进驻，享受所有的成果。而我们，被驱赶到下一个未开发星球，继续流血，流汗——我们从不流泪。”

面对翳鬼狰狞的嘴脸，听着他近乎疯狂的话语，李川无言以对。他相信翳鬼说的话——以目前的形势，翳鬼完全没有必要撒谎——但这些事情被联盟议员掩盖，在几百年的岁月里凋零，真相猛然展露在他面前，其丑恶，其血腥，让他一时间有些窒息。

翳鬼盯着他，一字一句地说：“所以，联盟版图以绿点标注出的可居住行星，其实应该改成红色！因为，那些航线是我们用尸体铺就而成，那些星球是用血染红的。我们要夺回属于我们的一切！”

“你不会得逞的。”

“哼，等着瞧吧。把你的手拿回去，兽化部就会臣服于大皇帝，整个帝国的军力会空前强大。战火重燃，你们一个都逃不掉。”翳鬼说完，挥挥手，不再理李川。

LW31正战战兢兢地修理控制台，感觉到背后翳鬼的靠近，连忙说：“就快……就快修好了。”

“不要再浪费时间了！”

“好……”LW31把最后一条线路校核完成，三条细细的腿舒展开来，“终于修好了。我们可以走了。”

“启动飞船。”

LW31输入指令，“嗡”，飞船猛地一震，接着缓缓离地，悬浮在空中。飞船外，四周的草木都在离子流的喷发下纷纷枯萎伏倒，一个规则的圆形空地出现了。

翳鬼扭头看着李川，不屑地说：“同你的星球说声再见吧——说永别吧。你再也不会见到这颗该死——”

“砰！”

巨大的爆炸声传来，飞船一阵抖动，几个人都被巨大的气流裹挟起来，撞到墙壁上。飞船轰然落地，溅起一大片草木灰。

两个人影，出现在飞船被炸出的洞口外。

“又是你们！”翳鬼咬着牙来回磨吮，寒声说道。

斯科特扔掉已经发射了的中型烈粒子炮筒，拍拍手，对身旁的凯瑟琳说：“幸好还来得及。”

“那当然，我们的追踪水平可没有像我们的感情一样下降。”

“放心，等处理完这个家伙，就把我们失去的感情补回来。”

凯瑟琳皱皱鼻子，想了想说：“那就再给你一个机会吧。”

看着他们旁若无人地打情骂俏，翳鬼的怒火在心里熊熊燃起，低头对吓得在角落里瑟瑟发抖的 LW31 说：“给我手套。”

LW31 探头看了一眼并肩站在外面的两个人类，“咔”，身体弹出一个支架，上面挂着一双白色手套。它用细脚挑起一只，胆怯地走到翳鬼脚边，顺着腿爬上去，把手套送到他肩头。

翳鬼抓过手套，手嘴并用，把手套戴到仅剩的左手上。他的手指缓缓错动，筋骨噼啪作响，久违的战斗欲逐渐由手传递至全身。

翳鬼扬起冷笑，抓住肩头的 LW31，手掌握紧。在他巨大的握力下，LW31 感觉身体发出了吱吱的声音，似乎元件都承受不住了，它无力地扭动三条细腿，像一只绝望的青蛙。

“现在，你们要为刚才的举动付出代价。”翳鬼说着，把 LW31 扔到墙角，两腿猛地发力，闪电般向洞口外的人类冲过去。

外面，群星闪烁，翳鬼恐怖的速度和体型撞碎了星光。

斯科特和凯瑟琳互看一眼，两条人影各向两边闪开，同时掏出枪，砰砰砰地向翳鬼射击。

在这种高速下，要命中一个人很难，斯科特凭本能射击，并且凭本能感觉到有几枪还是射进了翳鬼的身体。星光下，几朵血色鲜花盛开又凋零。

但他还是低估了翳鬼的速度。一看到他们向两边闪避，翳鬼就果断地放弃了凯瑟琳，转而扑向他。他才见到血光，来不及欣喜，便感觉到右脚被一只粗粝的手掌抓住，巨力袭来，他的身体被强行改变轨迹，随着那只手掌打转，狠狠地摔在地面上。

“砰”，一大片草木灰扬起，在星辰照耀下闪烁着点点碎光。

斯科特喷出一口血，给这个已经流够了血的夜晚再添了一抹艳红。

“你毁了我的飞船，你毁了我的任务！”翳鬼说，声音像星光凝成的刀子一样刺进斯科特耳朵里，十分难受，“死亡也不能赎回你的罪孽！”

他转身，拖着斯科特的脚，往飞船里走。

“你马上就会见识到，求死不能是什么感觉了。”

斯科特被拖着，嘴边的血在地上淌出诡异的红线。他的力气正在迅速流失，但即使是全盛时期，恐怕也难以挣脱翳鬼的手掌。

“砰砰”，两声枪响，翳鬼的后肩被打出两个血洞。他缓缓转身，阴冷的目光落在背后举枪的凯瑟琳身上，说：“别急，你先等一会儿。等我处理完这个家伙，再来好好关照你。放心，你会有跟他不一样的待遇的。”

他继续拖着斯科特，丝毫不把身后的凯瑟琳放在心上。但走了几步，他突然踉跄起来，手开始抖，连斯科特的脚也抓不住了。他的手伸向后肩——在那里，血洞正在慢慢扩大，而不是他意料中的快速愈合。

“你……你的子弹有毒？”翳鬼指着凯瑟琳，手指颤抖，脸上一阵白一阵红。

凯瑟琳优雅地把枪口上的袅袅青烟吹去，嫣然一笑，说：“看不起女人的代价，可是相当严重哦。如果你了解我的外号是‘病毒’，你或许就不会像现在这样惊讶了。”

“‘病毒’？”

“是的呢。射进你体内的子弹，是由无数纳米机器人组成的，它们是专为攻击心脏研发的。”凯瑟琳迈动步子，两条腿在紧身裤的包裹下显得修长而浑圆，“就在我们说话的时候，纳米毒已经潜进你的血管里，向你的心脏进发。很快，你的心脏就会被啃噬一空，你的供血功能彻底失效，你的力气流失殆尽，你的呼吸离你而去……”

随着她的话语，翳鬼身体的颤抖越来越剧烈，几乎站立不稳。凯瑟琳笑意盈盈，一步一步走近，她的每一下脚步声都像是鼓点一样敲击在翳鬼的身体上，纳米毒正在迅速涌向他的胸膛，他跪在地上，以手撑地，额头上汗如雨落，似乎在承受着巨大的痛苦。

斯科特见大势已定，挣扎着爬起来，走向李川。“放心，”他伸出手，“这里已经安全了，跟我们走吧。”

李川爬起来，夜风从洞口吹进来，让他裹在薄薄睡衣里的身体有些寒凉。他缩着肩膀跟斯科特一起走向外面，路过翳鬼的时候，看到他庞大的身躯正蜷缩着，浑身都抖如筛糠。

“那他怎么办？”李川问。

“当然是杀了。”斯科特的声音没有犹豫，“本来应该交给政府，但为了保护你的安全，让他直接变成一具尸体会好一点。”

李川点点头：“那就杀了他吧，我来动手。”

这冰冷的声调让斯科特有些惊讶，他看着李川，在他的视线里，李川面目冷峻，眼神里藏着锋利的刀刃。他监督了九年，没有见过这样的李川。

他想了想，抽出一柄战术光刀，递给李川：“用这个吧。他的心脏已经被纳米毒啃噬，你朝胸膛插进去，把心脏刺穿就可以了。”

李川按下光刀柄端的按钮，聚能光束在前端探出，如嗜血灵蛇，向翳鬼刺去。他的动作很慢，幽幽光束随着他的推进刺进翳鬼左胸。他的肌肉虽然强健，但在光刀的突刺下，变得焦黑腐坏，毫无阻碍。

翳鬼睁大眼睛，看着将自己置于死地的少年，微弱道："你……你真的如此恨我？"

"你永远不知道，你对我做了什么。"说着，李川猛地用力，光刀没柄而入，翳鬼双目圆睁，表情永远凝固了。

凯瑟琳慢慢踱步过来，在斯科特耳边道："让一个孩子亲手杀人，这似乎不是你的做事风格。"

"不，你不了解他。"斯科特摇摇头，"这个孩子——他自己就是武器啊。"

他们低声说着的时候，李川已经站起来了。三个人看着已经毫无声息的翳鬼，默默无语，良久斯科特才说："走吧，一切都结束了。"

凯瑟琳点点头，正要转身，突然看向正躲在角落里的小机器人，说："等等，把它带回去吧，看一看坎塔人的科技进展到什么地步了。"她走过去把 LW31 抓起来，这个来自危险星球的机械生物竟然出奇的温顺，只是颤抖着，被凯瑟琳倒吊着提起来也不敢反抗。

或许，之前对这个小家伙的担忧，是错觉吧。她边走边想。

三个人转身向飞船外走去，星光从被炸出的洞斜照进来，一些草木灰在空中缓缓游动。李川走到洞口，面朝外面星光，一时有些恍惚——今晚发生了太多事情，不知道刘凯怎么样了，得快点回去找他……

这时，他听到身后传来了响动。

他的左右分别是凯瑟琳和斯科特，而机械生物 LW31 被牢牢抓在凯瑟琳手里。那么，在他身后的，就只有——

翳鬼！

空气急速流动，原本安静浮动的灰尘顿时疯狂飞舞，巨大的阴影遮蔽了星光。斯科特感觉后背被人抓住，然后整个人向上升起，短暂的悬空后又迅速被下拉，狠狠砸在飞船的合金地板上；凯瑟琳只感觉巨力袭来，后腰被狠撞一记，身体在巨大的动能挟持下向前飞出，口中的血沿路洒了一地。

这些动作只发生在一瞬间。等李川反应过来的时候，他两旁的人已经都倒在地上，斯科特挣扎着昂起头，一脸不可置信，而凯瑟琳则陷入了沉沉昏迷。

他向后转身，看到翳鬼高大的身体站立着，阴影俯投下来，如地狱笼罩。

“你怎么——不可能……”斯科特嘴角流出血沫，脸上的血色正迅速流失。

翳鬼冷笑，眼都不眨地把胸膛上的光刃拔出来，扔到地上。“专门攻击心脏的纳米毒，嘿嘿，光刀，这些确实足够致命……”他扣住李川的脖子，缓缓上提，“但我是生化人，我的身体被改造过——我根本没有心脏！”

李川的脸迅速憋红，双手挣扎，但在翳鬼的手臂前，所有的挣扎都是徒劳。

“我的供血来自其余器官的协同作用，刻意将心脏省去了。所以，要杀我，就要将我的身体都毁掉，不然，我会再站起来把每一个敢于向我出手的人都杀掉！”

翳鬼露出丑陋的笑，笑声越来越大。他有资格得意，因为他总是站在胜利的一方，从坎塔星到这里，所有人见到他的体型就会轻视他的智慧，最后他们都用生命弥补了这个错误。

“太……太好了，”LW31 从昏迷的凯瑟琳身下挣扎出来，欣喜地说，“我刚才还真以为你……”

“闭嘴，你这个废物！”

LW31 立刻不说话了，环顾周围的一片狼藉，又细声问：“飞船的主电路……都被炸毁了，我们现在怎么办……怎么回母星？”

“那我们重新建一艘飞船，这里是城市，原料足够——至于这小子，肯定是带不回去了，为了方便就只留下手吧。”

“这样……这样好。”

翳鬼凑近李川，腥臭的气息几乎令李川晕厥。他端详着少年的脸，皱起眉头，“你刚才说我永远不知道对你做了什么，听你的语气，我们在之前就见过？”

“九年前……”李川被翳鬼的手牢牢掐住，已接近窒息，脖子上部有条条血筋爆出来，所以他的声音很微弱。

翳鬼陷入了思索，似乎在回忆九年前发生的事情，但他很快就放弃了。这些年，他为大皇帝四处奔波，去过太多地方，记忆早已凌乱。他摇摇头，把思绪赶出脑海，对李川说：“那也无所谓了，你很快就要死去，死人是不会太在意九年前的事情的。你害怕吗？你要死了，就像你在医院的那个朋友一样，要死了……”

李川的眼睛猛然睁大，死死盯着翳鬼，言语透着恐惧的颤抖：“你把——你把刘凯怎么样了？”

“刘凯？哦，我可不在意一个人类虫子的名字，反正他站在你的病房里，我顺手把他的脖子扭断了。很轻，很柔，你们人类的骨头都这样，拧断的时候连声音都没——”

如果说翳鬼这一生做过什么后悔的事情的话，那就是现在了。

他应该在一开始就杀了李川，卸下他的手。他不应该多话，他以为这个少年只是普通人类，跟那个在病房里被他轻易扭断脖子的人一样脆弱。他没有意识到——这个少年的身体里，藏着坎塔帝国的神器。

但他已经没有机会悔改了。

他突然看到了光。

从李川右臂上冒出来的光。

如同一个莹白的太阳突然从他的血肉里升起来，星光霎那间失色，连墙壁似乎都要被射穿了。在这种强光下，翳鬼下意识地闭了一下眼睛。

当他再睁开眼时，李川已经在三米开外了。他诧异地看着自己的手指，完全不知道李川是如何挣脱的，而手臂的方向，正迎上了李川的目光。

那是一双沼泽一样的眼睛，像是多少年的淤泥都沉了进去，黑得彻底，毫无反光。他那右手上的炙热光芒都照不透这双眼睛。

翳鬼的手在颤抖，他捏紧拳头，随即颤抖传染到了全身——这是翳鬼第一次感觉到恐惧，恐惧让他心生耻辱，而耻辱燃起了他的愤怒。

一个坎塔战士，是不应该有这种脆弱的情绪的！

他怒吼一声，向李川冲过去！

他的拳头如奔雷一般破开空气，像一头野兽在咆哮，像一颗炮弹在轰炸，整个飞船都因这个拳头而回荡着可怕的呼啸。它砸向李川的脑袋，而翳鬼则留意李川的双腿，一旦李川朝别的方向躲闪，他能够随时调整拳头的轨迹，务必保证一拳轰杀。

然而，李川并没有躲闪。

他安静地站着，安静地看着，只有头发在翳鬼掀起的拳风中向后飞扬，而表情沉静如水。他把右手扬起来，一寸一寸，如时针般缓慢，满舱室的光也跟着移动。

在极致的动和静中，两个拳头撞击在一起。

没有声响，仿佛巨大的力量在空气里被融解得干干净净。

紧接着，响起了惨叫——翳鬼的惨叫。

翳鬼看着自己软绵绵的手臂，满脸难以置信，但臂骨寸寸断裂的痛楚在提醒着他——在与这个人类少年硬碰硬的对决中，自己被强化过的肌肉和骨骼，竟然完败。

“那是——‘手’！”角落里的LW31突然叫道。

是啊，那是神器“手”的力量！翳鬼惊恐地想，边想边后退，他已经不打算继续执行任务了，能保住一条命是他最大的希望。

但李川慢慢逼近，右拳捏紧，整个手臂的血肉逐渐透明，筋和骨暴露出来，像坎塔圣殿里的死神骷髅手。翳鬼转身想逃，但一个拳头已经砸在了后背上，透过整个胸膛。翳鬼低头看着胸前伸出的拳头，然后看着拳头缩回去，又从另一个地方穿出来。

“不是要毁掉你的全身吗，”李川低语，“那我们就慢慢来吧。”

## 15

夜深了，一切都疲倦了，夜幕上星光寥落，似乎观众看厌了这幕血腥的剧目，曲未终人已散。

有风拂过，把浓重的血腥气向四周吹去，但腥味浓重，盘踞不散。很快，天际隐隐传来雷声，浓云集卷，一场冲刷一切的雨水就要落下来了。再浓的血，终究要消逝在雨中。

“哗”，一道闪电落下，照亮了这片狼藉的战场。

一个金属小球缓缓从破碎零件中探出头来，向四周窥视，确定没有人后才谨慎地出来。它走到舱室中间，在那里，有一摊模糊的血肉。

“你要死了，”LW31 对这堆血肉说，“这次，你真的活不过来了。”

血肉里传来微弱的声音，是从只剩下半边的脑袋里发出来的：“是的，他破坏了我的一切，我再也无法重生。”

“嗯，安心死吧。一切有我。”

“有你……”半个脑袋笑起来，蠕动着，有黄白的脑浆从里面流出，“你能干什么？你连军官的级别都达不到，胆小，懦弱，什么都干不了。”

“哦，在你活着的时候，我确实什么都干不成。”LW31 说，“也正因为如此，那个少年压根没有打算对付我，他把你杀了，把其他两个人带走，唯独留下了我。在他拥有那只手的情况下，我确实对付不了他。”

“咳咳，什么，什么叫在我活着的时候？”

“因为，这是大皇帝的命令。为了照顾你的尊严，大皇帝给我施加了禁锢，锁住了绝大部分功能。”

脑袋倾斜过来，看着这个瘦小的机器小球。

“但你终于要死了。”LW31 似乎陷入了极度兴奋之中，说话颤抖得厉害，而且身体传来了咔咔咯咯的声响，“你听到没有，那些禁锢正在消除，锁住的代码，哦，可恶的代码，已经一个个被拆分成 0 和 1 了。还有那些通道，现正都开放了，数据流正在里面疯狂地涌动——就像你的血液一样，天知道我在血管干涸的状态里是多么难受！还有，你听到硬件解放的欢呼了吗……”

它喋喋不休地说着，声音越来越亢奋，以前那个胆怯懦弱的人格正在它的身体里死去。最后，它停下来，扭着脖子说：“软硬件都更新了，接下来，只剩下充电了……嗯，充电，这是一个问题……”

风倏地大了起来，呼啸之声盈满夜空，浓云在烈风中迅速涌动。光芒在云层里抽动，闪电正在酝酿之中。

LW31 突然站起来，头顶伸出一截金属探棒，放出滋滋的电光。“哗啦”，云层中一道闪电被其吸引，划过清冷的夜空，穿过无边雨幕，正中探棒。LW31 发出一阵舒服的战栗。随后，越来越多的闪电向它劈来，频率之高，几乎连成了一条纵贯天地的光柱。

当它被湮没在炽烈的电光中时，它的身体正发生着令人惊异的变化：被砸得坑坑洼洼的外表次第剥落，身躯迅速矮化，里面的金属缓缓流动起来，一切伤害都被弥合，全新的皮肤将电子元件牢牢护住，泛着蓝光，坚硬异常。一些尖锐的突刺伸出来，寒锋流转，望之生畏。而它底部的八只探足牢牢将身体固定，承受着闪电的轰击。

这种景象持续了近十分钟才停止，电光消弥后，LW31 已经缩成了只有拳头大小，但浑身布满尖刺的可怕蜘蛛型机器。

“记得吗，我说过我不是绵羊——我是虎！”LW31 凑近翳鬼的脑袋，声音里透着渗人的沙哑和冷酷，“你曾问我是什么军级，现在告诉你，我是由大皇帝亲授，坎塔帝国机械部一级甲等军官，是你一辈子也爬不到的高层阶级。”

半个脑袋睁大眼睛，目光里满是震惊。

LW31 伸出一只细小的探足，插进翳鬼的残肢碎肉里，“嗞”，电光猛地一闪，翳鬼所剩下的全部的躯体都化为焦灰。

轰隆隆，雷声滚滚而过，大滴大滴的雨水终于落了下来。完全解放的 LW31 站在雨中，任凭雨水冲刷。雨水也不及它全身冰冷。它看了一会儿，然后迈动八条腿，爬向雨幕蒙蒙中依然灯火璀璨的城市。

# 下　篇

## 1

一个月后。

已经有些晚了，暮色渐渐浓重起来，微雨如雾，散落在城市的大街小巷。雨丝和暗夜仿佛是同时出现的，然后一同壮大，让这个城市渐渐消融在凄凉的气氛里。

街上的人渐渐多了起来，汇聚在一起，像一条河流。他们之所以像河流，是因为每个人手里都捧着一支蜡烛，火光幽微，在寒风和细雨中摇曳，在街上连缀成了一条曲折蜿蜒的光河。

李川也走在这些人中间，手里却有两团烛光，明明灭灭，照亮了他没有表情的脸。他身边都是不认识的人，一个中年大叔在面前，旁边是两个小女孩，穿着素白的裙子，尽管脸上茫然，但依然坚毅地将蜡烛捧在手心，后面他就看不清了，可能是几个老人吧。

所有在街上走的，都是这颗星球上的外来客——原地球住民。

三天前，地球被疯狂扩张的太阳吞没了。据联盟监测局的公告，整个过程只有零点零三秒钟，这颗孕育整个人类文明的蔚蓝星球就完全消失在了高温里。

消息传出来，迅速登上了联盟超网的各大网页头条。对大部分联盟子民来说，这个消息并不比一场足球赛的输赢更重要，他们世代生长在改造星球上，地球只是一个遥远的名词，甚至还带着贬义。但对于九年前离开地球的原住民，这是噩耗，是故乡的陨落。哀戚的氛围笼罩了所有原住民的心。

有人在网上发起活动，希望所有地球子民能用放河灯的方式，来祭奠故乡的死去。

李川便是响应这次活动，走在了人群中间。

人群继续向前移动，从几条小街巷走出来，在中央大道上汇合，朝城外的河流走去。街旁站着不少城里居民，都看着这群浩浩荡荡却静寂无声的哀悼者，脸上表情各异，有敬重有冷漠，也有不屑。

李川沉浸在悲哀中，沉默地跟着人流涌动，出了城，空气一下子冷冽起来。城外的雨大一些，没走几步，他的头发就被浸透，软绵绵地贴在额头上。他抬起头晃了晃，想把雨珠甩开，却愣住了——

在他身侧，盼兮也捧着一支蜡烛，默默地低头走着。

他们原本走在人群的两侧，却如水中浮萍，随着波浪走到了一起。

“你也过来了？”李川没有转头，轻声说，仿佛是说给手中的烛火听的。

盼兮讶然抬头，看到李川，表情一瞬间变化了许多，这些表情在最后化为一声叹息：“是啊……”

他们像是有许多话要说，却一句也说不出，于是两个人继续沉默着。城外的路本身就难走，被雨淋湿之后更是泥泞难行，盼兮不小心踩到一颗石子边缘，差点摔倒。李川适时地侧身一步，抵住了她。他能感觉到盼兮的衣服已被雨水淋湿，触感像是一次温柔的呼吸。等她站稳后，李川又赶紧移开。

“你一个人来的吗？”想了想，他还是开口问。

“嗯，我爸妈不愿意来，也不让我来。我偷跑出来的。”

“他们……”李川斟酌着词语，说，“可能有自己的考虑吧。”

“他们是不想让别人知道自己是地球原住民，怕像以前一样惹上麻烦。但地球已经毁灭，我们再也回不去家乡了，连最后一次祭奠都不来的话，以后梦里见到故乡，该怎样流泪呢？”

这番话让李川久久不能说话。

他看到盼兮一脸哀容，却比他以往所见到的任何一次都要动人，蜡烛在雨夜中撑开了一蓬温暖的光亮，将她的脸罩进去。她的头发垂下来，有些贴在了脖子上，像在白皙优雅的脖颈上画了几笔泼墨。

“走吧，”很久以后，李川说，“快到头了。”

前方已经有人停下了，后面的人也陆续止步。人们沿河站立，夜风吹过，一片烛光随之摇曳，像是光河起了波浪。光河与真正的河流并列流淌，互相照映，无数张脸在河面明灭。

人们蹲在河边，把准备好的纸船拿出来，插上蜡烛，轻轻放到河里。

雨丝缠绵，河面上一缕缕波光晃动，成百上千的灯船在波光中缓缓往下游漂去。纸船会穿过城市，继续顺水漂流，流过广袤的原野，途径山川，一直流到这颗星球的彼端。

人群分了好几排，前排的人放完河灯，后排的再上前。盼兮靠河近，比李川先放，放好后站在一旁看着李川蹲下来，说："放河灯的习惯起源于地球的印度，他们觉得，对逝去亲人的哀悼，会随着烛火一起放进纸船，一直流下去，人就不会悲伤了。"

在盼兮近乎呓语的声音中，李川放完了两盏河灯，站起来。

人们把手里的灯都放了，开始沿河往回走。李川一直看着自己的两盏河灯，目光紧随，但河面上都是点点烛光，仿佛整个夜空的星子都漂浮在上面，才走几步，它们就和别的河灯混在一起，再也辨不开了。

他失落地收回目光，把手插进兜里，摇摇晃晃地走着。

这一个月来，他都是这样，没有精神，走到哪里都像打蔫的公鸡。如果不是为了祭奠地球，这个时候，他应该在家，即使睡不着也闷着头窝在被子里。

几丝雨落在脖子上，有些冷，他缩紧脖子，看上去更无精打采了。

"你刚才放了两盏灯，另一盏，是为了刘凯吗？"盼兮突然说，

“一盏为了消失的故乡，一盏为了死去的朋友？”

李川猛地停下脚步，手臂有一瞬间的颤动。他仍旧缩着头，过了一会儿才继续往前走。

“我听说他的事情了，我们都很遗憾。听说那伙冲进医院杀人的暴徒已经被警察局抓住了，凶手绳之以法，也有一大笔赔偿费……”盼兮试图安慰，但说着说着就觉得不对了，连忙顿住，想了想又开口道，“但是逝者已矣，活着的人还要走下去，你要振作起来。升考马上就要来了，这是最重——”

她还没说完，李川就打断了她，摇头道：“你不懂……”

“不懂什么？”

“事情不是那个样子的……”但后面的话，李川没有说出来。有人花了那么大精力把坎塔人出现的事情瞒住，自己绝没有能力对抗——目睹翳鬼行凶的，街边路人加上警察，不下千人，然而所有人被调查时居然口径一致，都说是非法团伙的暴行。李川在网上查阅时，看着干净的网页，曾陷入了巨大的恐惧之中。

盼兮咬着嘴唇，又问：“那你打算怎么办，一直这么失落下去？”

“不，我要去参加宇神御击竞技赛。”

盼兮似乎没有听清，问：“你说什么？”

李川转头看着她，目光深沉，一些雨飘下来，又让他的目光带着冷意。他说：“刘凯生前曾劝我去参加宇神御击竞技赛，我没有答应。现在他死了，我要完成他对我的嘱托。而且以我的成绩，升考没有希望，不如走别的路。”

“可是——”盼兮看着他，欲言又止。

李川等了一会儿，可盼兮仍然沉默，他便转身随着人群走了。

哦，再见，我的盼兮，我要走别的路，是因为我们的路不同。一个声音响起，像是他的嘴说给自己听的，又像是从胸膛里冒出来的。你会跟凯文一起，而我会走得很远。人生那么长，那么多条路，总会有一天，总会有一个岔道，让我们再面对面。

人影如潮，很快就淹没了他。

盼兮呆呆地看着李川的背影消失，良久，轻轻一叹，也随着人群走回城。

河面上，灯流光曳，整条河都蒙上了淡黄色的光晕。河灯绵绵流淌，寄托哀思，许多人都在岸边看着这幅场景。但没有一个人看到，透过光彩四溢的河面，穿过寒冷幽深的河水，在布满淤泥和水草的河底，正快速地爬动着一只奇怪的蜘蛛。它浑身金属，八爪在淤泥里敏捷如飞，耳朵闪着细微的红光，那是声波接收器。它一刻不停地偷听着岸上的声音，从无数杂乱的波动中，准确地捕捉到了一对少年男女的对话。

## 2

吉姆站在窗前看了一会儿灯河，觉得索然无趣。

地球佬真是无聊，那颗破烂星球被恒星吞没了，至于搞得跟家里死了人一样吗，真是晦气！他鼻子里喷出一口气，关了窗，转身回到床上。

他还要养足精神，准备明天的决赛。

这次宇神御击竞技赛在每颗星球上都分为四轮，每轮会选拔出一个冠军，然后四个冠军再两两比赛，晋级的两个人进行巅峰对决，选出总冠军。吉姆报了第二轮的名，一路过关斩将，杀到了初寒星决赛。明天他要面对的对手很强，据说在很多赌局上的胜率超过了自己，但他自己信心十足。

吉姆玩竞技游戏只输过两次，其中第二次输给那个地球佬让他很伤颜面。但据他所知，目前这两个人都没有报名，他有信心能够胜利，得到丰厚的报酬。然后再高歌猛进，取得星球总决赛冠军，一举拿下三十万联盟币的奖金！

他如此心潮澎湃，花了很长时间才睡着。

梦却来得很快。

在梦里，他看到了金灿灿的奖杯和诱人的联盟币点数，司仪小姐把奖杯递到他手里时，全场都在欢呼……

而此时的现实中，他的窗子正爬上来一个小小的黑影。

夜色很沉，阴雨过后，无星无月，整个世界都在黑暗中沉睡着。但这个黑影比夜色更黑，像是浑水中的一团墨，悄悄贴到了吉姆窗前。它的一只爪喷出一道细细的激光，将玻璃窗切割出圆孔，小心取下，探身钻了进去。

它似乎很悠闲，吧嗒吧嗒地在房间里转悠，一会儿翻看吉姆的动态影集，一会把一只探足插进电脑，获取里面的信息。大约半个小时过后，它才慢悠悠地爬到吉姆床边，顺着床腿，一路爬到吉姆的枕头边。

它扭着头，仔细打量熟睡的吉姆，很温柔的样子。

吉姆不知梦里看见了什么，突然发出嬉笑声，并且翻了个身。

它立刻支起细腿，敏捷又从容地避开了他的脑袋，似乎不想打断吉姆的美梦。

它耐心地等着，直到吉姆面容沉郁，知道他美梦已去，才再度直立，八只爪如伞一样张开，罩在吉姆的脑袋上方，然后猛地扣下！

吉姆在一瞬间惊醒。

他的整张脸都笼罩在巨大的压迫和冰凉的金属感中，下意识地去掰脸上的金属物体，但毫无作用，手指都抠出血了，依然掀不开脸上这梦魇般的笼罩。

很快，吉姆就感觉呼吸困难，意识再次模糊。

“对了，对了，睡吧……”他隐约听到有阴恻恻的声音在耳边响起，“乖乖睡吧，睡着之后，一切就都好了。”

在他陷入永恒昏睡的前一刻，他感觉有什么尖锐的东西缓缓从太阳穴插进了脑袋，并且向里面注入了什么东西。脑袋一下子沉重起来，剧烈的痛被昏睡稀释了，只剩下眩晕。他沉沉睡去，再无声息。

屋子里一片寂静。

五分钟后，他突然坐起来，扒开脸上的金属蜘蛛。完成了某种注射之后，蜘蛛八爪委顿，失去了活力。而吉姆的瞳孔里，像通了电一样，冰蓝色的光辉一闪一闪。

在《宇神御击》的第二轮冠军赛进行的同时，第三轮比赛的报名也如火如荼地展开了。

上午的时候，李川在网上填写了报名表，刚点击发送，电脑便响起“叮”的一声，是大赛网页提示他，系统已经审核了他的申请，并希望他今天下午去参加海选赛。

他有些惊讶——这次竞技赛的火爆程度是空前的，报名通道一开启，就有无数人开始提交申请，系统一度出现拥堵情况。通常来说，提交申请后，要过一天才会通过审核，而由于人数众多，且按照一对一的淘汰模式，海选赛的安排最早都是在一星期之后。

但自己的情况似乎不同……

他对着屏幕上浮动的提示文字发呆，想了很久也想不出结果，干脆起身出门，去往比赛场地。

汉宇科技果然财大气粗，为了海选赛，把每个城市的体育馆都包下了，临时搭建了几千个隔间，作为比赛单元昼夜不休地供参赛者比试。

但即使这样，大堂里还是挤满了等待比赛的人。一旦哪个隔间的比赛结束，广播就会响起，宣布下两个参赛者的编号。由于隔间众多，广播音此起彼伏，人们屏气凝神，生怕错过了对自己的呼叫。而从隔间里走出来的人，胜者自然欢欣鼓舞，输家却形形色色，有的面无表情，有的沮丧落魄，更有人是被担架直接抬出来的。

李川在招待处确认了身份，领好编号，进入等候室，排在队伍的尾部。他侧身向前看了看，队伍曲曲折折，看不到头，不知什么时候才轮到自己。

“1479 号本森 · 尼古拉斯，和 4372 号李川，请做好比赛准备，场地为 357 单元！”甜美的电子女声突然在等候厅里回荡。

李川一愣，以为是有同名同姓的选手，但整个等候室里，只有一个魁梧男人大声回应了，并跑向比赛隔间。他又低头看了看自己的编号——4372。

广播又叫了一遍。没错，是叫的自己。

李川连忙从队伍里抽身出来，向 357 单元跑去。一路上，人们对他议论纷纷，他听出了那些声音里的不满。

可能是系统错误吧，李川一边低头跑，一边想。

隔间里的设备很简单，只有两张游戏专用的软垫床和两个感应头盔。李川的对手已经等着了，见到他进来，伸出手：“幸会。”

“幸会。”李川简短地说。

魁梧男人点点头，不再说什么，躺到床上，进入了游戏。

李川也戴上感应头盔，头盔内的电子元件迅速对接上他的神经突触。他眼前一黑，然后光影摇曳，视野变化，所见到的是一片浩瀚的宇宙空间，星河流转，银汉横亘。而他正坐在一艘小型飞船的驾驶室内，在全速行驶。

这是在比试驾驶技术。

这种虚拟场景很逼真，李川甚至能感受到过大的加速度带来的五脏错位感，有些难受。战舰的感应屏幕上显示出他要走的路线，很短，但是要穿过一条陨石带。

所有开过星际飞船的都知道，陨石带往往是飞船的坟场。

正行驶着，屏幕上提示他有一架战舰在迅速靠近，是对手，在距李川不远处时，战舰向李川发射了一枚炮弹。李川猛向上拉操纵杆，飞船如同雨燕翻飞，堪堪躲过炮弹袭击。尔后的追逐战中，他不断地向李川开火，而李川只是躲避，并未反击，好几次都差点被击中。

很快他们便来到陨石带前，李川看到显示屏上一阵闪动，所有的信号都消失了。这是为了增加游戏难度，设置了特殊材质的陨石，能阻断信号搜索。他没有犹豫，一头扎了进去，在巨大的陨石间穿行。这种感觉跟他骑自行车穿过一栋栋高楼时一样。

对手也跟了进来，可是他行进了几分钟之后，猛地发现李川不见了。只有一块块带着阴影的巨大石块上下掠过，如同世界在分崩离析。正疑惑间，李川的飞船从一块掠过的陨石背后出现，引擎抵消势能，安静地停在那里。

对手大惊失色，赶紧调整火力。但李川已经按下了发射键，对手的战舰立刻在炮火中粉碎。

视野里的景象逐渐变淡，如被稀释，恢复成了隔间的布局。李川摘下头盔，看到对手也坐了起来，铁青着一张脸，狠狠地瞪着自己。

他站起身，走出隔间，在屏幕显示上看到了自己的名字。

硕大的“李川”两个字上开满鲜花，表示他晋级了。

他低着头，去接待处确认成绩，并被通知下一场比赛的时间和地点。

“恭喜啊！”给他登记的是一个女工作人员，笑盈盈的，“你的成绩不错，时间短，动作干脆，得分很高。你的下一次比赛会安排实力相同的对手，祝你好运。”

“谢谢。”

“你怎么赢了都不高兴呢？”

李川怔了怔。他确实不因自己的胜利而喜悦，但也没有伤感，对他而言，输赢只如呼吸。要是赢了，就一直走下去；如果被淘汰，也无所谓，总算是完成了刘凯的夙愿。

女工作人员突然指了指他背后的屏幕，一脸惊讶，“第二轮比赛的冠军产生了，居然是他！大家都说他会输，我买了另一个人赢，这下可亏了。”

屏幕上的冠军很眼熟，是曾经纠结一批人围殴李川的吉姆。他从豪华比赛室里出来，走到镜头前面，接过奖杯。聚光灯照下来，他整个人笼罩在光辉中，眼神模糊，似乎灯光都被吸进他的瞳孔里了。

画外音正喋喋不休地响着：“……吉姆成了本轮比赛的黑马，在比赛之前，所有人都觉得他的对手会取得胜利。但今天，吉姆用他眼花缭乱的操作手法和超前的战略意识，给了人们一个惊喜。如果说他以往的比赛都是优秀的话，那这次，算得上是绝佳了。评论普遍认为，他此前都是在藏拙，今天才发挥了真正的实力……他成为了第二轮比赛的冠军，将参加汉宇科技为他精心准备的军事化训练，以期在总决赛时达到最佳状态，为观众奉上最完美最精彩的盛宴……”

在所有人的溢美之词下，吉姆始终保持着微笑，目视前方。

他的视线似乎有形，像是湿滑黏稠的液体，从屏幕里流出来，一滴滴落到李川的皮肤上。

在这种目光的逼视下，李川只觉得浑身涌起了一层细碎的疙瘩，牙齿打颤。他抖抖身子，赶紧离开了体育馆。在离开的路上，他心里一直很奇怪——

记忆里的吉姆虽然凶狠霸道，蛮不讲理，但绝不会给人这种阴冷的感觉。似乎吉姆的身体里有一条湿漉漉的毒蛇，一阵子不见，这条蛇就从冬眠里苏醒过来，盘踞在他的脑中，透过他的眼睛窥视外面。细鳞缓缓摩挲，蛇牙森然隐现。

## 3

教室里很安静，虚拟屏幕竖在每个人的面前，上面是各科的练习题。学生们都笔直地坐着，手指在屏幕上滑动，眉宇专注。他们做对一题，屏幕便闪动绿色，相反，做错了就会有短暂的红色提示。

这个班的成绩都不错，绿光闪动，连缀成一大片，看上去令讲台上的星球学老师赏心悦目。

除了一个地方。

在教室后排的角落里，红光一闪一闪，仿佛漫山遍野的绿草中开出了一朵惹眼的花，破坏了和谐，实在让老师难以忽视。

“李川同学，”老师走到角落前，发现李川趴在虚拟屏幕的后面，无精打采地划拉着手指，根本就没有做题，难怪总是错误，“如果你真的不会做，可以问老师，老师给你解答。”

李川抬起头，面无表情地与老师对视。

“唉……”老师轻叹一声，转头看向教室的另一个角落。那里，一个空荡荡的座位，虚拟屏幕也未升起。“有问题可以问老师，不要胡乱划了。”

李川低下头，把手耷拉到桌子上。

放学后，他提起书包，走出教室。他身上像是带着特殊的磁场，周围的学生都下意识地远离他。他是汹涌人潮中的一块礁石，水流遇到他，都会分开。

只有一个人走到了他面前。

李川只感觉到了阴影，抬起头，看到凯文·泽尔那张帅气但冷峻的脸。两轮夕阳在凯文背后落山，投下巨大的影子。

“有事吗？”李川问。

凯文摇摇头，但目光深邃，紧紧盯着李川。他的头发被夕阳照射，一时竟分不出那金色是头发本来的颜色还是斜晖沾染而成的。“没事，我只是……只是想仔细看一下你的样子。”他冷冷地吐出这句话，然后扭头便走。

李川满心纳闷，但也没多想，低头走出学校。

“真是一个孤独的孩子。”在远离人群的另一边，凯瑟琳感慨道。

"他一直这么孤单，刘凯死了之后，就更加孤单了。"斯科特站姿笔挺，俯视着校道上默默行走的少年，"但他孤独的路不会太长了。他参加了亚斯组织的竞技赛，而且成绩相当优秀，他已经走上了亚斯为他安排的路。"

"这条路不好走吧？"

"嗯，这条路上满是荆棘，沿路上的每个人手里都拿着刀，都想捅进别人的肚子里。他手无寸铁地走上去，肯定会遍体鳞伤。"

"但那是他自己的路，总要走上去的。"

斯科特点点头，转而看向身侧的女子。这一个月来凯瑟琳都在养伤，气色恢复不少，但脸上仍显得苍白，仿佛这个夜晚的凉意都在这美丽精致的脸庞上沉淀。她穿着长裙，裙摆在夜风中微微晃动。

"那你呢？"斯科特低声问，"你还打算完成你的任务吗？"

凯瑟琳摇摇头，"我打算回去。我已经定了回羽京的船票，明天早上就走。这个孩子我是下不去手的，就当是失手吧，反正在我的职业生涯里，已经不是第一次失手了。"

"明天就走吗？"

"是的，本来来这里的另一个目的，是向你报仇的。"凯瑟琳掠了掠脸颊边垂下的头发，笑容有些无奈，"但显然我也下不了手了。现在我的心越来越软，或许不再适合杀手这个职业，只有两个选择给我了。第一，向组织申请退出，拿着这些年挣的钱过日子。"

"但是以组织的规矩，怎么会允许你退出呢？我想不到从组织平安退役的先例。"

凯瑟琳说："是啊，所以就只有第二个选择了——在下次或者下下次任务中牺牲。"

斯科特默然。

一阵风从巷子的另一边吹过来，初夏的寒凉藏在风里，沁入皮肤。斯科特张了张嘴，想说什么，但嘴里吐出来的声音还不如风声大，或者是被风声撕裂了。

凯瑟琳睁大眼睛看着他，路灯的光照进这双眸子里，如同深潭里游过几尾发光的鱼。

斯科特最终什么都没有说。

凯瑟琳微不可闻地叹了口气，低头抚弄裙子的褶皱，抬起头来时已经是一脸笑意了。"那我现在就先回去了。"她转过身，"这阵子麻烦你们给我治疗了。"

说完她就转身离开了，一袭长裙旋转，人已经走到了街的另一边。她个性高傲，在伤势稍有好转后，就搬离了亚斯给她和斯科特安排的专门病房，住到了酒店。

"凯西！"身后突然传来了一声大喊，"今晚一起吃晚餐吧，我有九年没有跟你一起吃饭了。"

她没有停步，向后挥挥手。

"我还有一个很重要的决定要跟你说！"

凯瑟琳驻足，背对着斯科特，几秒后点点头。

在这对曾经的情侣沉浸在离愁别绪里时，街的另一边，一个路灯的背面，一个人正缓缓收回了目光。

他很谨慎。

他知道这两个人是杀手中的翘楚，有着敏锐的洞察力，所以他选择了这个地方——有灯光掩护，距离遥远，行人如织。饶是如此，他也不敢长时间地观察，只能假装寻人，以不规律的转头频率，偶尔看他们一眼。

他的视力极佳，即使转瞬即逝的一眼也足以将那两人看得仔细，他的耳朵也捕捉到了那藏在无数杂音中的对白。

他眼中闪烁着细微的蓝光，仿佛一个小小的机器正在脑子里运作。

凯瑟琳走之后，斯科特在原地踟蹰片刻，似乎下了某种决定般毅然转身离开。他们完全消失后，藏在路灯背面的男子才缓缓走出来，掏出通讯信模块，拨通了一个号码。

“吉姆老大啊，”模块里传出一阵惊喜的声音，“你好久都没找过我们了。我还以为你参加晋级赛就不带我们了呢！”

“只是忙。”他顿了顿，说，“你把兄弟们都叫过来，我有个挣钱的活儿给你们。”

半个小时后，七八个穿着花哨的青年来到了街边，跟随吉姆走进幽深的巷子里。

“你们跟了我这么久，没给过你们什么好处。”吉姆一一凝视这几个青年，缓慢说道，“现在有个挣大钱的活儿，要给你们几个。”

“吉姆老大，没说的！你让我们干什么，就干什么！”

其余几个人纷纷附和。

吉姆嘴唇翕动，声音虽轻，但每个字都落到了青年们的耳中。

“这……”他们迟疑了，互相看看，后退了几步，“这不好吧。”

“要想过得好，就干一笔大的。”吉姆冷声道，“小偷小摸，永远也成不了气候。而且我保证，计划十全十美，不会有危险的。不会有任何人受伤”

“但……”

“三十万联盟币。”吉姆掏出一张晶片卡，上面闪动着诱人的数字，“卡你们拿走，但密码事成之后我给你们。”

青年们倒吸了口凉气，彼此对视，表情各异。

“这三十万——”吉姆缓慢地拖着音调，“作为定金。”

“豁出去了！”

## 4

窗外不时有飞车掠过，像是模糊的影子，带着一条条彩色光带。巨大的高楼耸立在黑夜里，令这个城市如同森林一般，偶尔亮起的窗户便是那萤虫，明明灭灭，似乎是夜风吹灭了这家的灯，又亮起了那家的光。夜幕藏在更远处，疏星点点，摇摇欲坠。

凯瑟琳把脸贴近窗户，出神地看着外面。随着她的呼吸，玻璃上的一层白雾消散又凝聚，模糊又清晰。

斯科特坐在她的对面。在他的视野里，凯瑟琳坐姿得体，穿着一身华贵的红色长裙，光洁白皙的双肩裸露出来，在幽暗灯光照射下显出了几分诱惑和高贵。他暗自吞了口唾沫。

以凯瑟琳的耳力，自然听到了。她转过头，似笑非笑地看着对面有些窘迫的男子。

幸亏侍者及时端上了菜盘，恭敬地说："尊敬的先生，请慢用。"说完，便躬身退下。

"你上一次请我吃东西，还是九年前吧。"凯瑟琳晃了晃酒杯，浅浅的红色液体闪动着诱人的色泽。

斯科特连忙举杯相碰，喝了一口。在战斗中，他能够面对凯瑟琳的攻势而毫不露破绽，但在酒桌上，凯瑟琳的每一个举动都让他无从抵御。他想起了以前在组织里，首领评价凯瑟琳时是这样说的——她的真正战场，是宴会上；她的真正武器，是男人的欲望。

"李川去参加比赛了，成绩还不错，亚斯很满意。"斯科特把话题扯开，"接下来亚斯会给他安排强劲的对手，如果他能一路晋级，那我这九年来的功夫，也就没有白费了。"

"真的值得吗？"

"是啊，他会是改变整个联盟的钥匙，是新的执刀人。"

凯瑟琳直视着他，"那你以后呢，还会留在这里看着他吗？"

"不，不会了。"

"为什么？"

"因为你来了。凯西，我今天约你过来，就是想跟你说清楚。"斯科特放下餐具，坐得笔直，"现在，那个生化人已经被李川杀死，机器人也在爆炸中毁掉了，来自坎塔方面的威胁全部消除。而李川一旦参加晋级赛，就正式被亚斯的羽翼保护，羽京再也不能偷偷摸摸下手。所以我的使命已经完成，我想跟你一起去别的地方。”

凯瑟琳的手抖了一下，红酒晃动着波纹。

这是一个高档餐厅，乐曲悠扬，偌大的场地里只有他们这一桌。靠近窗，在角落，灯光恰到好处。

“现在想起来了？”凯瑟琳努力挤出一丝嘲讽的笑，“当年为什么要不辞而别呢？”

“九年前，组织派我去刺杀亚斯，我潜入了他的书房。他正在看书，抬头见到持枪的我，又把头低下去继续看书了。那是一本很古老的书，纸质的《老人与海》。我很好奇，坐在他的对面等着，直到他看完我才告诉他，我是来取他性命的。他只是笑了，问我看过那本书没有，然后跟我讲了书里的故事。他说联盟正像一个迟暮的老人，安逸的生活酥软了人类的筋骨，所有人都不知道威胁正在逼近……”

凯瑟琳摇摇头，说：“他只是在拖延时间，你是职业杀手，不应该犯这种低级错误。”

“是的，我也知道，但他的话似乎有种魔力，吸引着我听下去。最后他说，我能够等待他把一本书看完，就已经不是普通的杀手。他希望我留下来帮他办一件事，这件事将改变整个联盟的命运。‘现在书房外有几十个枪手，但我不会叫他们。’当时他看着我的眼睛，说，‘所以现在你有两个选择，杀了我，从这里悄悄离开，拿到一大笔钱。或者留下来，跟我一起，改变这个世界。’是的，我至今记得清清楚楚。亚斯真是天才，这种平凡的话，从他口中出来，每一个字像小锤子一样敲打在我的心上。我想起以前的岁月，为了钱而去杀人，多少次在噩梦中醒来，现在有机会做一件拯救无数人的事情……”

凯瑟琳轻轻一叹，“所以你答应了？”

“是的。我要做的事情，就是保护好李川，让他能够平凡地成长。是的，这十年来，他所有可能出人头地的机会，我都给他抹杀了。因为一旦他引起关注，与‘手’结合的消息就可能被传出去，太多人在觊觎。”

“但现在，亚斯将他正式提到台面上，做好了与各方势力博弈的准备。汉宇科技不仅仅是财团，在羽京也有相当的势力，听说……那个人一直在支持亚斯·泽尔。”

“是啊，”斯科特伸手打了个响指，示意侍者过来换酒，继续说，“在亚斯的计划里，那个没有存在感的，永远也无法引起重视的少年，将不复存在了。”

“对他来说，是好事吗？”

斯科特按了按太阳穴，扭头四顾，侍者还没有过来，“我不知道。但我对他的了解，可能胜过他自己。他是一个没有多大野心的孩子，看着城市的夜景能笑起来，满足于在荒野的公园里独自行走，面对喜欢的女孩子也只敢藏在阴影里……”说到这里，他叹了口气，表情有些忧愁。“而亚斯为他安排的路，路上挤满了拿着刀的人，每个人都想把刀捅进别人的肚子里。他两手空空地走上去，会遍体鳞伤。”

“唉，别管了，至少，他还有‘手’。”凯瑟琳知道斯科特当了李川九年的影子，对这个少年有着特殊的感情，安慰道，“而且人的命运，从来不是由自己做主，比起那些即将在战争里死去的人，他已经很幸运了。”

斯科特点头，“好的，我不管了。我现在只想趁战争开始之前，跟你去别的星球，联盟这么大，还有很多地方没有去过。”

凯瑟琳低下头，沉默不语。

“九年前，你就跟我说，打算叛出组织，带着我去一个又一个星球。”她咬着嘴唇，“可是你去执行最后的任务，就再也没有回来……现在，你又提起了这个消沉了九年的承诺。”

“我想弥补。九年很长，但剩下的时间更长。”斯科特身子前倾，握住了她的手。他能感觉她的颤抖。他说，“答应我吧？”

凯瑟琳的嘴唇被自己咬得发白，白皙的脸上却涌起了红晕。“我……”她左右顾盼，以往的沉静完全被一种少女的慌乱取代了，“你让我考虑——”

“等等，不对劲！”

“啊？怎么了？”凯瑟琳有些诧异。她的对面，斯科特的表情已经变得凝重，眉头皱起，身体微微斜侧——这是他遇到危险时的下意识动作。

凯瑟琳也并非小女孩，瞬间调整心情，耳目捕捉着周围的一切。

确实不对劲！

偌大的餐厅里，除了他们，已经一点人声都没有了。侍者和琴师不知什么时候悄悄走了，而在这种晚餐高峰时期，这间备受好评的餐厅居然没有别的顾客。

“是陷阱。”她轻声说，“不要声张。”

他们站起来，挽着手，脸色如常地向出口走去。

这个餐厅寂静得吓人，加上光线幽暗，四周的座椅影影绰绰，让他们感觉正行走在一片坟茔之中。

转过大厅，出口赫然出现。但两个人停下了脚步。

因为一个人正在出口前，斜倚着身子，满脸呆滞地看着斯科特和凯瑟琳。

“哎呀，你们怎么现在就走了？”他的语气明明是调笑，表情却僵硬呆板，仿佛被操控的傀儡，“我还在等答案呢，到底答不答应？”

“你是谁？”凯瑟琳警惕地问。

斯科特却对这个人感到面熟，回忆了一下，立刻认出了他是《宇神御击》竞技赛第二轮的冠军，好像叫吉姆——但他来这里干什么？

“我？”吉姆站直，嘴角扯出一抹怪异的笑，“哦，你们见过我的，只是忘了。不过我对这种事习以为常，人们记不住我，我才活得更久，才能更好地把自己想做的事情做完。”

“那你现在要做什么？”

“小事啦，”幽暗的光影之下，吉姆的眼睛竟闪现出红光，“只是想杀掉两个人而已。”

“这是……”那兽眼一般的红光，让某个名词在凯瑟琳的脑海里浮现，迟疑道，“这是‘寄魂’？”

吉姆笑了，“看来你知道得还不少。”

凯瑟琳猛地拉着斯科特后退，同时撕扯长裙，“嗤”的一声，裙摆断裂，露出白皙修长的大腿，以及绑在大腿上的短小女士手枪。

“你跟我约会，还带枪来？”斯科特愕然。

“都是这些年养成的习惯，不带枪，心里不踏实。”凯瑟琳握住枪，小声说。

“你刚才说的寄魂，是什么？”

“是一种技术，联盟科研部曾秘密研发，希望用纳米机械侵入人的神经组织，从而控制他的言行。但这项技术难度太高，试验对象非疯即死，最后迫于舆论压力，被叫停了。组织曾经盗出实验资料，想将它研究出来，我也是计划的参与者，但人类以目前的技术，根本不可能实现……”

“但我们面前就站着一个？”

“对。”

“所以，你的意思是？”

凯瑟琳点点头，“他不是人类。”

吉姆一直沉默着，等他们说完，才扭了扭脖子。咔咔的声响随着他的扭动而发出来，在寂静的餐厅显得有些瘆人。他裂开嘴，眼神里混杂着冰冷和炙热，像是在打量猎物。

逐渐有脚步声响起，七个混混在餐厅各处散开，都提着钢棍，逐渐向凯瑟琳和斯科特合围过来。

“既然你们都猜到了，”吉姆笑了，“那现在，让我杀死你们，好吗？”

七个混混发一声喊，向两人冲过来。

凯瑟琳和斯科特对视一眼，彼此已心意相通，脚步一错，背对背迎上了上去。小城市街巷里打闹的混混，毕竟比不上生死间磨练出来的杀手，凯瑟琳以枪柄击中一个混混的脑袋，再以膝盖顶中另一混混的小腹，眨眼间放倒两人。

她回头一看，斯科特面前已经倒下了三个。

他们没有下杀手。这些混混很可能只是年幼无知，误入歧途，而真正可怕的对手正站在不远处，以蛇一样的目光注视着他们。

“嘭”，凯瑟琳一个倒肘击过去，把要冲过来的混混击倒。

转眼间七个混混倒下了六个，仅剩的一个懵住了。他提着钢管，看着倒得歪歪斜斜的同伴，不敢再上前，疑惑地往后看去。

吉姆嘴角挂着笑容，说:“上啊，阿松。”

混混阿松吞了口唾沫，进也不敢，退也不能。

“去啊，”吉姆鼓励道，“去杀了他们，你还有机会的。”

“杀了……可是之前说的，不是杀人啊。还有，吉姆老大，你说只是两个普、普通男女，都不会抵抗的……”阿松结结巴巴地说，手上发抖，钢管掉在地面，咣当一声。

“阿松，阿松，阿松，”吉姆吟唱般叫着他的名字，“你要得到那三十万，以及后续的两百万，就必须付出点什么。如果只是绑架两个普通人，值那么多钱吗？”

阿松下意识地摇摇头。

“这不得了？所以啊，你现在要捡起武器，朝他们的脑袋挥过去，才有可能得到这笔钱。”

“我……我不要这笔钱了，我想回家……”阿松的声音带着哭腔，一会儿看看吉姆，一会儿看看凯瑟琳与斯科特。

斯科特一直盯着吉姆，眉头越皱越紧。他并不是第一次见到吉姆，上次李川被吉姆围殴，他就站在巷子深处的阴影里。但他了解的吉姆跟眼前的截然不同——冷酷、阴森、肆无忌惮、无法琢磨……这些形容词都可以用在现在的吉姆身上，他站在战场之外，看着，他的手下全部倒下了，脸上也没有丝毫动容。

斯科特心里掠过一丝阴影。

“快滚。”凯瑟琳低声喝道。

阿松一愣，似乎不敢相信，醒悟过来后连忙往门口跑。他没有管倒在地上的兄弟，也不敢看吉姆，闷着头，步子越来越快。

吉姆依然在笑，摇了摇头，似乎很失望。但他没有阻止，甚至还稍微侧了下身，让阿松走向门口。

在与吉姆错身而过的一瞬间，一道寒光突然闪过。

阿松骤停。

斯科特眼尖，立刻看到阿松的后脖子上插着一根细小的针，针尾闪着红光。

吉姆像是被抽去了灵魂般，缓缓萎顿在地。

“这副身体我还有用，”说话的是阿松，转过身来，嘴角凝固着笑意，“我要用他去参加竞技赛，跟李川对决。所以，我需要一些别的身体。”

阿松的语气完全没有了先前的胆怯和结巴，而是透着阴寒，冷静到令人心里发毛。

“怎么办？”凯瑟琳靠近斯科特，“他侵入了阿松的脑神经，现在完全掌控了这具身体。”

“他的目标是李川，一定不能留。”

凯瑟琳点点头，然后抬枪便射，这道射线击中了阿松的右肩，鲜血涌泉般流出。但阿松连眉头都没皱，咧嘴笑了，猛冲过来。

速度太快了。

凯瑟琳追着这道影子射击，一连串射出七枪，灼热的聚能粒子束在空气中穿梭，追逐阿松。然而，阿松太快，他快不过光，却比凯瑟琳的射击要快。他以弧形高速奔跑，躲过了六枪，被其中一枪击中下腹，血因他的高速移动而在空中留下了一道诡异的弧线。

但对阿松来说，这已经够了。他拼着受伤，爆发般猛冲而至，一脚踢中了凯瑟琳的手。手臂发出一声清脆的响动，是骨头折了，那支小巧的枪也被踢飞。

这一系列动作只发生电光火石间，斯科特反应过来时，凯瑟琳已经受伤，而阿松受创更重，肚子上的血越流越多，聚能粒子会侵蚀他的血肉，伤口无法复原。

“唉，这个身体不能用了。”阿松耸了耸肩，无所谓地舔了下手背上的血，啐了一口，“再来！”

他射出一根钢针，随后软倒，地上立刻又站起来一个人，脸上挂着同样的笑意。

这一次，他的对手是斯科特。

两人的搏斗是纯粹的力量型。斯科特的直觉和技巧是从无数次生死间磨砺出来的，每一次出手都是高效精准，绝不会有多余动作。如果不用热兵器，单纯以体能，他自信这颗星球上能超过他的人不多。

但现在，他的对手，并不是人。

斯科特所有动作都在对手的脑袋里，包括肌肉的颤动，力量的收放，攻击的惯性模式……他的动作被拆分，以数据的形式在脑中飞快重组，建成模型，随后凭着强大的运算功能，推出他的下一个招式。

“噗”，斯科特被击中胸膛，喷出一口鲜血，退后几步，被凯瑟琳扶住。

“他被那个机器人寄生了，”凯瑟琳小声说，“现在就是人形机器，能计算我们的动作。”

“我们的胜算很低。”

他们再次对视一眼，突然暴起。斯科特以脚挑起两根钢管，在空中接住，一根刺向混混的脑袋，一根横扫。混混脚步一错，以手肘和膝盖来格挡，随即分析出斯科特下一步会侧身踢脚，因此脚步蓄力。但斯科特的两根钢管被格开后，干脆松手放了钢管，以倒肘回击，砸中了混混的肩膀。

而同时，凯瑟琳掏出一根注射器，插进了地上一个混混的腿部动脉。注射器中的纳米病毒沿着血管行进，麻痹全身神经，这个混混即使被寄生，短时间内也没有行动能力。

一人放弃常规搏击方式与对手缠斗，一人摧毁对手的后备躯体。这种战术的配合，只在他们一眼的对视间便已达成共识。

但被击中肩部的混混，或者说，寄存在他脑中的 LW31 没有任何慌乱。“看来，要结束这场游戏了。可惜了，不能跟你们玩得尽兴呢。”他的瞳孔突然变得赤红，血管一根根从脸上暴起，狰狞如同恶魔。他以快得不可思议的速度冲到凯瑟琳身前，一脚横扫，凯瑟琳如同风中黄叶般横飞，撞倒了三排座椅，洒血一路，昏迷不醒。

斯科特怒喝一声，猛扑过来，被混混横臂挡开。此时混混已经在 LW31 的全面控制下，神经完全听从指挥，迫使器官疯狂分泌激素，体能提升到了人体极限。虽然这样的状态是自杀式的，但他并不是在乎这些躯体，这才是他有恃无恐的原因。激发人体最强潜能，力量、速度和反应都达到巅峰，虽然不能持久，在它仅需要这几分钟的爆发。

在被混混巨大的力量回击后，斯科特于空中翻滚，落地后迅速窜向餐厅边缘。

混混脸上终于变色。

斯科特奔向的地方，躺着凯瑟琳的枪。

枪在凯瑟琳手里时，LW31 有把握踢开，但在精于速度和反应能力的斯科特手里，情况就不一样了。人类的身体再快，终究快不过光速。

空气再次被聚能粒子束击穿，肉眼可见的光亮从枪口中窜出，先是在逼退了试图冲过来的混混，然后毫不犹豫地往地上躺着的混混身上射击。斯科特并非宅心仁厚之人，杀伐果决是一个杀手最基本的素质，况且最终这些混混的躯体都会被寄生，与死亡无异。

几道粒子束射出，地上混混的头上全部出现了一个焦黑的窟窿，脑袋里的神经全部被高温灼烧成了浆糊。

“看来我真的小瞧你们了，”LW31 操控着仅剩的混混，躲到一根柱子后面，“或许你们人类，并不是那么愚蠢。我曾经坚信不疑大皇帝会带领我们，光复银河系，让光明照亮这片广阔而幽寂的星域。但因为你们这些寄生虫的存在，光复之路比我想象中要困难一些了。不过，你们终究——”

话音未落，他猛地双腿下蹲，蓄力，起跳。人类潜能被最大程度激发，肌肉因剧烈兴奋而颤抖起来，血管爆开了，脸上一片酱紫。他的跳跃超过了所有体育记录，冲上天花板，两手一撑，改向俯冲而至。他起跳和手撑的地方都是高强度地板，但都出现了轻微裂缝。

而斯科特也瞬间反应过来，手指扣住扳机，枪管因全功率运转而迅速发热起来。毫无停顿的粒子束几乎连成了一条线，紧追混混，刚开始都射空了，但当混混从天花板转向俯冲来时，他及时调整，粒子束正对混混的身体。

仿佛扫射，混混的身体被至少三十道粒子束击中，衣服被冲击成碎片，血也因高温的炙烤而发出刺鼻的腥味。其中两道粒子束打到了混混脸上，这张脸顿时从面目狰狞转为血肉模糊，但那双眼睛的阴狠还在。

冲到斯科特身前时，这具身体已经完全丧失了行动力，软绵绵倒在地上。

“……咳咳……”他咳着血，阴狠地看着斯科特，“这并不是结束。”

斯科特踩在他脸上，慢慢用力。血越流越多，混混的声息渐弱，但依然可以听到他说的最后一句话。

“为大皇帝，永不止息。”

斯科特又在他身上补了几枪，确认他再无可能爬起后，把枪丢下，走向凯瑟琳。

餐厅在这场激战中被完全损毁，到处是血迹和焦黑，桌椅翻倒，酒杯碎了一地。这间高档餐厅完全失去了它的典雅和华贵，此时恢复寂静，灯光暗淡，显得有些阴森。这一夜发生的事情已经太多了，斯科特只想尽快离开这里。他扶起凯瑟琳，她的身子轻如浮叶，在斯科特的臂弯里悠悠转醒。

“没事了，”斯科特柔声说，“他死了。我打中了他的脑袋，不管他是什么，都已经死了。”

凯瑟琳艰难地点头。

“你看你，伤刚刚好，现在又弄成这样。好像遇见我之后，你就一直在受伤，我真是你的克星……不要紧的，你的伤很快能够治好，我保证以后不会再让你受一丝伤害。”

暗淡的灯光打在凯瑟琳脸上。她安静地看着这个男人。

“我不是想乘人之危，但你现在多乖，好像只有你受伤时才这么乖，安静地躺在我怀里。上一次也是这样。你答应我好吗，离开组织，我离开这里。所有的事情我们都不要再理会了，银河系那么大，我们管不过来的。就我们两个人，两个人，去最边缘的星球，好吗？”

在斯科特灼灼的目光下，凯瑟琳犹豫了近一分钟，然后点了点头。

“太好了！”斯科特因太过激动而咳出了血，连忙调整呼吸，殷切地看着怀中的女子，“走，我带你去治疗，然后我们就离开这里。我已经迫不及待了，让我想想，去哪里比较合适呢？斯柔星很美，永远在下雪，哦不，你不喜欢冷的地方。那南姬星呢，那里永远是春天，你一定会——”

他的话戛然而止。

他低下头，难以置信地看着肚子。那里，插着一柄银色餐刀，贯穿了整个胸膛。餐刀柄上，是一只娟秀的手。

凯瑟琳的手。

“你们会在一起的，”凯瑟琳开口说，但话语阴寒，丝毫不似她平时说话的模样，“只是，不会在斯柔星，也不是在南姬星，是地狱。”

生命正在斯科特的身体里流失。

这一次的伤口是致命的，餐刀准确地刺穿了心脏，银质的冰凉从心脏蔓延至全身。失去了心脏的搏动，血液开始凝缓，肌肉松软下来，力气每一秒都在减少。他看到了凯瑟琳脖子后的针，红光一闪一闪，在视野里一会儿无比清晰，一会儿又模糊如同在云雾中。

原来混混跳起来冲向他，真正的目的是在昏迷的凯瑟琳身上寄生。

想通了这一点，他心里却没有丝毫气愤和懊恼。这个对手太强大了，计谋诡谲，远胜于翳鬼。栽在这种对手手里，他并不冤，只是心里有点小小的遗憾——似乎，差一点儿就可以得到幸福了。只差一点点。刚刚他抱着凯瑟琳，听到她答应自己，真的感觉到了幸福。这是从未有过的体验，陌生，但是美好。只是，太短暂了，太短暂了，一柄冰凉的餐刀终结了这场幸福。

他依然紧紧抱着凯瑟琳。他知道怀中人已经被寄生，他已经失却了力气，但他不愿意放手。一直到生命的尽头，他都紧紧抱着这个女子。

## 5

天渐渐亮了，晨雾在这个城市里渐渐弥漫开来，像无数白色丝带在缭绕。大街小巷，高楼低宇，全都笼罩在这白色的清晨里。

所以，餐厅里的这些尸体，早晨将逝时才被发现。其中一男一女的尸体紧紧抱住，似乎死亡都没有将他们分开。而另外七具则散乱地分开，身上伤痕密布，惨不忍睹。

人们围在街道旁，看着尸体被警察一具具抬下来，议论纷纷。

李川骑车路过这条街，看到一大群人在街边围得水泄不通，心里奇怪，想过去看看，但距离上课已经很近了。于是他没有停留，加快了骑车的速度。那些尸体和一群围观的人，渐渐被落在身后。

好歹在上课前赶到了教室，李川坐在座位上，微微喘气。

“今天，我们暂停一下备考的节奏。”老师难得地没有打开考试系统，在讲台上，扫视教室里的一排排学生，“谈一下理想吧。升考就要来到了，考试结束后，大家天各一方，都要走不同的路。说说梦想吧，梦想是大家继续走下的动力。”

教室里响起了一片蜂鸣般的嗡嗡声。这对于学生们来说，是紧张备考期之中难得的休息，他们耸动身子，互相低语。

“有谁想跟大家分享一下吗？”

低语声渐渐停了，但没有人举手。

“说说吧，看看十年以后，大家都坚持了自己的梦想没有？”老师鼓励道，但等了一会儿还是没人响应。他知道这个年龄段的孩子谈起梦想来，都有着一种特殊的羞涩感，于是笑笑，说，“那大家写下来发给我吧，不用署名。”

所有人都低下头，在桌面的虚拟键盘上写下自己的梦想。“咚咚咚”，细小清脆的敲击声此起彼伏，老师微微点头——这大概是全班最认真的时候了，连最角落的李川，也皱着眉头在写。

十多分钟后，陆续有同学写完，将之匿名发送到讲台的接收器上。老师低头看着，时而颔首，时而微笑。

“同学们的梦想很好，有的是想经商，通过获得财富体现自己的价值。有的是要成为记者，让真相呈现在更多的人面前。还有的要当作家，书写故事，有的是立志从军，守卫联盟疆域——都挺好，真的，有梦想就很好。这次升考就是大家实现梦想的机会，希望大家好好把握。”

大家都点头，以为这个插曲结束了，开始准备复习。

“但是，这里有一位同学的梦想，我想念给大家听。”

几十道错愕的目光汇聚到讲台。

“‘说起梦想，我好像也想不出什么有出息的话来，联盟那么大，人那么多，再大的梦想也会湮灭。仔细想一想，我只能想到一个小店面的场景，或许是面包店，或许是修理铺，反正不大，我一个人就能经营的那种。店子也不在繁华地段，相反，它四周很破旧，或许是某个未开发完善的星球，孤零零地立在一个小镇边缘。挣不到很多钱，但路过的旅人会在店里买一口粮食，或者让我修好他的摩托，能够继续上路。最好在镇上还有几个朋友，不多，就几个……这大概就是我的梦想了。'”老师慢慢地念着，随着他的声音，一些学生开始窃窃私语，并且看向教室的最角落。

盼兮也转过了头，在她的视线里，李川木着脸，似乎在认真听老师的声音，又似乎在走神。

凯文没有回头。他嘴角扬起冷笑，但看到盼兮往角落看去，右拳不易察觉地捏紧了。

老师念完之后，停顿了几秒，才继续说：“梦想呢，没有高低贵贱之分，所以我对这位同学的梦想不能说些什么。但是，有时候，人往往是不由自主的。我只能说这么多，希望同学们好好想想。”

李川诧异地向老师看去，但这时老师已经低下了头，开始准备布置题目。

为什么所有同学的梦想他都鼓励，而自己的，他却希望自己好好考虑呢？李川有些纳闷——而且，以往有任何这种交流机会，自己的发言都会被忽略，今天却专门念了出来。

他想了很久，最终，晃了晃头，不再考虑这个恼人的问题。

一小队生化人守在营地前，手持刀剑，来回巡逻。

不远处的山坡上，李川收回望远镜。他往身后看了看，十几个人类士兵正坐在一旁，却是两手空空。正下着雨，一丝一丝的雨线勾连天地，落到皮肤上，传来逼真的冷意。远处的河边布满巨石，在雨中静默，河面荡起一圈圈细纹。

在这局游戏中，李川失了先机。对手一开始就抢占了先机，率领生化人队伍把武器抢光，然后拿着“三神器”扬长而去，在山坡下扎营等待。轮到李川时，武器库里已经空空如也，并且在这种形势下，他还要负责攻营。

他在山坡上踱步，苦思冥想，雨水淋湿了头发也不察觉。

这局比赛是限时的，时间一到，“三神器”如果还在对方手里，自己就输了。

但《宇神御击》竞技的精妙之处在于，不管陷入何种绝境，都有一条路为你准备着。不管对手如何处于优势，总有取胜的办法，而同时，一旦己方开始反败为胜，系统就会自动为对手设置升级的机会。

所以，在竞技赛中，永远没有绝对的败局。只是需要李川去思考，找到那些隐藏在布局中的微不可查的线索。

他走到河边，捧水洗了把脸。水中他的身影沉沉浮浮，巨石的倒影也晃动着。

他突然站了起来，看着石头，又看向自己的士兵。

他的眼睛眯成一条窄窄的缝隙。

士兵被李川叫到河边，用刀剑撬动巨石，艰难而小心地把十几块石头挪到了山坡头。石头都险险停在边上，用木头卡住。这一切完成后，李川看了看天色，离比赛结束已经没有多长时间了。

“上！”李川沉声说。

五六块石头被推下去，在下坡滚动的时候积累了巨大的动能，声势赫赫。而李川的士兵则在石头的掩护下，冲向生化人营地。

生化人反应过来，连连射击，但石头替人类士兵挡住了大部分攻击。很快，石头冲毁营地，余势不止，滚向更远处的河里。但生化人反应得及时，只有两三个被石头砸中，其余的都举起枪，像看着猎物一样打量着手无寸铁的人类士兵。

对手站在边上，也笑了——以为凭石头就能转换优劣吗？他确实有点儿后悔选错了营址，但好在有惊无险。

然而，接下来发生的事情就出乎他的意料了。

人类士兵猛地扑过来，每个人都抱住一个生化人。这种做法太突然，而且对生化人没有伤害，短暂的错愕过后，他们开始反击，把刀剑捅进了人类士兵的身体里。

但人类士兵没有松开。

对手开始感觉到不对劲。

呼呼的风声从山坡上传来，他扭头去看——那不是风，是另一波巨石。这次来的石头更圆，更大，所以更快，滚动的时候整个大地都在颤栗。而他的生化人，被人类死死抱住，动弹不得。

这是同归于尽的打法！

巨石滚过，满地淋漓血肉，腥味浓烈。对手也被擦伤，好不容易躲过，还没反应过来，一个拳头正中他的脑袋。

是李川。

对手只觉得脑部震晃，站立不稳，摔倒后手里的“三神器”洒了一地。李川气定神闲地把它们捡起，抬头看了看天，黄昏将逝，黑暗自天边涌过来。

GAME OVER！

“混蛋！”

对手愤然掀开了感应头盔，对着李川怒目而视。

李川从游戏里恢复，还没反应过来，因此表情木然。

“要是在真正的战争里面，你会牺牲所有兄弟的命，来换取胜利吗？”对手怒喝，“让所有人都成肉泥！”

李川无言以对，只有站起来，摇摇晃晃地走出对战隔间。对手的质问一下子在耳边弱了下去，但同时又在心里响起。

是啊，真正的战斗中，自己能不能如此漠视战友的生命呢？

他一边走，一边想，却没有答案。

这时候已经是初夏了，街道上树叶哗哗，夜风轻拂。他把手揣在兜里，踱着步子，一晃一晃，慢慢就被街上的人群淹没了。夜晚正在降临，几片叶子飘下来，落到他肩上，又被晚风吹走。

他独自回到家，照顾好保罗，在夜里蜷缩成一团睡到天明。

李川睁开眼睛的时候，天还没有亮，六轮银月的清辉洒进来，照得屋内一片莹白如雪。

李川有些累，脑袋昏昏沉沉的，但他睡不着。他刚刚做了个噩梦，梦境中，那满地血腥的场景又出现了。他看到了喷射的火光，以及飞溅的鲜血，这两者都像恶毒的花，前者刺眼，后者黯淡，盛开在他记忆里的暗黑深处。这些年来，他刻意去忘记，已经很少做这样的梦了，但今夜，久违的梦境自遥远时光里跋涉而来，张牙舞爪，面目狰狞，将他从睡梦里惊醒。

他知道，这是因为白天的竞技赛。他下令让士兵冲下山坡的时候，心里其实犹豫了一下，但最终还是选择了向胜利靠拢。看到敌我阵营的士兵在巨石碾压中化为肉泥时，他在颤抖。

虽然他知道那是虚拟场景，但太过真实，尤其是，这一轮竞赛的背景是第三次星际战争，他看到对手的战甲上标有坎塔帝国的徽章。这些场景，无一不在提醒着他八年前的那场事故。

久远的记忆扑面而来，血色花朵在炮火中盛开。

所以，他其实很抵触玩《宇神御击》这款游戏。但——但每次他这么想着的时候，刘凯的身影就从虚无的角落里冒出来，对视着他，让他无路可退。

老师说得对，人生有多少事情是由自己做主的呢？

这样想着，他慢慢闭上了眼睛。可是下半夜的时候，他又从梦中惊醒，然后一直没有睡着。

## 6

凯文闻到了一阵酒味。

“你喝酒了？”他问管家，“父亲交待过，家里不准饮酒的。”

管家一愣，连忙摇头：“少爷，我没有！我已经戒酒很多年了。”

凯文点点头。从他记事起，管家就一直木讷着一张脸，很少说话，更少说假话。但他确实闻到了在大堂里隐隐飘动的酒香。他相信自己的嗅觉，如果他嗅到了什么，而其他一千个人都没有闻到，那么一定是那一千个人错了。

他闭上眼睛，修长的双腿缓慢移动，转了一圈。停下来的时候，他睁开眼，看到了二层楼的书房门。

“父亲？”他有些讶异。

凯文走到书房前，敲了敲门，很久都没有回应。但酒香更浓了，没错，是从书房的门缝里飘出来的。

他想了想，下楼找到管家，说：“把门打开，用你的备用钥匙。”

“这……”管家有些迟疑，“老爷不准……”

“父亲在喝酒。再说了，一切有我负责。”

管家没有犹豫，转身就去拿钥匙——亚斯·泽尔的生活作息规律向来如同机器，注重修身养性。他服侍了亚斯二十几年，从未见过亚斯碰过烟和酒，即使在宴会上也只饮清水。如果亚斯在喝酒，那肯定是出了什么不寻常的事情。

凯文拿着备用钥匙打开门，走进去，酒香一下子浓郁起来。书房里依旧昏暗，仿佛光线从未降临这个空间。他看到父亲趴在书桌前，早已不省人事，桌边倒着好几个酒瓶。

他过去拍了拍父亲的肩膀，感觉到他只是喝醉，放下心来。

可是，出了什么事情，能让父亲喝酒呢？

他的视线停留在桌边摆放的一张动态相册上，上面是一个戴银边眼镜的男人。

“斯科特？”凯文喃喃地说。

他看到父亲眼角有一些湿润的痕迹。

凯文一头雾水，想叫醒父亲，但犹豫了几番还是打消了这个主意。

他在书房里转悠了几圈，正要离开时，余光瞥见了父亲的电脑。这台拥有整个联盟最先进加密技术的个人电脑，此时是开着的，幽幽的亮光照开了一小片墙壁。

凯文站在门口，手指无意识地敲击着屋门，咚咚咚，一下一下，以精准的节奏响起。他抿着嘴唇，眉头皱起，表情显示着他正在进行某种激烈的心理斗争。

两分钟后，他反手关上屋门，走到电脑前，打开了系统文件夹。

他对父亲的商业帝国毫不关心，尽管每一个文件里都包含着能够掀起联盟市场动荡的信息，但他快速掠过，并不停留。他还看到“秘闻”这个文件夹，表明羽京高层人士所不为人知的隐秘事迹被父亲掌握着，每一件都足以引起羽京政坛风暴。他也没有继续点开，浏览了一遍，便关闭了。

顿了顿，他又重新打开，在搜索栏输入了“斯科特”。

一行行文件在浮动界面上显示出来，有文档，有图片，有视频，界面底部的信息显示总文件加起来有 17PB。

这些文件里有斯科特的一生，只要打开，就能了解这个人的所有信息。目录提示信息在凯文的瞳孔中晃动，他顿了几秒钟，关闭了界面。他对斯科特很好奇，但这份好奇并没有强烈到能够让他瞒着父亲打开隐秘文件。

但他也没有离开，转而输入了自己的名字。跳出来的文件有29PB之多，他逐一看着，微微笑起来——父亲把自己从小到大的成长轨迹都记录下来了，巨细无遗，许多自己都不记得的事情都在里面。这么多年，父亲很少表达什么，但现在看来，他一直在默默地将父爱付诸在点滴之中。

他不想打扰亚斯，便把衣服披在父亲肩上，以免着凉。正要离开，一个名字突然划过脑海。

这是个原本默默无闻，但最近越来越多地出现在他周围的名字。

他重新坐下来，在搜索栏里输入了“李川”。

他犹豫了一下，看看身旁的父亲，手指“啪”地一声，点在了“确定”的虚拟按键上。

“嗡”，电脑主机罕见地震动了一下。

接着，一排排文件以令人眼花缭乱的姿态冒出来，将整个屏幕占满，而且还在源源不绝地涌出。仿佛积蓄已久的火山，被这两个字的咒语解开，所有火焰迸发出来，不可收拾。

凯文的手指慢慢握紧，青筋暴起，指节陷入肉里。

这台配置超高的电脑花了整整三分钟，才将与李川相关的文件信息完全显示出来。凯文扫了一眼底部，竟然有些不敢相信——675EB。

如果说这台电脑里记录了凯文的珍贵生活瞬间，那么，现在显示出来的资料，几乎包括了李川的所有生活。初始时间在九年前，此后的每一天，这些文件都有详细的记录。

详细到，李川每天的饮食起居规律都记录了，哪怕有一丝不同，都特别标明。

凯文颤抖地打开了几个文件，一边浏览，一边咬着嘴唇。他是如此认真，并且如此愤怒，连舌尖尝到淡淡的血咸味都未察觉。

## 7

“现在，请在预考中取得优秀成绩的同学上台。”

全年级的同学都伸长了脖子，看着依次走上礼堂的人。那些人中有男有女，在数百道目光的直视下，有些人羞赧地低头，有些人脸上则挂着骄傲的笑容。他们在升考前的最后一次预考中取得了好成绩，按照往年惯例，不出意外的话他们也会在升考中名列前茅，去往各大星球的名牌院校，继续深造。

这些在考试中突出重围的骄子们站成一排，接受同学们投来的羡慕目光。但他们并没有意识到，礼堂座位上的学生——尤其是男生，都将目光集中在了中间那个抱着一堆书本的女生身上。

校长敲了敲话筒，继续说：“升考在即，决定同学们命运的日子就要来了。学校在这种时刻组织了预考，希望成绩优异的同学继续努力，而暂时没有考出好成绩的同学也不用气馁，一切都还有机会。现在，请司盼兮同学作为代表给大家分享一下学习经验。”

礼堂下响起一片叫好声。站成一排的学生们嘟囔着散开，只剩下那个抱着书本的女生，她转身，快步走到校长让出的话筒前。

“很荣幸作为代表给大家分享经验。”盼兮没有过多地客套，言简意赅地切入了重点，“我一直在做笔记。即使现在的智能设备能够储存巨量的信息，学校也普及了网络教学，但我还是习惯用传统的纸质媒介做笔记。这些年来，我把学习的所有要点都记在了这一叠笔记本里。”

盼兮把笔记本放在讲台上，抽出一本，随便打开一页，说：“就像这本，是《联盟近代史》的笔记。升考的考试模式来自于古地球时期的中国，尽管当时被人诟病，但事后证明它仍然是最有效的选拔模式，所以联盟最后投票普及了升考。我按照当时人们的学习方式，把最可能考到的知识点集中记录，在书写中也加深了印象，并且以后经常复习。”

这叠笔记本大都很陈旧了，边缘泛黄，有几本的封面都磨损了。可想而知，盼兮在很久以前就开始做笔记了，几年积累，不知道多少个白天她坐在桌前记录，也不知多少个晚上她在灯下温习。这厚厚的十几本笔记，是她学习生涯的最重要组成。

李川有些疲劳，枕在座位的靠垫上，无精打采地看着前方。

在他的视线里，盼兮的头略微垂下，刘海散落如帘。这时正是午后，阳光从右侧墙角的窗口照进来，成了斜斜的几道光柱。其中一道正好照到盼兮的头发上，束好的马尾被披上了淡金的颜色，并随着她的说话而微微晃动。

李川就这么看着，身体里注满了连日比赛的疲劳，呼吸也轻柔如晚潮。

“我已经把它们都做了扫描。扫出来的挂在学校官网上，有需要的同学可以去下载。”盼兮简短地说完，抱着那叠笔记下了讲台。

校长也没想到盼兮会讲这么短，但听到盼兮将这么珍贵的笔记分享出来，很是高兴，抓住话筒说：“让我们感谢李盼兮同学的无私奉献。学校也会尽快组织人手，将扫描图片整理成册，供同学们复习。”

李川闭上了眼睛。

“快，快进官网！”周围传来了某个男同学的声音。

立刻有人惊呼：“靠，进不去啊，抢着进去下载的人太多，通道堵住了！”

“不可能，才几百个人，学校网络这么差？”

“有人在社交平台上发布了，别的学校也知道，现在全部在抢。盼兮的成绩在整个市区都有名！”

“不要紧，进不去就找盼兮借笔记看嘛。”

“呵呵，你敢吗？”

“我有什么不敢的，我长得这么帅，说不定她早就对我——”那人顿了一顿，叹了口气，“算了，我还是抢网速吧。”

又有人插话：“不过说起来，有人找盼兮借过，没借到。她说在网上有，就不借了，这些笔记本她要珍藏。”

“那没什么稀奇的，司盼兮这么漂亮，很少搭理人的。上个月我在学校里向她问路，她冲我笑笑，话都不说就走了。”

“靠，你找点别的借口行不行！你都三年级了，女厕所什么结构都一清二楚，还去问路？我要是盼兮我也不理你。”

“我……”

插话的那人这时慢悠悠地说：“可是，我听说找盼兮借笔记的人，是凯文·泽尔。”

声音一下子沉寂下来。有人轻轻“嘘”了一声，转头看向不远处的凯文。

凯文也微闭着眼睛，面色阴沉，不知是认真听着校长讲话，还是在努力压制心中的某种暴烈情绪。

表彰会结束之后，已经到了放学时间。

李川慢慢地跟在人群后，走向教室，仿佛是一只被群体抛弃的落单孤雁。所有人都刻意避开了他，到了教室，收拾一下便有说有笑地结伴回家。

李川到教室的时候，里面已经没什么人了。他刚进教室门，就看到盼兮走出来。

这是有些尴尬的场景。

他犹豫了一下，不想与盼兮在窄窄的门口错身而过，也不想刻意躲开显得自己不够气概。他心转似电，连忙摸着后脑勺，向身后扭头，假装后面有人叫他。以这样的姿势，他放慢脚步，避免跟盼兮近距离接触。

他假装张望着，感觉到盼兮在靠近：她穿过了教室门，在路过李川时没有任何停留，继续向前走，走进楼道里。

李川怅然地回过头，只来得及看到盼兮没入楼道前的最后一抹倩影。

夕阳垂在城市的边界，微弱的光照过来，让李川的眼睛有些涩痛。

都是自己多心了吧。他这么想着，走进教室，准备关闭课桌的授课系统。但他刚打开课桌就愣住了——

里面整齐地摆着一叠笔记本，纸张泛旧，但干净整洁。每一本笔记的封面上，都写着三个娟秀的字，表明它们曾经属于谁。

## 8

天黑得很早，暮色在这个城市里慢慢沉降下来。夜晚的时候，凯文心神难安，来到了旋转酒吧。但不像往常，当他走进去时，人们都在低声讨论着什么，没有抬头看他。

“听说那个李川最近厉害了，”有人说，“选拔赛的冠军啊，有可能拿到三十万联盟币，说不定以后一帆风顺，进入羽京都有可能啊。”

“是啊，他看起来一幅衰相，谁都想不到他一直都扮猪吃老虎啊。”

“糟了，我以前捉弄过他，体育课的时候绊了他一跤。他不会记仇吧，要真记仇，以后带着一个军团来找我麻烦就惨了。”

“呵呵，你那点事儿，还值得他用一个军团来找你麻烦？”另一个人不屑地笑了，“我当年在游泳课的时候，他在边上排队，我也是闲着无聊，一脚把他踹了下去。要找麻烦，也是找我的。”

“唉，可怎么办呢？”

“不要紧，捉弄过他的人不止咱俩，整个高中谁不把他当笑话？他要报仇，还不得报个两三年？他这么聪明，应该不会这么做，把精力放在前程上才对。”

“羡慕啊，恐怕只有李川一个人有这种天赋了。”第一个人捶了一下桌子，“打仗也肯定厉害，说不定以后会成为联盟名将！我怎么就没有这种天赋，你说，是不是？”

他的伙伴却没有再回话了。这人愣了愣，转过头，看到了面容阴沉的凯文·泽尔。

凯文与李川的关系，在圣辉高中已经是人们心照不宣的事情了。原本处于两个极端的人，一个高富且帅，一个穷又邋遢，但偏偏爱上了同一个女生。生活不是戏剧，每个人都看好凯文和盼兮，但突然间李川以竞技天才的身份崛起，天平重新恢复平衡。看客们觉得热闹，但处于漩涡中的当事人凯文，心里什么滋味只有他自己才知道。

这两人是高中里的同学，虽然不熟，但出于礼貌，凯文平时看到了还是会打招呼。但现在，他寒着脸从他们中走过，到了吧台。他没有点无酒精饮料，而是径直拿了一瓶烈酒，灌了一口。

酒吧服务生知道这位大少爷已经成年，没有阻止，但也不知所措地看着他。

“咚”，一口饮罢，凯文把酒瓶重重地顿在吧台上。所有人都吓了一跳，向他看过来。

“《宇神御击》，幼稚的游戏……”凯文吐出的声音缓慢但清晰，在酒吧里缓缓回荡着。

“但——”有人觉得不服，想说什么，但看着凯文的表情，便没有继续说了。

凯文冷笑一声，从兜里掏出一张晶片卡，拍在桌子上。

“这里，谁有人对战胜过我，就可以把这张卡拿走。”

周围的人瞧向晶片，虽然被凯文的手遮住，但透过他的手指，依然可以看到五千联盟币的字样在闪烁。这张卡上印有汉宇科技的商标，不需要密码，这颗星球的商人商场都会承认它的价值。

但没有人说话，他们看着凯文，揣摩着他话里的意思。

“真的吗？”好半天才有人结结巴巴地问。

“我什么时候说过假话吗？”

的确，凯文的骄傲不容许自己被人超过，也同样不允许假话。

很快，第一个人过来了，戴上了感应头盔。十分钟后，他脱下头盔，难以置信地看着凯文，而凯文只是又抿了一口酒，把晶片卡夹在指尖，说：“还有下一个吗？”

第二个人走过去，七分钟后，第三个人走过去……

旋转酒吧里人越来越多。

凯文以五千联盟币做赌的消息飞快在校内网络上流传，刚开始人们都不相信，凯文给人的形象都是冷酷高傲的，从来没有与赌博扯上关系，而且还是游戏竞技赌博。但在酒吧的人信誓旦旦，还上传了带着头盔的凯文的照片，人们这才相信，住得近的都纷纷赶过来。

有些人是来看热闹，有些人却是为了赌注。

在其他方面，凯文风光无限，但竞技，这五千联盟币说不定会有机会拿！

他们这么想着，来到酒吧，排队和凯文比赛。

直到凌晨，这场热闹的比赛才结束。凯文取下头盔，环视周围的人，许多张脸落入他眼中，有疑惑的，有仰慕的，有敬畏的……他冷冷地说："还有人吗？"

没人再上前了。

凯文走回吧台，把晶片卡拍在桌子上，说："今晚所有的消费，用这张卡结。剩下的，是你的小费。"

服务员立刻欢天喜地地把卡接过来。

直到凯文离开酒吧，人们还未从震惊中恢复过来。

"我记起来了！"有人突然说，吉姆一直说，玩《宇神御击》，他只输给过两个人。一个人是李川，另一个人——"

凯文走到了酒吧门口，稍微停顿了一下，但立刻又走了出去。一辆车开过来，他钻进去。

"就是凯文 · 泽尔。"那人结结巴巴地把话说完。

午夜凌晨了，城市依旧灯火辉煌。

李川坐在楼顶上，风越来越冷，保罗不耐风寒，蜷在李川身边。远处的灯光连成一片海洋，每一盏灯下都有一个未眠人。

李川不知道为什么今晚一直睡不着。

盼兮的笔记本躺在桌子上。他在屋子里走来走去，好几次路过，会偷偷斜眼瞟一眼。仿佛笔记本就是盼兮，仿佛光明正大地看，就会看到盼兮的眼睛。

最后，他终于坐在桌子边上，用手摸索笔记本质感粗糙的封面。打开后，一股幽香浮起，他明明闻到了，但使劲嗅的时候就感觉不到了。

这味道太淡，跟盼兮一样。

所以他睡不着。一种豪情在他胸膛里回荡着，称之为豪情并不合适，但李川想了很久，不知道怎么形容才是最好的。他干脆摇摇头，他用了很多办法试图让自己睡着，做俯卧撑，看课本，发呆，到楼顶上吹风……这些都没有效果，倒是最后肚子饿得咕咕叫。

他下了楼，走在街上，想去买点东西。

小区很简陋，人少屋旧，街上就他一个人。他穿过两条巷子，拐了几条街，才找到一家夜晚还开着的店。买了点面包后，他边啃边往家走。

一个人影站在街的另一边，夜晚起了雾，看不太清。

李川觉得有些奇怪，那人雕像般站着，身影有些眼熟，走得更近了他才认出，是吉姆。

他跟吉姆有过私仇，上次被围殴时，他追着吉姆打。他知道如果不把吉姆打怕，以后麻烦少不了，这一招也确实奏效了，吉姆再没来找过他。令他想不到的是，吉姆也参加了《宇神御击》竞技赛，并且成绩不错，跟自己一样成了选拔赛的冠军。但这时的吉姆已经跟之前不一样了，从形到神都有变化，他本能地远离吉姆，吉姆也没有过来找他。

但现在，吉姆在街的前方，一动不动。

李川没有迟疑，还是边啃面包边走。雾气环绕，两人的距离越来越近，李川已经可以看到吉姆脸上的表情了。

吉姆也在看着他，眼中神色不定。

李川有些疑惑，看了看他，又看了看自己，扬起手上被咬得只剩下一半的面包，说："要吃吗？"

吉姆没有回应。

"哦。"李川收回面包，咬了一口，含混地说，"那我先走了。"

直到李川走得很远，吉姆才缓缓转身，看着薄雾中李川的背影。

刚才有好几次，他差点就忍不住出手了。他的心跳剧烈加速，手也颤抖起来，李川说出"要吃吗"时，他几乎就要暴起袭击了。他能在一瞬间把全身的激素提至最高水平，爆发出来的力量能把李川活活撕开。他的脑袋里，有超过二十种进攻李川的方案。

但他不敢。

李川是"手"的拥有者，是最大的变数。对于"手"，就连帝国内部都不完全清楚，以大皇帝的学识，也不能完全道出它的力量，只说了三个字。

"小心它。"

连无所不能的大皇帝都需要戒备，LW31更不敢贸然动手。翳鬼就是没有小心，最后才惨死在李川手下。所以，他拼命压制住自己想要动手的冲动，任由李川由远及近，又慢悠悠啃着面包走远。

现在，他伫立街头，看着李川已经被夜雾消解得很淡的影子。

路灯照在他身上，却照不亮他眼底里的黑暗，只在脚下拉出了模糊的影子，像是一个幽灵站在路中间。

“我在另一个战场等你。”这个幽灵说。

## 9

这是李川最忙的一个月。

每天凌晨，城市的夜色还眷恋未去，他就被闹钟吵醒。他从冰箱里拿出简单的食物，一边胡乱吞咽，一边翻开盼兮的笔记本，沿她归纳出的知识点轨迹，复习，理解。这些东西他之前也学习过，但多如掠水浮影，过脑就忘。不过，现在看着盼兮的字迹静悄悄地躺在泛黄的纸页上，一种很奇怪的情愫便升腾在凌晨清凉的空气中。他如饥似渴地学习着，许多原本遗忘的信息都在脑子里慢慢清晰。

到了上学时间，他就骑车赶到学校。离升考只有两个月了，学校的安排渐渐紧起来，隔几天就安排一场考试。往常那些考试他都并不在意，趴在桌子上一睡就是一个下午，现在他开始努力做题。尽管很多题目他还是不会，但在看了盼兮的笔记之后，他慢慢掌握了一些典型题目的解题要点。

大多下午的时候，他要赶到市体育馆，参加《宇神御击》的选拔赛。比赛的节奏也加快了，每隔两天就安排一场，且随着选拔赛的进行，参赛人数虽然逐渐变少，对手却越来越强。最怪异的是，李川逐渐意识到，那些呼声最高的选手，似乎总会被系统“随机”挑选来给自己配对。

所以，每一场比赛，他都费尽脑力，艰难取得胜利，宣布结果的时候，如大梦一场，大汗淋漓。甚至还有一两次，他险些就输掉了。

这样的生活太过疲劳，他总感觉只要自己一松懈，随时都能睡得着。而在睡眠中，那泛着血腥味的噩梦总是如约而至，纠缠不去。

日子变得黏稠，李川奔波在家、学校与体育馆之间，早已麻木，甚至分不清考试和比赛。

考试第三场，他在全校排名七百多，考不上任何一所星球的大学。

竞技赛第五局，狙击对战。李川藏在雪地里，屏气凝息，一动不动，不时有野兽从他身边走过，他也没有丝毫动弹。这样持续了三个小时，他的对手开始失去耐心，移动了一下手指，半秒钟后，李川的 12.7 口径狙击子弹穿过一千八百米的距离，呼啸而至，洞穿了他的脑门。

考试第六场，他的试卷上的红色标记少了很多，名次上升至五百多，已经能够碰到一些学校的门槛。

竞技赛第九局，阵地争夺战。对方派出战舰群，对李川的军队狂轰滥炸。李川任由他袭击，自己亲驾一艘战舰，深入对方总部，乘其防守空虚，炸毁燃料库。对方舰群无能源补充，七个小时后，纷纷迫降，被藏在附近的李川一一击毁。

考试第十场，课桌界面显示排名时，李川的手指向上面滑动，找了好久才在前三百左右找到了自己的名字。他翻了翻，盼兮依然排在前十。他往教室前看了看，盼兮的身影依旧挺直，只有淡淡的发尾在晃动。

第十八局，战争指挥。对方明显是个高手，开局不久就培养了大量兵种，朝李川的阵地进行多线路攻击。在这种攻势下，没有捷径可走。李川只得坐在指挥室里，手指在键盘上像敲击钢琴那样跳动，多方战场的战局画面高速切换，轮番指挥，他的军队在不断升级，然后同对方交战。这么高频操作，细微布局，对双方来说都不好受，消耗了大量的脑细胞。最后，对手贸然进攻，被李川吞掉了一个兵团，李川一边乘势猛攻，一边步步为营，将这个微小的优势逐渐扩大，直到攻进对方指挥室。

至此，李川在《宇神御击》竞技赛的第三轮中，击败二十五万多人，成为第三位冠军。

他脑子里浑浑噩噩，在床上坐了许久才起身。耳畔响起潮水般的声音，似乎是欢呼，又似乎是私语，他听不清，以为是幻觉，但推开比赛房间的门，他看到等候室里再次聚满了人。

大赛和工作人员，数百人的目光汇聚到他身上，黑洞洞的全息摄影机也对着他，等着他开口说第一句话。

但他说不出来。

这些日子，每晚的噩梦让他心力交瘁。除了比赛和学习，他已经对身边的一切感到麻木，那些欢呼和呐喊，在他耳中只是嗡鸣，听不清。他茫然地看着周围，看着摄影机上倒映的自己的脸，张张嘴，不知道说什么好，于是干脆什么也不说。

记者们看他沉闷胆小，问了几遍，拍了几张照片，便也没了兴趣。

李川走到街道边，把停在那儿的自行车推出来，骑向住处的方向。天色已经黑了，李川看着像淤积着墨色的夜幕，心想，自己怎么总是在天将暮的时候，在城市里穿梭。好像一直以来的记忆里，都是这样的场景在陪伴他。

身侧的巨型屏幕上光影变幻，宏大的音乐声响起，李川转过头，在屏幕上看到了自己的脸。那是《宇神御击》竞技赛的宣传片，三个冠军站在一起，背景是深邃的宇宙，银河流转，星辰闪烁，其中切换着他们各轮比赛中的精彩画面。其他两人满面春风，笑意荡漾，只有李川表情冷漠，眼神空洞，视线没有聚焦。当初拍这款宣传片的时候，导演对李川的面瘫很是苦恼，叫他尝试着凝聚眼神，但李川充耳不闻，像是没听见一样。

这则气势恢宏的宣传片将在整个初寒星球上轮番播放半个月，直到第四位冠军出现，然后进行总决赛。

李川看着这个比他本人还大上几百倍的面孔，觉得有些陌生，他认识他的脸，但他的脸不应该出现在那么显著的位置，那么高高在上，那样俯视全城。

他终于发现，自己平淡了十八年的人生，开始出现了一些变化。

# 10

教授联盟政治学的老师一边信步游走一边讲题，走到李川的课桌时，停下脚步，在他的课桌上敲了敲。

李川被敲醒，茫然地坐直身躯。他睡眼惺忪，脸上因枕了很长时间的手腕而微微发红。

老师没说什么，继续讲课。但这明显的停顿让全班同学都向这边看来，有些脸上带着嗤笑，但更多的，是一种莫名的情绪。他们看了李川一眼，低声议论着什么，又迅速转过头去。在那些稍纵即逝的低语里，李川隐约听到了“宇神御击”和“冠军”这两个词。

李川揉了揉眼睛，努力撑起脑袋。他太累了，赢了第三轮选拔赛的冠军后，他把前两个冠军的比赛视频调了出来，通宵分析他们的常用战术，思索应对方案。选拔赛他一路过关斩将，虽好几次遇到强劲对手，也都是有惊无险。但他有预感，真正的挑战会在随后的半决赛和总决赛中出现，要想实现刘凯的遗志，赢得总冠军，就必须做更充足的准备。昨晚凌晨他才躺到床上，睡前还在脑海里进行了假想演练，所以今天在课堂上实在熬不住了，只能趴在桌子上睡觉。

老师又开始讲课了，单调的声音像蚊子嗡叫一样，在李川耳边时隐时现。他没有撑多久，很快就垂下头，又睡着了。

老师朝李川的方向看了一眼，无奈地摇头，也不再提醒他，继续讲课。

放学后，人都走完了，李川才支着意识昏沉的脑袋，慢吞吞地走出教室。外面已经暗下来了，学校里空空荡荡的，巨大的树木在次第亮起的灯光下，投射出线条混乱的阴影。夏晚的风吹过，树叶发出哗啦哗啦的声音。草丛里，有不知名的虫子在鸣叫，一声接一声，在安静的校园里，显得分外寂寥。李川走在校道上，感受这凉风扑面的感觉，有些怅然，一时不愿意再走，干脆坐在树下的石椅上，抱膝出神。

身后传来一声轻响，白色的身影靠近他。

他抬起头，看见了盼兮的脸，不由一愣："你……你还没有回去吗？"

盼兮定定地看着他，良久，她轻轻说："我在等你。"

"等……等我，等我干什么？"

盼兮没有回答他，再上前一步，坐到他旁边的石椅上。李川一阵心跳，睡意全无，他从没与她靠得如此之近，他能闻到她身上那股淡淡的香味，他的手臂几乎能碰到她的侧背，有些温润，却又有一点冰凉，这种奇怪的触觉让他鲜血上涌，脸色渐渐潮红起来。盼兮却似乎没有察觉，安静地坐下，良久，她幽幽地叹了一口气。

这轻柔的叹气声，让李川躁动的心绪慢慢平静下来。他深深呼吸，然后尽量压住语气："怎么了，你不高兴？"

盼兮还是没有回答，她抬起右手，拇指和食指捻搓脖间的红色细绳。

"嗯？"李川说。

盼兮转过头，看着近在咫尺的李川的脸。她的眼神里有种难以名状的东西，像沉在深潭里的青石，李川被她那样专注地看着，心里咚咚乱跳。过了有那么几秒，或者是几分钟，李川不记得了，时间在这一刻失去了作用，他只听到盼兮轻柔如柳絮的声音：“李川，你和我一起考科江大学吧，我们去同一所大学，好不好？”

李川的血液肯定凝固了一瞬间，他敢肯定，因为他的胸腔里空空荡荡的，刚才还乱跳的心脏不见了，似乎化作了一片盈盈的羽。然后，他前所未有地平静下来，迎上了盼兮的目光。

“你不要再去玩游戏了，那样你的成绩真会一落千丈，放弃它吧。”盼兮接着说，“我会跟老师说，我调到你旁边坐，我会帮你复习，给你讲解你不懂的题目，你的成绩会慢慢上升的。还有一个月，你的底子本身不差，还来得及。”

李川点点头，他无法在这种情况下拒绝盼兮，顿了顿，他艰难地开口：“我听你的……可是，为什么……为什么对我……”

盼兮浅浅地笑了起来，她得到了李川的保证。“你真的不知道吗？”盼兮说，“其实我们以前就见过面的，你不记得了吗？”

李川仔细回想，但模糊的记忆里，无数纷乱的面孔交替浮现，他在其中找不到盼兮的脸。他摇摇头，说：“我想不起来了。”

“那是八年前。”盼兮伸手把脖子上的吊坠取下来，那是精致古朴的七星吊坠，躺在她柔软白皙的掌心，“那时候，你把这个交给我，让我闭上眼睛，让我不要害怕……你不记得了吗？”

# 11

李川怎么可能不记得?

那是他人生的转折，是他记忆里最黑暗的地方，他从不敢去想起。那亦是他心脏上的伤疤，一旦揭开，就会流出无法遏制的血。

八年前，初寒星球刚刚建设完毕，他们一家人响应号召，告别亲友，来这里移居。他们坐在拥挤的民航舱里，穿越数十亿光年，去往他们所不熟悉的星球。

整个航行持续了七十个小时。当时只有十岁的李川，精力旺盛，手举着飞船模型，一边呜呜大叫一边在舱室里跑来跑去。很多人都看着他，温和地笑着，他留意到离他不远处有个长相甜美的小女孩儿也在看他，嘴角挂着笑意。被她看着，李川更有劲了，他离开父母的座位，跑向女孩儿那里。他想把模型借给她玩，他觉得这么漫长的航行，她可能会很无聊。

这个念头救了他一命。

一声巨大的爆鸣突然响起，整个船舱一震，火光四溅。一块被炸飞的舱板呼啸而来，狠狠地砸在李川父母的座位，就在那一瞬间，他失去了父母和两个哥哥。他被巨大的变化惊呆了，拿着模型一动不动，很快，他父母座位下溢出了殷红的色泽。他开始浑身颤抖，直到巨响再度响起，他才恍然回过神来，更大的危险还在后面。他开始不顾一切地往前跑。

周围一片哀号，血在地板上肆意流淌，很多人站起来，疯狂地尖叫，同时向舱门那里跑去。但是舱门被一股气浪掀开，在空中翻滚，砸伤了不少人。人群更加混乱了，很多人被冲散，不停地呼喊着亲人的名字。

一队全身黑袍的人影从舱门处走进来。为首的身形魁梧，踏步的时候能踩出雷鸣般的声响，更骇人的是他手里的巨大砍刀，刀刃锋利，长度几近两米。他走进来，发出冷冷的嗤鼻笑意，他身后的黑袍人动作统一，掀开袍子，露出里面的躯体。

“是坎塔人！”有人认出了他们，发出哭腔一样的声音。李川已经跑到另一处舱门了，听到声音，忍不住回头去看。他看到高壮的兽化人，浑身流脓或肢体畸形的生化人，还有桀桀怪笑的机械人，尽管外形迥异，但谁都知道，他们都是坎塔帝国的士兵。他们手里都拿着武器。

冷冷巡视了一遍，为首的持刀巨汉猛然吼道："杀！"

无情的屠戮开始了。枪火向还没反应过来的人群里攒射，血色的花朵次第盛开，李川亲眼看到一个男人的头颅在他眼前爆开，腥甜的血液溅上了脸颊。他迅速趴在地上，缩成一团，双手抱住头。

屠杀进行到一半的时候，民航护卫队总算赶到，枪火从外射入，几个兽化人顿时毙命。那巨汉长刀一转，几颗人头飞起，剩下的坎塔人纷纷掉转枪头，同护卫队交火。整个舱室乱成一团，幸存下来的人，号叫着向外冲，有一个甚至慌不择路，直接跑到了双方交火处，被质子射线枪炸成粉末。

李川看到那个女孩儿蹲在不远处，眼神呆滞，周围全是黏稠的鲜血。她的父母已经不知去向。李川没有犹豫，跑过去，一把拉住女孩儿的手。女孩儿机械地抬头，看见李川，眼神里有一些波动。“跟我走，这里很危险！”李川几乎是咬着牙在说，手上用力，把她拉起来。

女孩跟着李川向前走。几秒钟之后，流弹击中了女孩原先蹲着的地方。李川拉着她出了舱室，在走道里拼命地跑，一路上，死尸遍地，都是前来移居初寒星的百姓。前方也传来了枪火声，李川停下来，他不能冒险跑到交战的地方。

正当危急的时刻，他看到斜对面有一间半开的舱门。那是武器舱，危险来临的时候，卫兵队把里面的武器拿出来，去跟坎塔人战斗，情况危急，他们没有关门。李川立刻拉着女孩，跑到武器舱里面，迅速把门关上。关门前的一瞬间，借着外面的光，李川看见了一柄遗落在地上的枪。

舱门一关上，外面的枪火和惨叫声立刻淡了下去，渺远得像是另一个世界的声音。黑暗包围了他们，这却让李川有了些莫名的安全感。但女孩儿显然还陷在惊惧的情绪中，浑身发抖，下意识地向李川的怀里靠拢。

李川抱着她，胸膛的温暖如同雨夜萤灯，让女孩渐渐恢复过来。一直以来，李川都是依靠在父母的怀抱里，可那一刻，他有了被依靠的感觉。他小声安慰女孩，并把自己从小就戴着的七星吊坠送给她，他们呆在幽闭的空间里，等战斗结束，等来救他们出去的人。

但他们却等来了一个机械士兵。那是蓝色合金表面的高等机械生物，手腕上安装了七种威力巨大的武器，他听到了两个轻微的呼吸声，于是慢慢靠近武器舱。

李川也听到了机械兵的脚步，那样有规律，轻重一致，不是人类可以发出的声音。他抓住了那柄遗落在地上的枪，枪口对准舱门，大口大口地呼吸。他死死地盯着舱门。

在机械兵撞开舱门的同时，李川一脚踹倒了放置武器的橱柜，巨大的响声让机械兵的反应系统迟疑了零点几秒。李川便在这几乎可以忽略的时间里扣动扳机，镭射线带着强大的能量，击中了机械兵的胸膛。“砰”，爆鸣声在舱室里回荡，机械兵仰头后倒，在流淌着血液的地板上砸出了一大团血雾。

李川使劲喘着气，刚才的较量只有短短一刹那，但耗费的精气神却是巨大的。他后退一步，坐到地上。镭射枪的枪管微微发热，他把枪举在眼前，怔怔看了一会儿，然后像猛然醒悟一般，将它使劲丢掉。他很喜欢玩玩具枪，收集了很多，但当握着真正能够杀人的武器时，他还是感到了惧怕。

身后的女孩走过来，将手搭在他肩上。他感受到了那只手的颤抖。尽管她闭上了眼睛，但震耳欲聋的声响还是吓着她了。李川转过身子，与女孩面对面，他们的鼻子都碰着了，他压住胸腔内翻涌的热血，努力放柔声音：“放心，别害怕了，已经过去了……”

女孩点点头，仍有些木讷。但眼睛里已经清澈了许多。

“我们再等一会儿，这肯定是坎塔人的偷袭，不会有很多敌人……护卫队的人很快就可以赶走他们，我们就安——”他突然住口，浑身一震，血管里的血液都凝固下来了。他在女孩那漆黑如墨的眸子里，看到了自己的身后，在那里，已经倒下来的机械兵缓缓站起，举着长长的枪杆，枪口处，微微的蓝光在闪耀。

女孩显然也看见了，她的身体再度发出不可遏制的颤抖。

李川抱紧她，死死地抱紧。他的身体隔在枪口与女孩之间，他轻轻说：“闭上眼……”

女孩闭上眼。

枪火声再次响起，强大的冲击力将两人震飞。李川感受到了电击般的疼痛，天旋地转，他竭力转头，看见了自己被撕开的右肩，血肉模糊。在空中，还有一只打着旋儿的手。他认得，那只手是他自己的。然后他就失去了意识。

他陷入了漫长的睡眠。他做了很多的梦，一个接一个，无休无止。在这些梦里，他总是一个人走着，走在漆黑的夜里，漫长的路上，周围没有人烟，只有黑色的鸟在头顶滑翔而过。他不能停歇，不能回头，因为背后有野兽一样的喘息声，他一旦回头，狰狞的尖牙利口就会扑上来……

醒来时，他已经在初寒星球上了。他躺在医院里，全身完好，他问医生，他的手是不是被炸断了，医生冷漠地摇摇头，说你记错了。他又问医生，他的父母在哪里，医生依旧冷漠地摇头，说他们和他两个哥哥都死了，连尸骨都没有找到。李川于是沉默了，盯着头顶雪白的天花板出神。医生轻轻走出去。

再过几天，李川出院了，被安排在一家收容所里。政府向他赔了一笔不少的抚恤金，他靠着那些用父母兄长的生命换来的钱一直活到现在。而关于那次事故，官方解释是由于坎塔流亡者的袭击，无法直接追究坎塔政府，因此不了了之。他也再未见过那个女孩。

“原来是你啊，难怪……”难怪李川在高一见到盼兮时，就有一种莫名的熟悉感，但他没有说出来。

盼兮点点头，轻声说：“是啊，当时的冲击波把我震昏过去了，醒来时，我爸爸守在我旁边……我妈妈在那场事故中去世了。”说到这里的时候，盼兮的眼圈泛起了红痕，停了一下，她说，“后来我试图找过你，但是，不知道为什么，政府对你的信息保守得很严密，我查不到。而且，我在昏迷前，隐约看见你的胸膛被炸开，你的手……也被炸断了，所以我以为，我以为你死了……我还为你种下了一株小桦树，来纪念你。”

“难怪我经常打喷嚏，原来是你在背后咒我……”

盼兮轻笑，接着说：“那次在灯塔里，你对我说了同样的话，我当时就已经觉得你很熟悉了……回去后，我越想越觉得不对。那半个月，我花了很大功夫，才在二号城市的收容所里查到了你的记录。虽然你被送入收容所之前的信息是保密的，但是，你进入那里的日期，正是坎塔人袭击的一个月后。不可能是巧合，就是你……原来你没有死，这真好……”

晚风吹过来，盼兮的发丝拂动，有几根又细又软的头发飘到了李川脸上，轻轻摇曳。李川感觉脸上很痒，但他不能去挠，他保持着僵硬的姿势。

“所以，我要好好报答你的……你别去打游戏了，收心好好准备升考吧，你的成绩其实并不差，你对理工类很擅长，但文……”盼兮自顾自地说着，她没有留意到，当她那“报答”两个字说出口时，李川的表情有瞬间的迟滞，像是被冻在冰块里的鱼类。他慢慢低下头，眼睑下垂，浓厚的眼翳遮住他的瞳孔。

最后，他说："好的，我答应你。"

于是盼兮走远了。李川还坐在那里，身躯下压，两只手覆盖脸庞。他的脸很冷。过一会儿，他呻吟了一声——刚才，有那么几分钟，他还以为幸福来到了自己身边，他心爱的女孩子希望和他离开这座城市，考到遥远的同一所大学，他甚至觉得自己的心房那里盛开了一朵玫瑰色的花朵。但是，他苦笑出声，但是所有的好感都不过只是"报答"二字，他救过她的命，所以她对他那么好。

李川这样坐了很久，直到天色完全黑下来，校园的关门铃声响起，才慢腾腾地站起来，推出车子，向住处骑去。回到家，他给大赛组委会打了个电话，说："我不想再参加竞技赛了，请帮我把奖金领了，然后退掉我的决赛资格吧。"

"好的。"对方似乎有些失望，但还是答应道。

## 12

两轮太阳升起，晨曦染在城市高楼大厦边上，将整个城市涂抹成醉人的嫣红色。

李川背起书包下楼，正准备去推自己的自行车，一声汽车的鸣笛响起，震碎了清晨的宁静。李川循声望去，顿时骇了一跳——只见十几辆豪华轿车一字并排，停在小区外，严阵以待。附近的许多居民都出来了，却不敢靠近豪华车队，在远处指指点点。

最前方的一辆黑色车的车窗缓缓摇下，一个中年人的脸露出来，李川隔得老远，看不清楚，却觉得有些熟悉。那个中年人也看到了李川，冲他这边温和一笑。

李川挠挠头，往后看了一眼。后面没有人。

车门打开，中年男人缓缓移出来。他坐在轮椅上，穿一身考究的纯黑色西服，笔挺精神。轮椅下的万向轮自行滚动，载着男人走近。他对李川伸出手，说："李川先生，你好，我叫亚斯·泽尔，是《宇神御击》电子竞技赛的负责人。很高兴见到你。"

李川第一次被人称做先生，内心惶恐不已，而且眼前这个男人是汉宇科技的董事长，也是凯文·泽尔的父亲，这些身份更让他不知所措。他犹犹豫豫地与亚斯握手，说："你也好，很高兴……很荣幸见到您。"

"嗯，我有一些话想对你说，可以赏个脸吗，去我的公司谈谈？"

李川愣了几秒，举起手里的书包："可是，我要去上课，我已经旷过很多课了，今天不去，老师会找我麻烦的……"

亚斯嘴角勾出一抹笑意，打个响指，身后立刻有人递过来一张薄薄的纸，说："这是你今天上午的请假单，由圣辉高中的校长签发，没有人会找你麻烦。而且，事情结束的时候，我们会安排最优秀的辅导老师，给你补上缺席的课程。"

李川接过纸张，瞟眼一看，果然是请假单，上面盖有校长办公室的电子章印。“好吧。”对方来头这么大，而且准备充分，他没有理由拒绝。亚斯拉开车门，做了个请上车的手势。

李川上了车。豪华轿车次第开动，呈迎宾礼车的阵势，前五后六，两侧护翼，将李川和亚斯坐的车围在中间。一路上，迎面的车纷纷退让，连警车也不敢鸣笛，反而在前方开路。在李川的印象中，作为初寒星球上最大权力的掌握者，亚斯的处世却一直很低调，连上电视都很少，像现在这样态度高调到了嚣张的程度，是前所未有的。李川坐在车里，感到有些不安。

“你看见那些停车的人没有？”亚斯伸手指着道路上的车辆，“他们平时或许不可一世，开着好车，在城里耀武扬威。但是，现在的他们，缩在两旁，连鸣个笛的胆量都没有，知道为什么吗？”

李川从他的语气中听出了轻蔑，迟疑了一下，说：“权力？”

“对，是权力！我掌握着这个星球上的权力，所以他们没有资格跟我抱怨。要想让别人尊重你，只有掌握比他更大的权力，在男人的世界里，这就是唯一的法则。”

李川不明白他为什么要和自己说这个，但他能从话语中听出他的轻狂得意，那是一种睥睨众生的骄傲。而自己，恐怕一生都达不到如亚斯般的成就，心头沮丧，干脆不说话了。亚斯也没有说话，扭头看着车窗外掠过的树影。

城心广场的大屏幕上正在播放竞技赛的宣传片，车队驶过的时候，李川看到了屏幕上显示的巨大头像。上面只有另两个冠军的面孔，吉姆和一个消瘦的少年，各占屏幕的一半，满面春风，意气风发。李川知道，自己退出了比赛，宣传片里自然会将他去掉，但是，看到这个画面，他还是有些失落。他把头转过来，不再看向窗外。

车队很快就到了汉宇科技公司的总部。亚斯下车，又替李川把门打开，说：“跟我上去吧，给你看些东西。”

他们乘着电梯，去往大楼的三十二层，那些随时准备为亚斯服务的人被命令站在楼下，不得跟随。电梯很快到达，“叮”的一声，门从两侧滑开，李川跟着亚斯走了出去。

刚一出来，李川就吃了一惊。这层楼有个长长的甬道，尽头是一片漆黑，没有灯，像一张吞噬一切的大口。“走吧，我们过去。”亚斯拉着李川的手，走进甬道，轮椅无声滚动，只有李川的脚步声在空旷的甬道里回荡不绝。周围一个人都没有，整层楼空寂无比。

他们走过甬道，走进尽头的漆黑。这是绝对的黑暗，李川的眼睛接收不到任何光亮，只得跟着亚斯的脚步。亚斯却像是轻车熟路，在黑暗中不紧不慢地移动着，大概过了三分钟，他停下来了。

“我们来这里干什么？”李川问。

亚斯笑笑说：“你会知道的，不要急。”

“啪”，亚斯打了个响指，这仿佛是个魔法咒语，四周顿时亮起了无数星星点点的光。这些光点分布在整个空间，有的聚成团，有的分散开来，还有一些在高速滑动，带出璀璨的曳尾。“这是……“李川伸手去碰光点，却只是穿过空气，”这是模拟的宇宙空间？“

“是的，最新的全息场景模拟技术，汉宇科技才研发出来不久，还没有上市。你现在看到的是真实宇宙的投影。”亚斯点点头。

李川见过教室的全息屏幕，只是将人影投射在空气中，轮廓模糊。但现在，如此逼真的场景，让他叹为观止，他甚至感受到了独处宇宙举目茫然的凄凉感。

“你看，宇宙的广阔是你无法想象的。这个空间只是模拟了宇宙的一部分，穷我一生，只怕也无法一窥全貌。”亚斯抬头，眼睛里倒映着亿万星辰，像是也沉浸在了这种浩瀚无边感中。

李川看着他，不明白这个男人为什么要跟他讲这些话，迟疑道:“可是，这跟我有什么关系？”

亚斯收回目光，说:“会跟你有关系的，不过不是现在。”说完，他又打个响指，周围的场景迅速变换，无数光影的线条流水在他们身畔划过，瞬间之后，光影构成了密密麻麻的名字。这些姓名由下至上，摆成了三个金字塔形状，李川抬头望去，在顶端看到了三个熟悉的名字，他和另两个冠军的，但是他自己的名字被打了个鲜艳的红叉。

“三天前，你退出了《宇神御击》竞技赛。”亚斯看着他说，“这很遗憾，你是三个选拔赛冠军中技术最好的，虽然第四个冠军还没有出来，但是，能超过你的人应该不会出现了。”

“哦，我有自己的事情，不得不放弃。”

“是因为司盼兮吗，为了和她考到同一所大学？”

李川悚然一惊，抬头看向亚斯，后者面色不改，始终保持那副贵族般的微笑。到现在为止，他终于明白了，对方把他带到这里，真的是做足了准备。他沉默不语。

亚斯话语一转，问道:“你知道吗，其实《宇神御击》这款游戏，是由联盟军方开发的，它的逐步完善以及全联盟发行，所需的经费都是军方赞助。所以，它上市不到一年，流传度就已经这么广泛了。现在联盟的年轻人，几乎没有人不知道它的。”

李川恍然大悟。亚斯续道：“抛开为了增加可玩性的副本不谈，它的主线剧情是三次星际战争，最高程度地模拟了现代战争的场景。你在里面经历的每一场战斗，其实都是真实发生过的。比如你第一场的战舰追逐，发生在 2897 年，那是第二次星际战争。在那场战斗中，输的是人类战舰，它在穿越陨石带时，被对方击中。但在游戏里面，是你赢了，假如那名驾驶员掌握了跟你一样的技术，便不会死了。”

李川有些茫然：“那不是一场游戏么？”

“你还是不明白。宇神确实只是一款游戏，而且为了增加可玩性，还让系统随时更改优劣形势，但是，军方开发它，并且堂而皇之地以坎塔帝国作为敌人，其实是在进行军事素质培养。它让参与其中的年轻人们感受到战争的真实，或者说，熟悉战争。”亚斯小心地斟酌着字眼，说，“事实上，联盟早在十几年前就有这样的打算了，可是由于预算太大，一直拖着，直到前年我抛售了二十几家最赚钱的公司，用来给军方出资，这个计划才得以实施。”

李川有些懂了，在这个男人面前，他觉得自己实在太渺小。想了一下，他问：“可是，为什么要花这么大的功夫来让我们熟悉战争，战争不是已经结束了吗？”

“是的，旧的战争已经结束了，我们的军队取得全面优势，攻下坎塔帝国的总指挥星球，占领了坎塔神殿，并且取走里面供奉的三件神器。坎塔人是信奉图腾的种族，他们失去了神器，从此一盘散沙，不再成为联盟的困扰。所以这十几年来，人们都认为战争已经远离，开始了星际扩张活动。”亚斯说到这里，猛地一挥手，“但是，新的战争又要重新开始了，这已经无可避免。”

响指声响起，画面再度变换，三件以不同质地铸就的器物在他们头顶旋转，分别是黄金长剑、银质天平和略带透明的握拳手臂。“现在，坎塔帝国的皇帝已经恢复了元气——第三次星战，联盟在被占领前夕，以最后的力量奇兵突袭，深入坎塔星，炸坏了帝国皇帝的主机，并夺走这三件神器，才令战争形势逆转，联盟取得胜利。”

“剑，天平和手……”李川仰头看着，喃喃自语。这三件器物的形状并不奇特，但组合在一起，质感冷硬，有一种令人血流减速的迟滞感。

“是的，坎塔人由三大种族组成，互不臣服。一直以来，将他们凝聚起来的，都是共同的信仰，那便是三神器。这三件器物，都是他们在艰辛的星际拓荒中发现的，十分珍贵，奉为图腾。生化人坚信这柄剑会带给他们力量，”亚斯指着头顶上的剑，随着他的手指移动，黄金长剑也缓缓旋转，剑刃上寒锋流过，“机械人崇拜这架天平的精确和平衡，至于这只手，”他突然停下，目光在李川身上停留了几秒钟，“坎塔人里数目最多的兽化人崇拜它。”

“这三个东西，现在在哪里呢？”

亚斯手指轻捏，三神器的投影逐渐虚化，“十几年前，天平在运送过程中，飞船爆炸，当时人们都以为它毁了。但我相信，爆炸只是假象，它应该被抢回坎塔星了。前不久，剑在羽京展览馆里失窃，也是坎塔人下的手。现在，重获新生的皇帝已经得到机械部和生化部的支持，于是，坎塔的兵力开始集结，战争无法避免。”

李川想起了不久前出现的翳鬼。抛开恶心的外表，翳鬼在身体素质上远远超越人类，肌肉再生，速度快如奔雷，头脑也灵活。这样的对手，想一想都觉得头疼。而这还只是开始，只是冰山露出的一角，真正的狰狞面目，即将从阴暗的海底浮现出来。

他仔细想了想，问了一个他之前就问过的问题：“但是……这跟我有什么关系，我只是一个高中生，我马上就要升考了……”

亚斯说：“这当然跟你有关系。其实这次竞技赛，并不只是娱乐，它更重要的作用是，在各个星球上挑选出色的年轻人，为即将到来的战争储备资源。你在《宇神御击》上的造诣，无人可以超越。你对军事有着与生俱来的天赋，你这样的人，生下来就注定了与战争有关——阻止战争，或者，发动战争。”

对很多人来说，亚斯的这番话，会是他们梦寐以求的赞誉。但李川只是呆了一下，然后摇摇头：“恐怕你错了，我真的只是一个高中生，我的成绩甚至还不怎么样。”

“不，你低估自己了。你虽然成绩不出众，但你对理科方面的知识掌握得很好，而且，你能够快速而且准确地修理好机械故障，这对一个现代军人来说，至关重要。”画面切换，全是李川生活的片段，从小到大，跨越他生命的每个阶段，“你能在洪暴来临时，正确地决定求生路径，没有丝毫犹豫。这些都是一个优秀将领的必备素质。”

李川有些颤抖：“你一直在观察我？”

“是的。事实上，从你到初寒星的那一天起，我们对你的观察就开始了。每一天，都有人在留意你，将你的情报汇总，摘取其中重要的交给我。你知道吗，关于你的资料，在汉宇科技的数据库里，是‘S’级别的，除了我，没有人有权限查阅。”

李川有种被剥光了衣服的感觉，但看着亚斯的脸，他却莫名地不觉得生气。他闭上眼，仔细回想以前遇到过的可疑人。

“不用去回忆了，没用的。”亚斯看穿了他的心思，“他是最优秀的跟踪专家，不会让你察觉的。不过，我可以告诉你，除了观察，他还有更重要的任务——就是抹杀你的痕迹，让别人不注意到你。”

“难怪我这么没有存在感……”李川喃喃说。亚斯说的是对的，无论他做过什么事，或好或坏，都不会引起任何人的注意，他像是隐形在人们的视线内。

“你不要生气，这其实是在保护你。不过，现在不用了，战争已经来到，整个宇宙都将是你的舞台，所以你不用再藏着了。这次《宇神御击》便是你的第一步，李川，不要退出，继续参赛吧。”

李川总算明白了他的意图，想了想，摇头道：“对不起，恐怕要让你失望了，我不能再参加比赛。你说得很好，可是，我不是你想的那种人，我……我其实没有那么大的野心。我只是想好好活着，和——”他闭上嘴，停止说话。

“和司盼兮一起考大学？”亚斯说，然后笑笑，“你不用惊讶，我有微表情分析学的博士学位，大多数情况下，我知道你在想什么。”顿了顿，“可是有一点你说错了，你并不是一个没有野心的人。来的时候，你看见宣传片上没有了你的脸，你明显情绪低落，这说明了你想被别人仰望，想获得尊重，而这，就是野心的表现！”

李川还是摇摇头：“对不起，浪费你的时间了，我真的不想再参赛了。你会找到比我好的选手。如果你没其他的事情，我就先走了，我想去学校了。”

他转身往出口的方向走去。亚斯没有阻止他，待他走到出口时，亚斯才慢条斯理地说：“你难道不想为你的父母报仇么？”

## 13

李川转过头，不可置信地看着亚斯。

“九年前，你的父母以及兄长死在坎塔人的袭击下，你成了孤儿。”亚斯打个清脆的响指，一个巨大的黑袍人影占据了整个空间，他手拿八尺斩马刀，放声怒吼，面目扭曲，“当时带队袭击的，就是这个兽化人，他叫翳鬼，是能够进入坎塔圣殿的生化人，军衔很高。不久前，你应该见过他吧？”

李川定定地看着翳鬼的影像，呼吸不自觉地加重，右拳握紧，整个右臂慢慢沁出荧光。亚斯挥挥手，关掉了图影显示，于是整个空间又幽暗下来了，只有李川的右手在发光，如同茫茫暗夜里的火把。

亚斯走近，拉起李川的右手，眼神痴迷，像欣赏艺术品一样：“这就是‘手’……”

李川被他拉着，有些不自然，将手抽回来，手臂的光亮慢慢黯淡下去：“什么手？”

亚斯醒悟过来，歉意地笑笑：“对不起，我失态了。我现在已经很少失态了，但是，每次看到‘手’觉醒，都会情不自禁……哦，对了，你还不知道是怎么回事吧？”

场景变换，星辰光点在两人身边旋转，光晕流转如瀑。待稳定下来时，他们已经处于一艘飞船内部的场景中，鲜血迸溅，无数惊惶的人影在奔逃。李川下意识地往右边躲了躲，让一个拖着半截流血手臂的人跑过去，亚斯却没动，许多人从他的身体里穿过。

“这是……”记忆的最黑暗处涌起泡沫，让李川轻轻战栗。

“没错，这就是你九年前经历的那场事故，一队坎塔人袭击了运输舰。这件事震动了全联盟，羽京专门派了一位——”说到这里的时候，亚斯脸上罕见地出现了不自然的表情，但也只是匆匆一瞬，随后便恢复正常，“一位将领来这里善后。我和他一起在医院看见了你，当时你的右手齐肩断裂，身体也受创严重，只有微弱的心跳。医生已经判定了你会死亡，连墓地序列号都给你选好了。但是，那位将领觉得可惜，因为你击毁了一个蓝色机械兵——蓝色代表他的职位，在坎塔帝国，那是一个校将的身份。你以十岁的幼龄，就将他击毁。”

“可是，那个机械兵不是没死吗？”

亚斯摇头道：“你那一枪击中了他的电路板，他的能量大量流失，已经不能活了。不过，你还是太不小心，他挣扎着站起来，用最后的能量对你进行了还击。那一枪过后，他就彻底死了。但是你的表现仍然很好，你用柜橱倒下的声响干扰他，然后立即开枪。这份机警和勇武，让我们对你赞不绝口。”

李川低头看了一眼自己的右臂，接口道：“所以你们救了我？”

“对，不过也很巧，因为那位将领和我都属于鹰派，他来善后只是幌子，事实上，我们悄悄运来了三神器之一的‘手’，打算把它藏在初寒星。当时我们商量了很久，决定采取大胆的办法——把‘手’藏在你身上！”

李川抚摸着自己的手臂，良久不语。

“这是最好的办法，没有人会想到三神器能够接入人体。我们对‘手’的了解其实还不深，与其说它是一种物质，不如说它是生命，因为它能够自我修复甚至……”亚斯犹豫了一下，还是说出口，“甚至思考。你有没有觉得，你的右手偶尔不听你指挥？”

李川想起了洪暴那晚，他和盼兮被水冲走，他已经放弃了挣扎，但右手却有意识般地抓住了那根钢绳。是的，他没有去抓钢绳的念头，右手却毫不犹豫地伸了出去。他点点头。

“所以我们很期待，你和‘手’的融合会产生怎样的火花。那时我们决定，对你进行秘密培养和观察，这就是我派人跟踪你的原因。你会是杰出的领导者。”亚斯诚恳地说，“现在，我们需要这样的人。你还不够成熟，我们会把你送进联盟军校，对你进行培养，让你手腕强硬，成为战争中的王者。那样，你就能亲自为你父母报仇了——你虽然杀了翳鬼，但他只是一柄刀，握住刀柄的人现在还端坐在坎塔圣殿里，并且随时准备发动战争。当然，同时你也会获得无数人梦寐以求的地位与财富，这些，不是一个男人真正应该去追求的吗？”

李川这才明白，原来得到总冠军的好处是被保送进联盟军校，这确实是很优越的奖励。联盟军校是整个联盟最好的军事院校，地位崇高，远超百大名校。李川平时做梦都没有想过自己能够进入这样的学校。但是，现在，他沉默着，没有说话。

见李川不语，亚斯道："你知道吗，要给一个女人幸福，并不是只要有一颗真心就足够。你需要有足够的权力来保护她，来给她舒适的生活。你如果平凡，司盼兮便不会喜欢你的，就算喜欢了，也只会一辈子跟着你受苦。古地球有一句很正确的谚语——没有面包和牛奶的爱情，终是镜花水月。"

李川微微一震，牙齿不自觉地咬紧了下唇。

亚斯等了一会儿，然后两只手放在李川肩上，诚恳地说："不要退出比赛了。只要你能在总决赛中取得胜利，就证明了你的实力，你就会被送去联盟军校，不需要参加升考。你会成为宇宙中最耀眼的星辰。"

对面的李川依旧沉默。亚斯关了全息投影，四周一片漆黑，沉沉的黑暗中，只有两个人的呼吸声。亚斯等了很久，久到亚斯都要怀疑李川是不是已经睡着了，幸好，李川还是缓缓开口："让我回去好好想一下，我现在很乱，做不了决定。"

## 14

天黑下来的时候，李川还坐在楼房顶层的护栏上。保罗乖巧地坐在他身边，睁大乌溜溜的眼睛，看着主人。

城市被夜色覆盖，天上黑沉沉的。初寒星上标志性的六轮圆月没有出来，李川头顶，只有呼啸的风和渐渐汇聚的乌云。云层太厚，李川无法看到星辰闪耀，他已经等了很久，眼睛都酸了，但是月亮还是没有出来的趋势。

其实他并不是在等月亮，他只是在找件事情做。他一闲下来，就会想起亚斯说的那些话。他不得不承认，亚斯是一个出色的说客，每句话都像装了导航器的刀子，精准地刺进了李川心底。权力、财富、地位，这些都是一个男人毕生追求的东西，李川说自己没有野心，其实在心底里，他也不信这句话。要是在平时，面对这么丰厚的条件，他一定毫不犹豫地答应，可是……他懊恼地抓了抓头发，可是盼兮那么渴望他能陪她去科江大学，他怎么能面对盼兮失望的眼神呢?

今天回学校后，李川一直神情恍惚。课间，盼兮坐到她旁边给她讲题——班主任当然没有同意盼兮跟李川当同桌的要求。盼兮的这个举动让班上的男生纷纷侧目。讲了一会儿，盼兮疑惑地问:“你怎么心不在焉?”他看了她一眼，想把上午的事情说出来，可是张了张嘴，只是说:“没什么，继续吧。”

坐了很久，晚风吹得李川头发凌乱，他站起来，狠狠一脚踢在护栏上，仿佛踢坏了护栏就能不去面对这么艰难的抉择。护栏由钢筋铸成，坚硬异常，李川因太过用力，脚趾被撞得扭曲。他呲牙咧嘴地揉了一会，然后一瘸一拐地走下楼。

推开门，他径直走到卧室，衣服鞋子都不脱便一把躺在床上。他闭上眼睛，想强迫自己入睡，可直到凌晨还没有丝毫能够睡着的兆头。他突然坐起来，明白自己要是不作出决定，今晚是别想安睡了。

他找出笔和两张纸，在上面写下了盼兮和亚斯的姓名和电话号码，放在自己面前。他想，选择盼兮，就给她打电话，说以后好好学习；选择亚斯，便拨通他的号码，说明自己的抉择。这样一想，李川觉得思路霍然清晰：眼前的情况并不复杂嘛，只需要拿起两张纸中的一张就可以了。

但是，他马上又发现最根本的问题没有解决——到底选择哪张纸呢？

埋头苦思了一会儿，他又想到了办法：再找两张纸，在上面列出两种抉择的优点，逐一对比，选择优点多的。

这才是科学而理性的办法！李川有些得意地想。

在对应亚斯的白纸上，他写下“能为父母哥哥们报仇”的字样，然后他在另一张纸写“能让盼兮开心”。顿了顿，他又在第一张纸写：能够进入联盟军校，让别人羡慕。他再转头，面对盼兮的纸张，考虑了很久，他叹口气，写：能让盼兮开心。亚斯那张纸的第三条优点是：能获得地位，成为联盟的名人。而盼兮那张纸上，他还是写“能让盼兮开心”……这样，半个小时过后，他在亚斯那张纸上写下了十几条好处，但另一张纸上，反反复复地，只有“能让盼兮开心”这六个字。

最后，他无奈地放弃了。无论怎么看，选亚斯都是理智的行为，但是……他拍着脑袋，处事怎么能总是那样理性呢？人总要在生命里做一件自己想做的事情，哪怕是不明智的。

他站起身，把两张纸抓起来，狠狠地揉成一团，扔在了角落里。他已经做出了决定！

人生总会面临这样的岔路口，两条截然不同的路摆在自己面前，仅选其一。李川已经在这路口踟蹰了很久，现在，他将迈出步子，哪怕会遗憾，但他想，他不会后悔。

他拨通了盼兮的号码。

## 15

黑暗的房间里，他一直没有睡觉。

“咚咚咚”，有节奏的声音响起来。

亚斯下意识地看向自己的电话，铃声并没有响起，他有些怅然地叹了口气。

“咚咚咚”，声音来自书房的红木门。

“进来。”亚斯拍了拍额头，低声说。木门被推开，穿着睡衣的凯文走进来，恭敬地说：“父亲。”

亚斯点点头，说：“不用这么拘束。我在公司里需要被人敬畏着，但在家里，我不想我的儿子也对我用这样的态度。”

“是的，父亲。您整晚都待在这里，不去睡吗？”

亚斯抬头看了看挂钟，这才醒悟已经凌晨了，打了个哈欠，说：“哦，这么晚了，我马上就去睡……你有事么？”凯文犹豫了一下，然后看着亚斯的眼睛，说："父亲，我想参加《宇神御击》电子竞技赛的第四轮，可是报名时间已经过了，我想，您可能有办法。"

亚斯一愣："可是，不是马上就要升考了吗？你不需要准备吗？"

"反正，不管我考得怎么样，就算再差，您都会送我到同样的大学，是不是？"

"这可不像是你说出的话。"亚斯皱皱眉头，今晚凯文有些奇怪。凯文说："我人生的道路都被您安排好了，我无从选择。不过，既然没办法逃脱，我想，我应该利用这段时间做一些自己喜欢的事情。"

亚斯点点头："我知道我那样安排对你不公平，但是，这跟家族的命运有关，我和你都没有办法逃避。只是，我不知道你还喜欢玩宇神。"

"我是这座城市所有贵族男生中玩得最好的，第二轮选拔赛的冠军吉姆曾经输在我手里。"

亚斯看着儿子微微皱起的眼角，突然笑了，说："你刚才对你的父亲撒谎了，你的表情出卖了你。你要参加比赛，不是为了做自己想做的事情吧？"

凯文知道父亲在微表情观察上有很深的造诣，从小他的心事就瞒不过父亲，他点点头，沉默不语。

"是因为李川吗？你不服气？"

尽管早有心理准备，但这么直接地被父亲说中心事，凯文还是有些震惊。他不再隐瞒："是的，我不想输给他，他能做到的，我就一定能够做到。"

"可是，你为什么要跟他比？你并不是一个什么事都要争的孩子，何况李川跟你没有结怨……”亚斯伸手摸摸下巴，突然笑了，玩味地看着儿子，“肯定是为了司盼兮吧。她这些日子跟李川走得很近，你不服气是吗？”

凯文迟疑了一瞬，然后点点头，“是的。那天晚上，我看到盼兮和他一起去买衣服，我看出了盼兮眼里的……柔情，而这份柔情，本来应该属于我。我一直站在角落里，直到他们走了才出来……从那时起，我就决定了，我要向盼兮证明，我哪一方面都比李川强。而且父亲也对李川格外关注，我同样想向父亲你证明。”

“你还是太年轻，等你到了我这个年纪，就会觉得这件事其实没什么大不了的。但是，你现在只是一个少年，少年的胸腔就应该涌动这样的想法。我答应你。”亚斯拍拍儿子的肩，“我能为你办成大部分的事情，但不会纵容你。报名之后，一切都靠你自己。”

凯文点头：“知道，谢谢父亲。”

亚斯挥挥手，说：“要是没事了，你就先出去吧。我还要在这里等一会儿。”但是，一直等到天亮，他都没有等到李川的电话。

这个晚上，睡不着觉的，除了李川和亚斯，还有盼兮。

她其实已经睡着了，但心里总觉得有什么事，凌晨的时候又醒了过来。她睁开眼，看见电话那里闪烁着红光，一下一下，这是有人留言的标志。可是，这么晚了，有谁给她留过言吗？

她起床，走过去，按下了播放键。墙壁上顿时显现了李川的身影。“嗨，盼兮，你好。”他坐在自己的床上，穿着松垮垮的衣服，表情有些异样，“这么晚了，打扰你，真不好意思。”

盼兮低头看了一眼留言的时间，是凌晨两点多，离现在已经有一个多小时了。她笑了笑，对着屏幕说："嗨，李川，其实不打扰的。"

屏幕里的李川自然没有看见。他的影像只是一串十六进制的数据，是已经录好的画面，按照程序向盼兮述说。

"今天凯文·泽尔的爸爸亚斯来找我，劝我不要放弃《宇神御击》。他说了很多话，还向我放了八年前那场事故的视频，我看到了那个袭击我们的坎塔人。"李川抱着头，停了一会儿，才继续说，"我不知道怎么拒绝他。他说的都是我想的，他像个妖怪一样，猜中了我所有的心思。

"可是，盼兮，我留下来的唯一理由，是你。你知道吗，我喜欢你——你肯定知道！这对你可能不稀奇，从小到大，喜欢你的男生肯定很多，你也许并不在乎多一个或者少一个……"说到这里，他有些激动地抓抓头发。

盼兮摇摇头，嘴唇微启，似乎想说些什么，但屏幕里的李川已经接着说了："但是这对我很重要。我从孤儿所出来后，不断地转学，在初寒星球上的城市里流浪，总是换地方住。我留在圣辉高中，留在这座城市，其实只是因为你。我从看见你的第一眼就喜欢上你了，我对你有种熟悉感，后来我才知道这是因为在八年前我们就见过……但我当时不知道，我以为我是在上辈子见过你。可是我太平凡，我做什么事都不会吸引别人的注意，更别说你——这全是那该死的亚斯搞的鬼！但是现在你终于留意到我了，你希望我跟你一起去科江大学，这让我很高兴。真的，盼兮，我很乐意，其实我最想做的事情就是和你在一起，天天见面，夜夜同眠，带你去宇宙的每一个角落，直到我们的躯体化为飞灰……那晚在灯塔里，我就想对你说这句话了，但是当时我不敢，我怕你会沉默，而沉默是对我最大的打击。不过现在不会了，你看不到我，你在沉睡，而你看到的时候我不知道，所以我不怕你的沉默。”说到这里，他脸上有种奇怪的得意，仿佛打了一个小小的胜仗。盼兮看着他露出微笑的脸，也不禁扬起一抹笑容。

“是的，我很喜欢跟你在一起。但是，亚斯有一句话说对了，男人不能靠一颗心来过一辈子的。如果我不能给你牛奶和面包，那么，我就不能给你我想给你的幸福。”说完这句有点绕口的话，他脸上的笑意渐渐隐没下去了，“更何况，现在你还不喜欢我，你对我这么好，应该只是因为我救过你，你想报恩吧。其实，盼兮，这是没有必要的，我不想你陷入危险之中，我所做的事情，都是我愿意做的。你不要感到歉疚。”

盼兮摇摇头。

李川说到这里，长长地吐出一口气，仿佛卸下很大的包袱。他抬起头，眼睛直勾勾地看着屏幕外的盼兮。盼兮几乎错觉他能够看到她，但是，李川做这个动作的时候，他能够看到的，只是苍白的墙壁。“所以，我想告诉你，我打算答应亚斯的请求。我要成为《宇神御击》的冠军，然后进入联盟军校，我可能很长时间看不到你了。”李川顿了顿，然后缓缓道，“但是，我会想你的。”

但是，我会想你的。

这七个字在雪白的房间里盘绕，像袅袅的青烟一样，轻缓但绵绵不绝。李川像失去了所有的力气一样，慢慢低下头，不再说话，屏幕里，他的身影无限落寞。

盼兮感觉有些冷，下意识地抱紧了被子，但身体还是发出了轻微的颤抖。他转头看着窗外，夜已经很深了，窗子外面漆黑如墨，黑暗吞没了一切，只有夜风在高楼间呼啸。她在窗上看见了自己的脸，脸上没有表情。

屏幕里的李川沉默了很久，终于抬起头，看着她，语气温柔地说:“晚安，盼兮。”然后屏幕逐渐黑暗下去，他的身影消失在雪白的墙壁上。

盼兮捂着脸，她有些想哭，泪水却流不下来，只在眼眶里打转。她的手指被洇湿了，凉凉的，在这个夏日的夜晚，她感到了寒凉。

她这样坐了很长时间，最后慢慢躺到床上，闭上眼睛，轻轻道:“晚安，李川。”

## 16

天亮的时候，城市的钟声敲响，宏大的声音的在大街小巷里回荡。

亚斯猛然惊醒，他已经在书房里坐了一夜，但是电话依然没有显示被拨打过。他苦笑一声，拍了拍脑袋，想清醒一下再去工作。除了李川，还有很多事情等着他去处理。

门被轻轻推开，年迈的管家走进来，说：“早上好，泽尔先生，这是你今天的日程表。”

亚斯接过来，满满的三张纸，几乎没有间隙。他再次苦笑：“陈伯，你就不能给我少安排点事吗？”

管家没有理他，低头说道：“除了这些，还有一件小事情。昨晚不知从什么开始，一个少年就站在大门外，一直没有走。现在还在，需要我赶走他吗？”

“少年？”亚斯眉头扬起，心里微微一震。他连忙动起轮椅赶到楼下，打开别墅的大门，他的家太大，这段距离花了他十来分钟时间。大门开启后，他看到了李川的身影，李川已经等了很久了，头发和衣服上都有细微的露水。

“你什么时候来的？”

“昨天晚上，我做了决定之后，就出门来到这里了。我想好了，我要继续参加比赛。”

“很好。”亚斯欣慰的笑了，“那么，以后你就不用去学校里了，这些天你没有事情，我会给你安排最好的军事训练，让你应对总决赛。你毕竟还不成熟。”

这时，管家也跑到了楼下，看见亚斯和这个流浪汉一样的少年交谈甚欢，疑惑地问：“老爷……”

亚斯转头，将管家手里的日程表拿过来，一把扔掉，说：“而接下来的日子，我的主要任务就是监督你。这些商业上的事情……”他转过头，对管家说，“陈伯，你帮我处理吧。”

管家弯腰把纸张捡起来，无奈地说：“我怎么能说不呢，先生？”

同样是清晨，有的地方已经被晨曦照亮，有的地方却依旧沉浸在阴暗潮湿里。一个城市，不管多么繁华，多么发达，但正如光和暗的两面，总有阴影在滋生，在悄无声息地蔓延。

比如这个拉上了所有窗帘的房间，比如这个双手抱膝坐在墙角的人。

对于现在的初寒星居民来说，这个人并不陌生，事实上，他的脸如今出现在这颗星球的各个广告牌和全息大屏墙壁上——作为《宇神御击》第二轮选拔赛的冠军，比赛组委会对他的宣传也不遗余力。

但现在，丰厚的奖品被随意扔在墙边，从领回来之后，就没被主人多看一眼。数百道希望采访的留言请求也没被打开，红光闪烁，吉姆的侧脸偶尔被照亮，但更多的时候它完全埋在黑暗里。

他微闭眼睛，似在沉睡，但只要多观察一会儿，看到他眼中偶尔亮起的诡异光点，就会明白，他只是进入了一种深度思考的状态。

“咔咔……”他扭动着脑袋，站起来，“很好很好，你要参加比赛了。我会在比赛中遇见你，很好很好，我已经等了很久了……”

在等待第四轮选拔赛冠军出现的这一个月内，李川的日程完全被亚斯安排满了。

每天上午，他要接受亚斯请来的教官的军事知识灌输，从军姿、军备、武器种类与性能，到战略、战术、战争历史，无所不包。李川有很多东西都不懂，只能死记硬背。而到了下午，他还要进行体能训练，亚斯安排的训练项目能使他全身的肌肉都运动起来。李川只坚持了两个小时，手臂肌肉就拉伤了，但随行的医生迅速将他医治好，然后继续投入极限训练。好不容易熬到了晚上，他还得戴上感应头盔，进入《宇神御击》进行模拟实战训练。

每一天临睡前，他都感觉浑身酸痛，疲惫不堪。

与此同时，第四轮选拔赛正如火如荼地进行着。继李川之后，凯文·泽尔成了比赛的又一匹黑马，从第一场比赛开始，他就表现了他无与伦比的竞技天赋。没有对手能在他残酷精准的打击下撑过半个小时。连亚斯都觉得奇怪，他从来没有发现儿子有这样的本领。半个月过后，比赛宣传片上出现了凯文英俊的面孔。

比赛举办方惊奇地发现，自从凯文在比赛中大放光彩后，这次赛事的女性关注率猛然升高。

圣辉高中一个班上出现了两个循环赛的冠军，这引起了新闻媒体的注意。他们派人到李川的班上进行采访，班主任换上体面的衣服，对着摄像机说："这两个学生都是我的骄傲，我以前就常常教导他们，说希望能培养课外兴趣爱好，所以我推荐了《宇神御击》这款游戏……特别是李川，他一度因为家里经济困难而放弃发展这项爱好，是我苦口婆心地劝他，还给予了他经济上的帮助……"

然后记者采访班上的学生，男记者径直走到一个漂亮的女生面前，笑着问："同学你好，请问，李川作为你的同学，给你留下了什么样的印象？"那个女生看着黑洞洞的摄像机屏幕，表情冷淡，过了几秒钟，她又将头埋下，没有说一个字。

李川在电视上看到这个画面时，心里空洞洞的，怅然若失。

幸好这份失落并没有持续多久，很快他的速训就结束了。他得参加半决赛了。

半决赛正式开始前，李川、凯文、吉姆和一个叫蒙诺的男人作为四强选手，出席了赛前采访。凯文谈笑风生，举止得体，大有乃父之风，因此围着的采访者最多。蒙诺表现得活跃，显然很喜欢这种众星拱月的感觉，也跟不少人攀谈。最不合群的，就是李川和吉姆了。他们都躲得远远的，但李川是因为性子沉闷，不喜交际，坐在角落里发呆。而吉姆则浑身都散发着冰冷的气息，他倒是坐在采访桌中间，但经过他身旁的人都会刻意绕开。

发布会最后，就是公布对决名单了。

全息影像在大堂涌起，蔚蓝色的海水里四个身影幢幢晃动，在所有人的目光下，四个影像同时跃出海面。

凯文跟蒙诺站在对面，而李川的身影与吉姆交错。

在所有人的掌声中，吉姆脸上再度浮起了阴惨惨的笑意。他意味深长地看了李川一眼，站起来，一言不发，转身走向比赛隔间。

万众屏息，大幕开启。

## 17

凯文花了两个小时战胜蒙诺。

这一场比赛中，系统给了他们一人一架有故障的内操控型机器人，要求修好后进行机械搏斗。凯文对修理器械不怎么在行，一直在鼓捣，半个小时后蒙诺排除了所有故障，然后钻进内操控室，指挥着机器人向凯文走过去。这时凯文只修好了一半，机器人的右手还举不起来，但他果断放弃了修理，操纵着不灵活的按钮和控杆，躲过了蒙诺的第一轮袭击。接下来，对手借着凯文活动不便，多次进攻。凯文努力躲避，借着地势隐藏，但还是被击中了很多次，机器人的外壳被打得坑坑洼洼，连线路都裸露出来。最后，他不支倒地，对手狞笑着走过来，并不急于让他报废，而是羞辱般一把卸下了凯文的机器人左臂。对手正得意间，凯文突然暴起，一直不曾动过的右手闪电般击出，裹挟着风声，狠狠砸中了对手机器人的胸膛，一阵火花乱闪，对手已经站不起来了。

围观的所有人都瞠目结舌。他们都不曾料到，其实凯文早已连接好了机器人右手的助推器，可以进行一次猛力挥击。他一直在向蒙诺示弱，长达一个半小时的躲避，只为这一击。

一击便毙命。

凯文走出比赛间，隔壁的红灯显示李川的比赛还在继续，但大屏幕上一片漆黑。

“怎么回事？”他拉着一个人问。

“不知道啊，李川和吉姆的比赛一开始，系统就被入侵了。”那人显然是技术人员，一脸焦急，“他们比赛的实况信号不能转录成图像，一片漆黑，从后台查也只能查到乱码流。”

凯文皱着眉头，“只有他们的比赛过程被遮蔽了吗？”

“嗯，其他人都正常，你的比赛也能在大屏幕上看到。”

入侵似乎是专为李川而来……凯文沉吟了一下，问："不能中断比赛吗？"

技术员吞了口唾沫，声音干瘪，说："这就是最麻烦的地方，入侵开启了惩罚模式，而且数据流极其强大，现在好几条通路都被堵塞，信号干扰——"

"说简单点！"

"就是说，如果我们强行终止，两个人都会受到强化版的惩罚攻击，大脑恐怕都受不了。"

李川刚进入游戏，就感觉到不对。

资料显示，这一场比赛是模拟的第二次星际战争中著名的"血河谷"之役。在荒芜的克罗齐星球上，狂暴磁场让所有导航系统失效，一支五万人的人类步兵团在干涸河谷中前行，正好碰到驻扎在此的机械部队。五万人类，三万机械士兵，在河谷中展开了旷日持久的厮杀。最终，两方全军覆没，河谷里的白沙被血染红，经年不散。

这场战役的兵力相对比较单纯，人类士兵全部由陆军组成，没有携带大型武器和高速战机。而机器人也全是陆地作战兵种，两米高，配备光刃刺和小口径集束枪，没有恐怖的巨型机器人。单兵作战的话，机器士兵的战斗力优于人类，所以人类和机械士兵的数量达到五比三，双方实力正好趋于平衡。

但李川听着河谷对面传来的风声，抽动鼻子，风里面有喧嚣和熟悉的机油味，还有一股令人头皮发麻的肃杀之意。这些，不是三万人的机械士兵所能散发出来的。

他想了想，命令手下按兵不动，自己则沿着河谷坡往上爬。这一轮比赛的仿真度极高，爬了没多久，他就感觉到大汗淋漓心跳加速，但战机至关重要，他咬着牙爬到河谷转弯的高处，探出脑袋看去。

他的视野里一片白茫茫。

那是绵延数里的机器人方阵，即使不用一个个去数，李川也知道，这些机械士兵决不下十万之数。

五万人类对阵十万机械士兵，这种实力悬殊的战斗，绝不可能出现在《宇神御击》的比赛里！

难道是程序出错？李川摇摇头——在半决赛这种重要的比赛里，眼前这种低级错误出现的可能，比自己凭借五万步兵打败十万机械战士概率还要小。

午后的眼光斜射进河谷，在机器人银白色的外壳反射，晃得李川的眼睛生疼。他缩回头，背靠着一块石头，闭目思考。

这场比赛绝无胜机。

他咬咬牙，进入了公共频道。“这次比赛出了点问题，我们暂停一下吧，”他说。

很快，吉姆也上线了。

“问题？”即使在游戏中，他的声音依然阴沉，“我没看出问题在哪儿啊？”

“你看，你的兵力是我的两倍，还是机器人，这种比赛没法打。”李川调出数据，两方数量和实时战况摆在两人面前，李川正准备说话，突然发现数据弹窗角落的一个红色数字，“咦，惩罚模式？”

吉姆嘴角勾出冷笑。

“而且这个惩罚模式还是红色的。”李川犹疑道，“这个比赛真的出了错。”

“红色的惩罚模式，代表了——死亡。这个比赛没有出错。你还没看出来吗，这是一个陷阱，拥有‘手’的人类，为什么没有看出这一点呢？”

手？李川骤然一惊，看着吉姆——在他那阴寒的眼睛下面，一点红光正在闪烁。

这一刻，无数碎片终于组合起来。

“你到底是什么人？”

“我？”吉姆两手举起，旋转身体，哈哈大笑，“我不是人！人——卑贱而低效的生物，怎么能跟我们电子生命相比！我是LW31，坎塔帝国机械部一级甲等军官，杀伐者，掠夺者！”

李川下意识后退两步，但随即意识到这是聊天频道，对方不能发动实际攻击。

“你想干什么？”

“当然是，杀了你。”吉姆说完，退出了频道，身影如幽灵一般消失。

河谷里，十万机械军队开始移动，无声冲锋。

起风了。

风中肃杀有若实质，刺得李川脸颊生疼。

凯文走向李川的比赛隔间，打开门，里面挤满了人。亚斯也在里面，常年古井无波的脸上竟然隐隐带着担忧，顺着他的视线，能看到躺在床上戴着感应头盔的李川——李川的脸上凝满了痛苦，汗珠滚滚落下，脸颊不时抽搐。

而另一张床上，吉姆安静地躺着，嘴角依然挂着诡异的微笑。

这时，门被打开，技术员满头大汗地跑进来，声音振奋："打开第一道屏障了！现在能进入游戏！"

"能把他们从里面拉出来吗？"亚斯立刻说。

"还……还要等一会儿……"

"继续破解！"

凯文走过去，拍了拍父亲肩膀，说："您先休息吧，技术部的人会处理的。"

"不，别人的事情我可以不管，他一定要保住。"亚斯简短地说，连头也没回，专注地看着李川。

他身后，凯文的脸色一点点沉郁起来。一分钟后，凯文毅然转身，走出房间。

技术部的人正焦头烂额着，显示屏上突然又冒出一股数据，他们只看了一眼就惊得跳了起来——有人进入了对战游戏！

亚斯听到这个消息时，愣了愣，几秒过后突然醒悟过来，急促道："凯文，凯文在哪儿！"

凯文就在这间屋子里，坐在墙角，眼睛闭着。亚斯的声音很大，但没有叫醒他——他戴着头盔，一侧的绿色指示灯正有规律地闪动。

凯文第一眼看到的，是墨沉沉的天空，以及淌满鲜血的高原。

战斗已经快接近尾声了，李川的人类军队被机械大军围在一处山谷里，枪林弹雨中，每一秒钟都有士兵倒下。李川声嘶力竭地指挥，组织突围，但每一次都被猛烈的炮火给击退。

吉姆站在一群机械士兵中，有条不紊地下令进攻。他采用了作弊码，进入战场时比李川多一倍的兵力，加上机械大脑，因此一开始就占据了绝对优势，然后穷追猛打，一路将李川逼到绝境。

呵……吉姆发出一阵冷笑，或者说，他脑袋里的 LW31 发出一阵冷笑。

在现实里，它忌惮李川，忌惮那支诡谲莫测的“手”。即使它能毫不费力地除掉斯科特和凯瑟琳，但面对“手”，它的芯片测算不出一点把握——它可是亲眼看到翳鬼被“手”活生生消灭。于是，它采取了最稳妥的方式。

在游戏里杀死李川。只要李川死亡，不再跟“手”结合，它就有信心把“手”带离这颗星球——它可是帝国一级甲等军官！

《宇神御击》的惩罚模式正好了给它机会。

它附在吉姆脑子里，耐心地观察，研究李川的战术。大量的分析之后，它终于正式和李川对决。

一切都很顺利，只要再坚持半个小时，稳扎稳打，就能把李川的军队消灭在这个山谷里。一旦可战斗人数不足基本数量，系统就会自动判定李川输，强大的电流会立刻经过李川的脑袋，将脑袋里的一切都变作焦灰。

被强化的“惩罚”是如此厉害，就算是吉姆被惩罚，附在里面的 LW31 也会被电得线路烧毁。

不过，这种情况是不会发生的，因为 LW31 不会输！

除非——

LW31突然捕捉到了一阵震颤，从脚底传到整个战场。所有机械士兵的动作都因这股震颤而有了迟滞，他们回过头，看向震颤传来的地方。

一支魔兽大军冲进了战场。

作为加入的第三方，凯文自然拥有自己的军队。但这个系统被黑过，显然哪里出了岔子，他所率领的是与目前交战方格格不入的魔兽军队。

这情形，仿佛《星球大战》的副本里融入了《指环王》的剧情。

但这不重要。

他只有一个目标——李川要输在自己手里！他不能让李川在遇见自己之前倒下，这个默默无闻的同窗，在视野里连影子都不会留下的地球孤儿，却一再令自己感到挫败。

挫败？不可能。凯文的字典里没有这个词。

挫败？

LW31第一次有了这样的预感。它检查了自己的程序，发现被人类攻破了一个缺口，允许第三方进入晋级。它吓了一跳，连忙调动处理器堵住了缺口，幸好，只有一个人进来。

那么，胜局还在自己手里。

漫天攻击的战机立刻回转，以密集的炮火阻拦凯文插入战斗。凯文没有丝毫犹豫，命令法师升起防护罩，淡蓝色的光罩挡住了大部分攻击，当炮火击溃防护罩时，魔兽军队也如尖刀般刺进了机甲部队的后方。

凯文坐在一只长颈龙的脖子上，低低地掠过战场，直奔李川防守的山谷。

几个人类士兵想要阻拦，被李川喝止了。

“怎么样？”凯文跳下长颈龙，看着狼狈不堪的李川，“被吉姆打成了这个样子？”

“他不是吉姆，他——它，”李川换了一个词，“是坎塔人。”

凯文愣住了。

“这不是比赛，这是一次狙杀。”李川抹掉脸上的灰尘，语气郑重，“它是坎塔人机械部的军官，潜进来是想杀死我。现在惩罚模式加重了，任何人输掉都会死。”

“你得罪了谁，用这么大的阵仗杀你？”

李川摇摇头。“手”的隐蔽性非比寻常，他不知道凯文可不可信，以及凯文知道后会不会陷入危险。

“好吧——那你怎么知道的？”

李川遥指 LW31，“刚才它以为胜券在握，自己告诉我的。”

“反派总是死于话多。”凯文冷冷道，“但不管怎样，我现在都进来了。我猜给我的选择不多了——要么赢，要么死。”

“是的，你刚才打了机械部队，系统把我们归于一方。我们可以一起赢，都活着出去。”

“我并不想跟你一起赢，”凯文表情冷漠，一个字一个字地说，“但我更不想死。”

“我差不多跟你一样的想法。”

“很好。不过，我建议我们把争吵的时间省出来，用在战斗上吧——你看，即使魔兽军队加入了，我们的实力也并不比机械部队更有优势。”

当黑夜笼罩时，这场战争进入了最激烈的部分。

仅存的人类军队和魔兽相配合，朝不可一世的机械部队发起了反击。这是李川和凯文的合作，在山谷里研究了很久才做出的决定——人类士兵骑在魔兽身上，以魔兽庞大的身躯冲锋，进行大面积打击，以人类灵活的动作朝重点地方精确进攻。

这种打法大出LW31意外，它本来占据上风，稳扎稳打就可以将对方逐步蚕食消灭。但现在，人类与魔兽的怪异组合军队如一柄尖刀，迅捷无比地插入了机械部队。战场上偶尔闪现火光，照亮被压扁的机器战具——那是凶猛的喷火龙在吐息。至于星星点点的亮光，便是人类的点射。

“压制，压制！”

LW31疯狂地下令，利用作弊代码不断增加军队。但源源不绝的军队依然抵挡不住那黑色的楔子。楔子在嵌进，缓慢，但从未停止。

战机越积越多，仿若阴云压制天空，曳着尾光的炮火和子弹疯狂地倾泻。LW31站在军队后方，派出了所有军队，天空和陆地都陷入了火海。楔子的嵌入更缓慢了。

“哼，孤注一掷？”LW31冷笑道，“再怎么拼命进攻也没用，我的军队无穷无尽！”

背后杀气一现！

LW31就地一滚，刚刚站着的地方被激光轰出了小坑，黑烟冒起。它没有停，继续向前滚了两下，让一个机械士兵挡在身前。砰砰砰几声响，机械士兵身上被打中，露出好几处电线，但幸好，自己躲过了。

它扶着士兵的身躯，躲在后面，慢慢后退。

原来疯狂的进攻只是幌子，想让自己派出全部兵力，最终的目的，是来狙杀自己。

可惜，这种想法，实在太过幼——

这个想法没有想完，因为，一只冰凉的枪管顶住了自己后颈。

这种感觉很糟糕。

它缓缓站住，回过头，看到了一柄枪管，和握住枪械的人——已经被打穿了的“机械士兵”。

是李川。

李川以机器人做伪装，逐步靠近，同时凯文在远处狙击，逼得LW31慌乱中以李川作为挡箭牌。而致命的枪械，就是在渐躲渐退之时悄然伸出的。

“结束了。”战火纷飞中，李川的声音冷静而清晰。

“嘿，嘿嘿，”LW31吞了口唾沫，笑容却更加剧烈了，脸上肌肉有些夸张地鼓起来，“这远远不是结束，你知道吗，这连开始都算不上……你的手，”它伸出舌头，舔了舔嘴唇，“只要这只‘手’在，就永远不会结束。你运气太好了，要不是这该死的人类躯体，要不是多了一个帮手，你一定会死的……但你的运气不会一直这么好，大皇帝的目光注视到你了，那你就永远也无处遁形……还没有结束，没有……”

轰!

李川没有开枪，是远处的凯文扣动了扳机，强力的光子轰击令吉姆的身躯瞬间爆开。“反派死于话多。”凯文冷冷地说。

吉姆的身躯爆开以后，并没有血洒出来，反而是无边的黑暗流动着，一切景象都仿佛被某种透明的药剂漂白。黑夜消失了，战场消失了，视觉的一切都变得模糊……

眼睛再次看清时，是在竞技室。李川的头脑有些昏沉，他只看得到人影纷乱，许多人走来走去，有人过来检查自己的身体，有人大声说着什么。他的目光艰难穿过人群，在无数躯体的缝隙间，看到了对面床上的吉姆。

吉姆软绵绵地躺着，已经没有呼吸，只有五官缓缓地冒着白烟，仿佛脑袋里有一台烧毁的机器。人们围着吉姆，不敢上前，李川长久地盯着吉姆，看到他扭曲的面部，似乎不甘，又似乎在狞笑。

然后，李川昏了过去。

## 18

总决赛的前一天晚上，亚斯的书房内。

老式电话再一次响起。这部电话用的是古老的电磁波传输系统，现代化的监控设备无法对其监听，因此，它在黑市上价格不菲。而整个联盟，知道这个号码的，只有一个人。

“你的儿子很棒，很奇怪，我以前一直没有留意到他。”对方开门见山，连名称都没有叫。亚斯已经习惯了，他说：“谢谢，这些年我一直在忙生意上的事情，以及观察李川，居然也没有察觉到凯文。他想参加竞技赛的时候，我只是以为他想争一口气，这是典型的年轻人的思维。我并不看好他，但是，他的成绩证明我错了。在做父亲这一点上，我并不称职。”

“我们都不适合当父亲。我的儿子们死在战场上，我的女儿们被政敌的杀手暗杀，我甚至都没有收殓他们的尸体。”

亚斯沉默了一会儿，缓缓道：“你不要太难过了……”

“不，我不难过！这些都是我亲手造成的，我没有理由难过。但是，他们因我而死，我就会为他们报仇，我会把我的敌人们一一挖出来，全部处死！没有一个能逃脱！”对方的语气变得阴沉狠毒，仿佛嘴里含了一只漆黑的毒蝎。

亚斯顿了顿，说：“我会帮你的，相信我，我会帮你的。”

对方也陷进了沉默，亚斯等了很久，只听到耳机旁若有若无的呼吸声，半晌，对方才说：“谢谢你。”

“不用。以前你可不会跟我说谢谢，我记得有一次在寒冷的冰域星球作战，我们都受伤了，但你的伤势比我重。我背着你徒步行走了三十二个小时，赶到医疗站时，我们身上流出的血已经冻结在一起了，撕都撕不开。那样的情况下，你都没有跟我说一声谢谢，只是请我喝了一顿酒。”

说到往事，对方的语气明显轻松了一些：“是啊，那时候我还不善于表达谢意……那个时候，我们都还很年轻。”

“好了好了，两个中年男人就不要在这里感慨当年了，这是老人干的事情。你这次找我，不会只是为了叙旧吧？”

“当然不是，我可没有这么闲。”对方说，“我是想问问你，既然凯文的表现这么优异，何不将他也带到联盟军校来？他也是军事天才啊。”

亚斯想了想，道：“其实我也想过。可是，他是泽尔家族唯一的继承人，将来是要守护家族的财产的。我希望他能在商场有一番作为。”

“你错了，我的朋友。”对方冷静地道，“战争即将来临，无可避免，到时候，唯一能够守护泽尔家的财产的，不是经商手段，而是力量。如果没有军方在背后支持，泽尔家族撑不过这场将要到来的战争。”

“不是还有你吗，你可以支持我的家族的。”

“我会的，如果我还有这样的权力的话。可是，我感到自己的时间不多了，我的心脏开始了不定期的停搏，我会失去知觉，几个小时后，心脏又重新跳动，激活供血功能。它已经衰老，我活不了多久了。可是，在死去之前，我一定要将我的继承人培养出来。这是联盟最迫切的需要。”

“听到这样的消息，真是让人悲伤。”亚斯叹了口气，“可是，在这一点上，我不能勉强凯文。如果它愿意去联盟军校，我就送他去。”

“他会愿意的，他是一个聪明的小伙子。”

“嘭”，汉宇科技大厦的顶楼盛开了巨大的烟花，光华璀璨，照亮了整个城市。

城市居民们抬起头来，看到一幅巨型屏幕升上夜空，几十里外都可以看见。漂亮的女主持人出现在画面上，面露微笑，说：“各位晚上好，这注定是个不眠的夜晚！因为，经过了艰难的半决赛，万众瞩目的《宇神御击》电子竞技赛将在今夜迎来总决赛！最终冠军将会产生！值得一提的是，两位选手竟然都来自圣辉高中，是同班同学。现在，我们来看看他们面对对手兼同学，会有怎么样的心情。”

下一秒，凯文的金发形象出现在屏幕上。他的表情一如既往地冷漠，淡淡道：“我不会手下留情的。”然后镜头对准李川，他抓了一下头发，老实地说：“我也不会。”

主持人脸上有些尴尬，但迅速被笑容取代了，说：“应全城观众的要求，对于比赛战况，我们会进行全程直播，到时候大家可以尽情欣赏……”

盼兮站在窗台边，不远处就是那面屏幕，甜美的播音在城市的大街小巷里回荡，也在盼兮耳边响起，她却听不进去。夜风从遥远的地方吹来，拂乱了她的发丝，她盯着屏幕，独自出神。

她的手无意识地拿出钱包，在里面抽出一张照片，照片上，是李川那张略显拘束的脸。她看着照片，脸上一片落寞。接到李川的电话后，盼兮这些天一直在找他，想对他说一句话，但是，李川在汉恒大厦里接受秘密训练，根本没有出来的机会。

她想说，其实你错了，我并不是想报恩，我是真的想和你一起去远方。

她以前确实从来没有怎么留意到李川，因为他沉默，又总是坐在角落里。他是她身边的灰尘，一直存在却从不显眼。但是，那一个晚上，这粒灰尘开始绽放出光彩。

原来他是那样的人。他平时沉默，但是打起水漂时却眉飞色舞。他见过许多新奇的事物，他会在晚上来到郊外，看远方的城市和旷野。他的骨子里有种古地球时期的原始气质，而这种气质，对盼兮来说是神秘而具有吸引力的。但是最重要的，是他能让盼兮依靠，对一个女孩子来说，还有什么词能比“依靠”更有温暖感？

盼兮的母亲在那一场灾难中去世，父亲很快娶了继母。继母一直对她很冷淡，为了这个原因，父亲和继母一直在争吵。这种争吵绵延在她八年的生命里，从未断绝。盼兮厌倦了这种在争吵声中入睡的日子，所以她那么拼命学习，便是为了能够离开这里去别的地方。

而她最渴望的，是和一个能够依靠的人一起去，在异乡互相照顾，像两条鱼一样。

所以她不断地暗示李川。那条纯白连衣裙，其实她早就试过，很满意，但当时忍着没买，等了几天和李川一起去。像她这样的女孩子，怎么会无缘无故拉一个男生去买衣服呢？可惜李川对其他事洞察力惊人，却猜不透女孩子的简单心思。还有，她把李川的相片放在钱包里，然后将钱包交给他，便是想让他知道自己的心意——可是李川还钱包的时候面无表情，里面的钱也一分没动，她不知道他有没有看到里面的照片。

做出这些举动，是一贯矜持温婉的她最大的底线了，却一直没有效果。最后，她再退一步，当面请求他跟自己上同一所大学——其实她并不在乎能不能上科江大学，那只是一个目标，让李川不要松懈。他答应了，却以为这是在报恩……

而现在，李川躺在另一个地方，为了离去而战斗着。他选择了和自己截然不同的道路，越来越远。他要去追求他的功名。

而在比赛场内，李川也在出神，直到工作人员提醒他比赛马上就要开始了，才回过神来，轻轻“哦”了一声。他和凯文走到感应室，各自坐在床边，都没有说话。

凯文拿起感应头盔，放在手里把玩，忽然开口:“李川。”

“嗯?”李川正要戴上头盔，听到自己的名字，疑惑地抬头。

“我听说你为了进入联盟军校，放弃了盼兮。你真是个傻瓜!”

李川愣了一下，开口想说些什么，凯文却已经躺到床上，戴上了头盔。李川叹口气，也戴上头盔。

眼前的场景迅速变幻，视野清晰下来的时候，他发现自己和凯文正站在一片虚空里，没有声音，头上脚下都空茫虚无。他们凭空漂浮着。

“这是怎么回事?”李川问，面前的景象并不符合以往的比赛惯例。

“仿照那个坎塔机械人的做法。只是我更简单一些，在感应头盔里加入了干扰器，这样，外面的屏幕将无法接收我们脑海里传输的画面。他们只能看着这样一片虚无。”凯文轻描淡写地说，“这是我们两个人的战斗，不是一场作秀，我不想有别人围观。”

“哦，我没有意见。”李川摊摊手。

画面又开始变化，他们头顶出现了两幅景象。左边是密密麻麻的坎塔军队，机械车辆像爬虫一样覆盖了大地，战机群飞起，整个天空都阴暗下来，还有不断通过超光速运输而来的星际战舰，整个宇宙空间里都是坎塔军队。而右边的画面则形成了鲜明对比，稀落的人类士兵守在空间传输港口那里，身后是破旧的星舰，代表联盟的旗帜布满灰尘，却依然飘在港口上空。

“这是……”李川眯起眼睛看了一会儿，脱口而出，“第二次星际战争大决战的时候！”

“对，这就是那场让人类遭受了几百年屈辱的大决战。人类贸然进攻，精锐军队被坎塔人埋伏，死伤殆尽，只剩下装备落后的残军。坎塔人趁机全线进攻，取得了第二次星际战争的胜利，那以后，人类成为奴隶，直到……”

“直到第三次星际战争的爆发，人类才取得生存的权利。”这在高中历史课上讲过，前些日子的战争史讲授中李川也听过。那段时间是人类最黑暗的时刻，只要是人类，想起来就会对坎塔人咬牙切齿。

“这也是我们要比赛的项目。”凯文说，“我们从中任选一方，担任统帅的职责，指挥全军，看谁能战胜对方。你先选吧。”

“嗯，那我选人类一方。”李川没有客气，小声地说。他的眼睛盯着坎塔人的那副图像，神情冷冽。

这次轮到凯文愣住了，道:“我不得不再次提醒你，在这场战争中，虽然人类是因为指挥失误铸成了大错，导致一败涂地。但坎塔人原本就有几乎三倍的军队优势，而且占据了有利地形，掌握更高的科技……”

“我知道，我熟悉那场战争。”因为那段历史的黑暗，李川看过很多关于那场战争的电影和书籍。在战场上，坎塔人几乎是全军出动，数百亿的军队从遥远的帝国传送而来，在联盟的各个行星上进行屠杀式的攻击。有一个由海洋构成的星球，人类在海里修建了城市，坎塔人嫌进攻麻烦，直接丢下质子压缩炮弹，将整个星球都煮沸了。从此以后，那星球的上方，始终飘荡着人肉和鱼类被煮熟的奇怪香味。还有，坎塔人出动了一直隐藏的巨型战斗机器人队伍，个个高达百丈，全身布满武器，往往一个方阵的人类士兵，都敌不过那样一个机器人……

如果李川明智的话，他确实不该选人类军队，但是，他只是点点头，重复道:“我知道双方的优劣。我选人类一方。”

“为什么?”

“因为……”李川顿了顿，闭上了嘴。

凯文不再勉强，只是说:“那好吧，我选坎塔。嗯，即使你选了弱势的一方，我也不会对你留情的。这是战斗。”

他们周围开始出现流光掠影，无数画面呈现又隐没，耳边渐渐传来了巨大的炮火轰鸣声，电脑程序高速模拟当年的场景。在进入战斗时空的前一刻，凯文清晰听到了李川的低语:“虽然你救了我，但这场比赛关乎一切，我也会全力以赴!”

城市的观众等了很久，巨型屏幕上还是一片漆黑，并没有他们所期待的战况。很多人打电话到电视台询问情况，热线一度被挤爆。电视台的负责人又立刻联系汉宇科技，得到的回复是他们也不知道情况。

但是他们知道。屏幕不显示图象的同时，现场的工作人员就检查了比赛仪器，尽管在以往的比赛中，仪器从来没有出现过问题。很快，他们便发现凯文的头盔内传出干扰信号，这就是原因。但是，要排除干扰源，就必须先摘掉头盔，这样会强行中断比赛，还会对参赛者的大脑造成不可估量的损伤。

工作人员不敢做决定，迅速请示他们的大老板。亚斯接到报告时，只是沉默了几秒钟，然后说："不要停止比赛，让他们继续，胜负会分出来的。"他明白儿子的心思，换成是他，也不愿意让所有人看到自己和情敌斗争的全部经过。

于是，这场最重要的比赛，以这样一种神秘的方式进行着。没有人知道比赛的经过，也就无从预测，关注者们耐心地等在屏幕前，等待着胜负揭晓的那一刻。按照以往的惯例，都是胜利者先从模拟场景中脱身，所以，他们只需等到有人先苏醒，就能够知道冠军是谁了。

但是这样的等待持续了三天。这么长的时间，两个人没有丁点儿动静，这突破了最长的游戏时间记录。为了维持李川和凯文的生命活动，工作人员不得不定时给他们注射能量剂，注射的时候，他们连基本的眼皮微眨反应都没有。脑电波测试器分析出来的结果是，他们的大脑在高速运转，已经无法传输像疼痛这样的次要感觉了。

在这段时间内，有人开出了盘口，在网络上疯狂传播。无数人下注，赌注在三天之内累计到了数亿联盟币，赌凯文胜的人居多。除了凯文自身的比赛技巧，赌他胜的人还考虑到了他的身世——他是亚斯的儿子，而亚斯是这次比赛的主办方，在这样不透明的比赛中，亚斯很可能会出幕后黑手。

也有媒体就这个问题采访过亚斯。亚斯只是一笑，没有回答。他这样暧昧的态度，让那些对凯文下注的人更加信心满满。

不管外界多么波浪翻涌，李川和凯文始终没有动静，像植物人一样。要不是测试器能够分析出他们的大脑在全速运转，工作人员都要把他们送进医院了。

到了第三天，他们终于有反应了。李川开始咳嗽，胸膛起伏，呼吸急促，到后来，咳出来的唾沫中带有鲜红的血丝。工作人员一边给他擦拭，一边担忧地望着亚斯。亚斯沉默着，有好几次，他几乎就要下令终止比赛，但还是忍住了。

这个轰动性的消息曝出去后，压凯文胜利的人骤然增多，在短短几个小时之内，赔率涨到了20:1。已经失去耐心的人们又汇聚到屏幕下，他们知道，胜负马上就要分晓了。屏幕的画面切换到赛场内，上面，李川和凯文沉默地躺着，只是，李川脸上布满了痛苦，眉头几乎要纠结在一起。

终于，两个人的眼皮开始了跳动。这是即将苏醒的征兆，人们紧张地盯着屏幕，屏气凝息，仿佛怕自己影响到他们。数千人的广场，却静得连根针掉在地上的声音都听得见。

赛场内的仪器开始亮灯，精密的机械扭动声响起，凯文的头盔自动脱离。他睁开眼睛，想坐起来，可是上身因为太久没运动而无力，又躺倒在床上。他努力用两只手撑着床沿，才勉强坐起来。

等待的人开始欢呼。他们大多人为凯文下了注，现在，凯文先醒过来，这意味着他们的赌金有了回报。

记者们不顾工作人员的阻拦，蜂拥挤进赛场，绕过依旧沉睡的李川，全部围在凯文旁边，把话筒放在他面前，一叠声地询问着各种问题。

“请问你是怎么得胜的？你选择的是哪一方？”

“这场比赛肯定特别艰难吧，你现在是不是感觉身体不舒服？”

“参加完这次比赛后，你会选择怎样的生活？是继续参加升考还是跟你父亲经商，或者去考军校？你想不想来我们电视台当主持人？”

“你会参加广告代言吗？据我们所知，目前已经有五家公司有意向让你做形象代言人，其中有一家品牌服饰，两家男士保健用品，还有两家女性内衣代言，你有兴趣吗？”

凯文喉头涌动，脸色苍白，抚胸咳嗽了一声。顿时，所有的记者都安静了下来，等着他醒过来后的第一句话。

凯文木然地看着身前无数陌生的面庞，又看着摄像机里倒映的自己的脸，顿了半晌，胸腔里禁不住又是一阵气血翻涌。他咳嗽了好一会儿才缓过来，抬起头，面无表情地对着话筒，低声道：“我输了……”

记者们愣了一愣，似乎被这句话震呆了。有反应快的，立刻调转话筒，向李川躺的那张床跑过去。

但是，床上空空如也。在所有人都围住凯文的时候，他悄悄起身，已然离去。

# 尾　声

这个晚上，盼兮躺在床上，却怎么也睡不着。她便披了衣裳，抱膝坐在床头，看着窗外寂寥的星空。

这时，一个人影从黑暗里转出来，慢慢来到盼兮家门口。他的身影有点瘦，在无边夜色的笼罩下，显得格外渺小，但又有种猎猎北风也吹不折的刚毅气质。他穿着灰色衣服，几乎要与夜色融为一体。

他在盼兮种的小桦树下站了一会儿，将一个包裹放在树下，然后转身，在晚风中渐行渐远。

盼兮连忙起身下楼，来到小桦树旁，打开那个在不停摇动的包裹。里面有一只小狗，见包裹被打开，小狗发出“呜”的一声，瞪大乌黑发亮的眼睛盯着盼兮。它认出了盼兮，凄哀地跳到她脚边，磨蹭她的小腿。小狗的下面，是一个包装精美的大盒子，盼兮拆开它，看到里面有一整套的银白色摄影器材，线条精美，轮廓反射着星光，如珍珠般炫美。

盼兮捂住嘴，然后抬起头，向那个人影离开的方向跑去。跑了几步，她忽然想起了什么，又急忙转身，回到家里，过了五分钟才又下来。

她在夜色里奔跑。她跑得如此之快，以至于身畔的路灯都化作了一道道光影，流向她身后。晚风轻柔地托起了她的长发。她跑着跑着，突然觉得自己像是奔行在一场旧时代的爱情电影里，画面黑白，场景冷清，但那一缕缕掠过的晚风，都是最优雅的观众。

跑了很久，盼兮终于看见了前面默默行走的灰衣少年。于是，她停下脚步，微微喘了口气，然后叫出了他的名字。

李川独自行走在夜色中。天上，星子如清霜，在夜风吹拂下一粒粒凄艳凋零。

城市的夜色其实很美，花园种植的草木在大地上相互依偎，偶尔随风而动。夜露沿着街道一路铺展而去，靴子踩在上面，响起轻微的嚓嚓声，像是露水在喃喃私语。明天李川就要动身飞往军校所在的星球了，他不知道在那里还有没有机会再享受到这么温柔的夜。

这时，他听到有人在叫他的名字。他转过身。

他看到一个女孩穿过一重又一重的夜幕，慢慢从街对面走过来，她的身影越来越清晰。

女孩身着纯白色蕾丝连衣裙，脸上带着淡淡的潮红，笑眼盈盈，美若天仙……